Staread
星 文 文 化

牵引

Holding Your Hands

下

六盲星 著

长江出版社

目录 CONTENTS

CHAPTER 11
只放一点糖　　001

CHAPTER 12
我一直都在　　025

CHAPTER 13
我只喜欢你　　050

CHAPTER 14
从没后悔过　　077

CHAPTER 15
热恋与思念　　105

CHAPTER 16
我是你的了　　132

CHAPTER 17
跟我回家吧　　157

CHAPTER 18
我都答应你　　187

CHAPTER 19
和我结婚吧　　213

番外一
宣示主权　　239

番外二
许幸延　　250

「我做的所有努力,最终只是想再见到你,照顾你。我知道,十六岁的林清乐已经长大了,她很优秀,不需要别人照顾。但我还是想让她给我一点机会,我想要跟以前一样,把她留在我身边。」

CHAPTER 11
只放一点糖

　　林清乐最近工作有些忙，公司新出了个全智能日式家居模块，这个系列主打简约休闲，主要面向喜欢淡雅简洁装修风格的人。
　　这个项目很受公司重视，所以策划案还在不停修改中。
　　林清乐作为策划组负责人之一，这些天基本就是不停地开会。
　　这天，小组做完一个新版后，经理直接道："清乐，你晚点去许总办公室跟他做个汇报，看看他觉得怎么样。"
　　这个项目是许汀白主理的，给他确定下也是正常流程，不过前两次都是经理去的……她这个副经理倒没直接去汇报过。
　　"这个项目你也熟，之后都你来跟，以后跟上级对接就你去了。"
　　"啊……好的。"
　　林清乐自然不能说不，回工位收拾了电脑和文件后，就一起带着去乘电梯。
　　许汀白的办公室在楼上，上去的过程中，林清乐紧张了一路。
　　她都说不清自己在紧张什么，之前开大会见他在下面坐着时，她就会讲话磕绊，更别提现在还要她面对面讲了……
　　然而，紧张也紧张不了多久，电梯很快就到了。
　　林清乐走了出来，跟外面位置上的助理打了个招呼。

"杰森，刚才跟你确认过时间了，许……许总现在有空的吧？"

"有的，在等你了，进吧。"

"嗯，好。"

林清乐推开了办公室的门。

许汀白办公室的视野很好，进去后，一片敞亮。

"来了。"他从办公椅上站了起来，走过来，朝她伸手，要来接她的电脑和文件。

林清乐没松手，自己把东西放在了茶几上："还是我自己来吧，许总你坐。"

许汀白笑了下："要这么生分吗？"

"现在是工作……"

许汀白"哦"了声，在她侧面的单人沙发上坐下。

林清乐："那我现在跟你讲一下策划案吧。"

许汀白："嗯，你说。"

林清乐对待工作是十分认真的，一开始她还是会紧张，最后为了避免自己紧张，她干脆就不去看他了，只对着自己的文件和电脑 PPT 狂讲一通。

许汀白靠在那里，听得也很认真，经常会穿插两句表明不满意的地方。

而他说话的时候，林清乐会停下，赶紧做标注和修改意见。

"那代言人这块儿我们还需要斟酌，选新出来的流量明星虽然热度高，但毕竟不太了解，也怕后续会有问题。"林清乐道，"不然我们先选出三个候选人，各方面对比之后再来告诉你。"

许汀白点头："可以。"

林清乐："那……那就先这样，你说的我回去再跟他们商量商量，我就先走了？"

许汀白看着她开始收拾东西，出声阻止："等会儿。"

林清乐："嗯？"

"留下来吃饭吧。"

林清乐下意识地摇头。

许汀白道："我已经让助理把饭送过来了，这个点你回去也是要去吃饭，一起吃吧。"

林清乐："不好吧，我还是去餐厅吃吧。"

"吃个饭有问题吗？"许汀白看着她，淡淡道，"什么时候，你连饭都不想跟我一起吃了？"

"没有啊……"

"那就一起吃，我们重逢后，还没有两个人一起吃过饭。"

许汀白退去了方才工作时领导的样子，用的完全是那种"好久不见的朋友吃个饭能怎么样"的口吻。

而他都这么说了，林清乐自然没有再反驳什么。

过了一会儿，助理把午餐送了过来。

是餐厅打包上来的餐食，四菜一汤。杰森很贴心地帮忙把饭盒打开，林清乐低眸看了一眼，菜都是她平时爱吃的。

"这几样是以前你做过的，你应该喜欢吃吧。"许汀白给她把筷子递了过去。

杰森一开始本是惊讶于自家老板竟然会邀员工在办公室一起吃饭，因为平日里连夏总都不会在这儿吃的。

听到老板说这话时，心里更是震了一下……难怪出差那会儿就觉得老板对林经理有点不一样，原来是旧识。

而且，他还是头一回听老板语气这样柔和地说话。

"我都做过吗……"林清乐仔细想了想。

许汀白给她碗里夹了只虾："嗯，在我家做饭的时候做过，所以我想着你应该喜欢吃。"

"我在你家做的话应该是做你喜欢吃的吧？"林清乐下意识地回道。

许汀白微微一顿："你不喜欢是吗？抱歉。那你喜欢吃什么，我让他们去买。"

"不用了，不用了，其实我也挺喜欢的。"林清乐道，"都是一些家常菜，基本都会吃。"

许汀白"嗯"了声，拿起了筷子。

但他并没有动，只是看着她。平日里他的眼神看着分明是冷漠的，但不知道为什么，此时却让人觉得温暖而热烈。

林清乐被他看得心口咯噔，连忙低头扒饭。

吃了几口后抬眸，发现他依然没动筷，还在看着她。

林清乐一口饭顿时卡在了嘴里，她脸颊微鼓，纳闷地盯着他。

许汀白："怎么不吃了？"

林清乐嚼了几口咽下去："……是你干吗不吃？"

"看你。"

"看我干吗？"

许汀白笑了下，说："以前跟你一起吃饭的时候我就猜过你吃饭是什么样的。"

"啊……然后呢。"

"然后？"许汀白微微倾身，眼里带着笑意，"跟想象的差不多。"

"什么样？"

"很下饭。"

很下饭……

那你倒是吃啊，一直看别人吃是怎么回事，她差点要被看噎着了。

"多吃一点，太瘦。"许汀白说着给她碗里夹了两块肉，自己终于也开始吃饭了。

林清乐嘟囔着："你才瘦……"

许汀白耳朵灵光，微微挑眉："我很瘦吗？"

林清乐看了他一眼。

穿衣服时看着自然是清瘦型的，不过其实恰到好处，他这样的身材，穿西装衬衫什么的尤其好看。

至于里头……她现在怎么会知道。

"以前很瘦。"她小声补了句。

许汀白："以前？"

林清乐回忆了下，道："不是吗……我给你上过药的，我看过。"

她是在认真地说事实。

许汀白微微一愣，失笑："趁我昏迷直接把我衣服扒了的那次？"

林清乐拿着筷子的手顿时僵住了，慌乱抬眸："我是为了你的伤，不是什么趁你昏迷……你说得我好像干了什么坏事一样。"

许汀白:"哦,是,你是为了我好。"

林清乐轻轻哼了声。

许汀白吃了口菜,慢悠悠地道:"不过那是小时候,现在不一样。"

"什么?"

"我说身体。"

"……"

这顿饭吃得林清乐快噎死了,偏偏临吃完的时候,之前一起出过差的市场部黄经理来办公室找许汀白。

黄经理看到两人一起吃饭后,表情微滞,不过到底久经职场,他当下也没有表现出其他异常反应:"许总,不然我在外面等你一下,你们吃完了我再来?"

"不用不用,我吃完了。"林清乐立刻放下筷子,把自己的东西拿了,解释道,"刚跟许总对策划,正好到了饭点就一起吃饭了。你们有要紧的事就先聊吧,我先走了。"

林清乐离开得很匆忙,许汀白见她出了办公室,也放下了筷子。

解释得倒很快……

市场部黄经理:"那许总,我现在是……"

许汀白:"坐吧。"

"哦,好。"

林清乐匆匆离开办公室去往电梯时,杰森追了过来:"林经理!"

"啊?"

杰森:"这个你没带走。"

林清乐看着他手里提着的甜点盒:"这……不是我的啊。"

"我准备午餐的时候买的蛋糕,许总说是饭后甜点,我看你们在吃饭,就先放外头冰箱了。"杰森道,"你带下去吃吧。"

林清乐:"……谢谢啊。"

现在正值午休时间,林清乐把东西放回工位后,就提着蛋糕到了公司的休闲区。

这块地方是专门给员工放松和休息用的,林清乐坐在靠窗的位置,把蛋糕打开了。

打开盖子的那瞬间她就闻到了味道，是香草味的。

后来一周，林清乐没有再看到许汀白，听同事偶然说起，知道他出差去了。

他虽然人不在，但策划案的东西林清乐还是有远程发过去给他确认的。

许汀白不太能及时回，有时候回复，都要凌晨了。

林清乐知道许汀白工作能力很强，但再怎么强的人，要接管偌大的Aurora也会很费劲。更何况这家公司刚入驻国内不久，有很多很多的事需要处理接洽。

她也跟许汀白出过差，经过上次之后，她更觉得他不容易。也不知道他这次出去跟别人谈合作，酒桌上又要喝多少酒……

不知不觉，周末就快到了。

周五那天，林清乐跟确定下来的代言人的经纪人见了一面。

她跟对方经纪人约在咖啡店里，聊了一些基本事项之后，敲定了两方开会谈具体事项的时间。

离开咖啡厅是下午三点多，林清乐回了公司，准备把推广活动方案再理一遍，然后直接递给许汀白看看。

许汀白今天出差回来她是知道的，她跟杰森确认过时间，也预约过了。

但她准备好资料再去问杰森的时候，杰森却说许汀白不在公司了。

"你们是临时有什么事吗？"林清乐在电话里问道。

杰森："不是的，是这几天在外面出差，回来后许总有些不舒服，所以两个小时前就回家了。"

"他哪儿不舒服？"

杰森："这个……就是最近这几天喝得有点多，所以……"

林清乐拧眉。

杰森："不过许总说了，策划案的事要紧，你可以直接去家里找他。"

林清乐："他都这样了还工作？"

"许总向来是这样，工作至上，我也不好说什么。"杰森说，"林经理，我给你地址和外门密码吧。"

"……好吧。"

林清乐其实是知道许汀白家在哪里的，从公司出来后，她直接打车去了之前她来过的这个小区。

进了楼里，物业帮她刷到了顶楼，微笑着送她上楼。

这里每一层只有一户，而顶楼相比于其他楼层条件会更优越，因为拥有复式设计。从电梯出来后，林清乐忍不住打量了下……

穿过长廊，最后她在门口停了下来，按照助理给的密码，开门进去。

进门后她没敢乱闯，站在玄关处，给许汀白发了微信告诉他自己到了。

"怎么不直接进来？"一分钟后，许汀白从里面走了出来，他开了鞋柜，给她拿了双新的拖鞋。

"换上。"

林清乐从他出现开始就在打量他，他穿的还是在外面时穿的衣服，想必是从公司回来后还没来得及换下，头发也是跟平时一样一丝不苟。

他依然维持着工作状态，但脸色却比平时差得多。

"你回来后没有休息吗，脸色不太好。"林清乐换了拖鞋，问了声。

"在沙发上睡了一会儿。"

衣服都没换就睡，想来是很累了……

林清乐有些后悔了："策划案其实今天也可以不用对，不然你先休息吧，我明天过来。"

"明天周六，还能让你加班吗？"许汀白回头看了她一眼，轻浅一笑。

林清乐："……这没什么要紧的。"

"没事，你坐吧，不用明天。"许汀白问，"给你拿杯果汁？"

林清乐："啊？随便……"

许汀白转去厨房拿喝的，出来时，看到林清乐还站在原地："发什么呆，不是让你坐吗？"

林清乐抬眸看他："你没事吗，你助理说你这两天不太舒服，可能是酒喝太多了。"

"还行。"

"哪里还行了，你不看看你自己。"林清乐皱眉，语气也随之不好了，"你能不能别喝那么多酒啊，那些局就一定得那样喝吗，身体显然比工作重要吧。"

许汀白有些怔愣。

自重逢后,他从没有听过林清乐用这样的语气说话。这语气是他过去所熟悉的,关心,但又带着一点埋怨……

"许汀白?你有没有听我说话?"

许汀白回过神,微微垂了眸:"嗯,听了。"

"那你下次别这样了。"

"只是偶尔遇上喜欢喝酒的合作方而已,以后我会少喝。"

林清乐看了他两眼,确保他是真心在保证,这才坐到了沙发上,把策划案放下。

许汀白跟着她,在她身边坐了下来:"代言人那边去见过了?"

"前两天见过,然后今天又约了他的经纪人聊,具体条款打算下次开会的时候详谈。"

"嗯,那还有什么要说的,你现在讲吧。"

林清乐只好翻开策划书,她不想耽误许汀白太久,于是便快速简洁地说了上次他让修改的几个问题。

说完后,她重新看向许汀白,想问问他还有没有什么问题,却见他靠在沙发上,眉头微微蹙着。

"不满意?"她问。

"没有。"许汀白把手机拿了过来,"你稍等一下,我叫个外卖。"

"什么?"

许汀白:"我吃点东西。"

林清乐:"你中午吃了什么?"

"胃有些不舒服,中午没吃。"

"那你现在也别乱点东西了,这个时候最好喝点清淡的粥。"林清乐有些着急,想了想,问道,"你家有米吧?"

许汀白点头。

"那你等着,马上就好。"林清乐立刻放下了策划书,起身往厨房走去。

林清乐是洗完米下锅后,才后知后觉地意识到,自己是不是显得太着急了。

这慌张劲让她有点恍惚,因为好像看到了小时候的自己。

可是她又想……他都这么不舒服了,她给他煮点粥也没什么,于亭亭或董晓倪生病了,她也一样会这么做。

"家里还有冰激凌,你吃吗?"许汀白走了进来,站在她身后。

林清乐还在盖锅盖呢,听到他的话立刻回头:"你不许吃冰激凌啊!"

许汀白无辜道:"我没有要吃,是问你吃不吃。"

林清乐愣了下:"我……我要吃自己拿。"

"好,也行。"

"那你出去,粥要煮一会儿,你可以去洗漱换身衣服,会舒服点儿。"

许汀白"嗯"了声,但他没走,甚至还走近了些。

"白粥吗,那多放点糖。"

他就站在她身后,说话时,她都能感觉到他胸腔的振鸣……厨房明明很大,可他突然走这么近,让她觉得空间异常逼仄。

她稍微后退一点就能撞上他了。

"放糖不好。"她不动声色地往前挪了一点点。

"白粥不放糖不好吃。"许汀白想了下,"那放一点点,行不行?"

他的声音有些低,可能因为生病了,还有些暗哑。他靠得这么近,语气这么柔和,甚至还带着点恳求的味道,林清乐的耳根不受控制地麻了下。

她感觉舌头完全不由得自己,很没原则地同意了:"……那我放一点,就放一点哦。"

许汀白低眸看着自己身前的人,淡漠的眼里藏着笑意。

他没控制住,抬手轻揉了下她的头:"好,谢谢。"

许汀白从厨房出去了,林清乐站在原处,脸颊发烫。

回头看了眼,确认他已经不在后,她才轻蹭了下脸颊。

他又不是没摸过她的头……以前他也经常这样,她干吗整个人都不对劲了啊。

赶紧撇开那些情绪后,林清乐走到冰箱前,拉开了下面的冰柜。

冷气瞬间涌了过来,她往前凑了凑,试图降低自己脸上的温度。

"竟然有这么多冰激凌……"她低眸打量着,这里的冰激凌不同种类分别排开，整整齐齐，不过不变的是，都是同一种口味。

林清乐拿起一个甜筒，熬粥期间就坐在外面吃，吃了一个不过瘾，又拿了一个。

过了一会儿后，粥煮得差不多了，她应了许汀白的要求，在粥里放了一些糖。

等她把粥盛出来放到外头的餐桌上时，许汀白也洗漱完出来了。

他换了一身家居服，头发也洗过了，搭在额头上的发丝还有些潮湿。

林清乐站在那里不免多看了他两眼，其实现在的他会更贴近她所熟悉的那个他。

并非西装革履正襟危坐，头发也不是打理得一丝不苟的许汀白，仿佛变回了曾经那个十六岁的少年。那个少年看不见，在外面走着的时候，还需要牵着她的手臂……

许汀白："看什么？"

她的视线在自己身上，可神色却明显游离。

林清乐顿时回过了神："啊……没事，我就是突然感觉眼熟。"

"眼熟？"

林清乐有些尴尬地摸了摸鼻子："感觉你现在这样，跟小时候比较像。"

许汀白眸色微敛："你觉得我变了很多吗？"

"当然啊……"

不是只说外表，还有给人的感觉，毕竟现在的他已经足够强大，不是以前那个会被人欺负的许汀白了。

许汀白："你比较喜欢我以前的样子，是不是？"

林清乐："你还是你啊，这有什么可分的……而且你现在变优秀了当然更好，我也为你高兴。"

他还是他，但他觉得，她还是比较亲近那个时候、那种状态的他。

许汀白思虑着，帮林清乐拉开了餐椅："你也喝点粥吧。"

林清乐："我不饿，刚才吃了冰激凌。"

"吃冰激凌能饱吗？"

"能啊，因为我吃了两个。"

许汀白眉头轻拧:"我让你吃冰激凌,没让你一下子吃两个。"

"很贵吗?"

许汀白愣了下,敲了下她的脑袋:"你说呢?"

"……"

许汀白无奈:"吃那么多不好,你是小孩子吗,这都不懂。"

就因为是大人,所以才能"想吃多少冰激凌就吃多少冰激凌"啊。

林清乐把勺子给他:"我当然懂……谁让你买的挺好吃的。"

"还怪我了。"

"不敢的,老板。"林清乐轻笑了声,说,"那老板你快吃,我就先回去了。"

许汀白一顿:"等等。"

"嗯?"

"策划案,我还有点意见。"

林清乐瞪目:"你刚才不是说没有吗?"

"突然有了。"

"哦……那你说,我记着。"

"明天再说吧,我今天有点累了。"

林清乐:"啊?"

许汀白抬眸看她:"你明天过来吧,到时候再说。"

林清乐:"……"

好像不久前,他才说过不让她周末加班啊。

虽然她自己说加班没事,但他怎么能说话不算话?

林清乐觉得许汀白这人一下子一个主意,但第二天中午,她还是拿着电脑和文件准备出门。

毕竟工作的事她不敢懈怠。

于亭亭难得周末不在黄成旭那儿,睡到大中午起床后,看到林清乐穿戴整齐还带着电脑,一脸疑惑:"你今天还要去公司吗?"

林清乐:"没有,但是……差不多。"

"什么叫差不多?"

"没去公司,但是要加班。"

"去哪儿?"

林清乐停顿了下:"我去许汀白家。"

于亭亭本来一副没睡醒的样子,听到这句话,眼睛顿时亮了:"不错啊你们……进展很快!"

林清乐:"我是去给他汇报工作。"

"到家里汇报工作,不错不错,有那个味儿了。"

"……什么味儿?"

于亭亭贼兮兮一笑:"办公室恋情的味儿。"

林清乐立刻瞪了她一眼:"我们……我们公司不允许办公室恋情的!你别胡说八道。"

"真的假的?"

Aurora 有没有这个规定她不知道,但是她想着,基本上每家公司都有这种规定。

于是林清乐肯定地点头:"我是因为他生病了,案子又比较急,所以才直接去他家里的,我跟他没……"

"也不要紧。"于亭亭突然道。

"什么?"

于亭亭:"许汀白不是老板吗,他如果想谈恋爱,可以改改规则。"

"……"

林清乐换上鞋后,快速从家里出来了。

她知道自己要是再待下去,于亭亭还会有一箩筐无厘头的话跟她讲。

什么改规则……看来她这位亲爱的朋友脑子里除了恋爱还真没别的什么了!

到许汀白家已经是下午一点了,因为来过一次,林清乐对这儿也就熟悉了些。她把东西放在客厅,但没看到人。

"许汀白。"

客厅空荡荡的,他人不在这里。

"许汀白?"

还是没人回应她。

他家有点大,林清乐不好意思乱走,只好给他打电话。但打通了没有人接,隐隐听到手机铃声后,她便寻着那个声音的方向往里去。

她很快就走到了主卧的位置,主卧门半掩着,没关。她推开了一些,朝里看了眼。

房间很大,窗帘拉着,没有什么光线进来,但因为开了房间门,她还是能看清里面的。房间中间摆了一张床,床上被单有些凌乱。

许汀白人没在床上,而是……坐在了另一侧的地板上,她只能看到他的背影,靠在床沿处,手机则在床头柜那儿响着。

他听不见吗?

林清乐的心一下子提了起来,突然想到了什么似的,立刻推开门跑了过去。

"许汀白!"

她绕到他身前,看到他没什么反应,只是靠在那儿。她着急地蹲了下来,伸手去摸他的脸……烫的。

"你是发烧了吗?醒醒,许汀白!"

她的动静总算够大了,眼前的人终于缓缓睁开了眼睛,抬眸的那一瞬间,他的眼神是冷的,昏暗的环境下,漠然到有丝瘆人的感觉。

林清乐愣了下,几乎是一下子就被拽到了过去的某个场景里。她呆呆地看着他,喉咙像被哽住了。

"你来了。"许汀白开了口,目光在回过神后柔和了很多。

他开口说话后,林清乐也一下子从回忆中抽离了出来。

他看得见,他长大了,他不会被人欺负了……林清乐在心里暗暗跟自己讲了一遍,可脑子里还是出现小时候去他家,发现他在家里被他父亲打得奄奄一息的场景。

"你怎么回事啊,你发烧了知道吗?"

许汀白喉咙有些不舒服,轻咳了声:"知道,昨天肠胃的原因。不过吃过药了,没事。"

"你像没事的样子吗……而且为什么坐这儿啊?"她嘟囔了句,"吓死我了。"

"这样吓到你了吗？"他略疑惑地问了句。

林清乐自然不会说自己脑子里突然跳出了以前的场景，她撇过头："我以为你昏迷了，所以吓到了。"

许汀白了然："我只是吃过药后在这儿坐着看了会儿电影，没想到药效挺厉害，睡着了。"

林清乐看了眼前面的投影，要无语死了："有人发烧了还这样子的吗……"

许汀白说："我在等你，没想着要睡的。"

"那你现在躺床上去吧。"林清乐皱眉，拽着他的手臂要把他拉起来。

但她没想到许汀白竟然一点力都不发，她用力拉了一下，没把人拉起来，反而被反作用力拽了回去。

"唔——"

她一滑，整个人差点扑到他身上，好在……手死死地撑住了床的边缘。

"小心点。"许汀白坐直，伸手扶住了她。林清乐看着他骤然离近的脸，耳根唰的一下就红了，她立刻弹了起来。

许汀白的手停在空中，他看着她红红的耳朵，嘴角极浅地扬了下："我头晕起不来，你拉我一下吧。"

林清乐讪讪道："我刚拉了啊……你有点重。"

"刚才没准备好，现在可以了。"许汀白朝她伸出了手。

林清乐抿了抿唇，看着他虚弱的样子，还是于心不忍了，伸出手抓住了他的手臂："好吧，那你起来。"

"嗯。"

她用了力，也感觉他借了力。

从地板上站起来的瞬间，他放了手。林清乐这边还用着满满的劲儿呢，突然被这么松开，人惯性地就往后倒。

但她都还没来得及惊呼出声，后腰就被他的手掌撑住了，他的手掌很大，随意一拦，她便稳稳地站住了。

"策划案带来了？"他的声音从头顶传来。

林清乐僵直着背，两人靠得极近，她的鼻尖此时离他身上的衣料也不过三四厘米……她都能闻到他身上清冽的味道了。

"带了的！"她推了他一下，从他的禁锢中逃脱出来，"在……在外面，我去拿。"

林清乐很快转身往房间外跑去。

许汀白看着她仓皇的背影，忍不住又笑了下。

他想，自己可能有些知道夏泉说的，以前有但现在没有的特质是什么了。

瞎是不可能再瞎了，但是，可怜还是可以可怜的。

林清乐拿着策划案回来的时候，许汀白已经在床上躺好了。

然而她看着他生病时惨兮兮的样子，又觉得这个时候谈工作不是很合适。

"不然我还是等你好了再说吧！"

许汀白靠在靠枕上，拍了下床沿："没事，你过来吧，我可以跟你聊。"

林清乐："可你还在发烧。"

"吃过药了，等会儿就能退。"

林清乐拧眉，却不想由着他了："反正这事周一回公司一样能说，到时候也来得及，今天还是不谈了。而且你现在脑子都烧坏了，可能也说不出什么好的意见。"

许汀白："……"

林清乐说完，更加坚定了自己的想法，交代道："那你先睡，我回去了。对了，你醒来后还是得自己量下体温，如果没有退烧的话，你得让人……"

"咳咳——"许汀白突然侧过头咳了起来。

林清乐急急上前几步："没事吧？要喝水吗？"

许汀白咳了一阵，缓过来后，有些虚弱道："你能别那么快走吗？"

林清乐："啊？"

"我一个人住，周末也不好叫别人到家里来，怕麻烦到别人。"许汀白眉眼疲倦，语气里带着一丝不太好意思的恳求，"但是我也不知道会不会反复发烧，你留下来照顾我一下可以吗？"

林清乐微怔。

许汀白苦涩一笑，淡淡道："要是不方便没关系，可能，等会儿也没什么事。"

他脸色很白,应该很不舒服。而她走了之后,空荡荡的房子里确实就他一个人了。他刚才都还站不稳,自己想做点什么应该会很麻烦。

林清乐这么想着,心也就软了:"也没不方便……这样,我就在外面,你要是不舒服直接叫我,行吗?"

许汀白看着她,点头:"好,那辛苦你了。"

林清乐从房间退出去后,帮他带上了门。

她之后真的没有走,而是坐在客厅,开始处理工作上的事。

工作的事弄完后也到晚饭时间了,她估摸着许汀白今天应该也没怎么吃过东西,所以关上电脑后去了他家厨房。

他还是不能吃很荤很油腻的食物,于是她依旧做了粥,然后用冰箱里现有的食材,做了两道小菜。

东西都准备好后,她敲了敲房间,推门而入。

"许汀白,你得吃点东西了。"她放低了声音。

许汀白睡得很浅,她敲门的时候他便醒了:"好,我起来。"

"不用了,你就躺着吧,我拿进来。"

林清乐说着小跑着去了厨房,把准备好的粥和小菜端了进来。

许汀白靠坐在床上,看着她小心翼翼地把食物在床头柜上摆好,然后把粥端起来:"你这两天最好都喝粥,给。"

许汀白低眸看了眼,接过:"麻烦你了。"

林清乐:"煮粥也不麻烦……你总不能什么都不吃对吧。"

许汀白吃了一口,软糯的米粒滑过喉咙,有一丝丝的甜味:"你吃过了吗?"

林清乐:"我等会儿去吃两口。"

"你可以吃点别的,不用陪着我喝粥。"

"煮了挺多的,不吃掉有点浪费。"

许汀白"嗯"了声:"冰柜下面有牛排和肉。"

"好,知道了。"

许汀白一口一口地喝着粥,林清乐就在边上看着。

原本她是想在边上等一等,看他是不是需要点别的什么。但他一直没其他要求,反而是她看着看着,有点入神了。

房间内开着柔和的暖光,他低眸吃东西的时候,脸上落下了眼睫的剪影。

他的睫毛可真浓密……还有皮肤,她这么近距离地看着,竟然都找不到毛孔。

"看饿了?"他突得抬眸,望了过来。

林清乐猝不及防和他的眼眸对上,愣了一下,连忙转开了视线:"没啊……看你吃得挺开心的,想着粥应该煮得还不错。"

她是习惯于直勾勾盯着他看的,从前,她仗着他看不见经常这么做。

"不好吃我也能吃得很开心。"许汀白浅声道。

"啊?所以,不好吃吗?"

许汀白笑了下:"不是,我是说,你做的我都能吃得很开心。"

林清乐愣住了:"……哦。"

吃完后,林清乐把碗筷收拾出去,自己也在厨房吃了一点。吃的时候,脑子里都是许汀白方才说的那句话——你做的我都能吃得很开心。

她觉得,这就好像小时候的她。那时她就认为,只要是他给的,她都会很喜欢很开心……

吃完晚餐后,林清乐也不是很放心,又回到了许汀白的房间:"量个体温吧。"

许汀白点了点头,从抽屉里拿出耳温枪递给她。

林清乐接过后给他测了下,37度。

她顿时松了口气:"你已经退烧了。"

许汀白眉头轻拧了下:"哦。"

"那我就……"

"要不要看个电影?"许汀白突然道。

"啊?"

许汀白指了指他房间那边的大投影屏:"睡了一下午,也不知道要做什么了,一个人住挺无聊的。你陪我看个电影,行吗?"

林清乐其实想说，他都退烧了，要不自己就先回家了，可看到许汀白苍白又略带期许的眼神，又不太好意思拒绝。

一个人生活，有时候确实挺孤单的。

许汀白："你有约吗，晚上？"

林清乐："那倒没有……"

"那坐吧。"许汀白笑了下，把靠枕扔到床下，又去找遥控器，"想看什么？"

"唔……随便。"

"好，我找找。"

许汀白掀开被子下了床，很随意地在地板上坐了下来。虽说是地板，其实并不硌人，因为他在地面上铺了厚厚的地毯，甚至身前还有张小桌子。

再加上正对面的空白墙和投影仪，林清乐觉得他就是喜欢在这个位置看电影。

"坐。"他拍了下他旁边的位置。

"哦……"

许汀白给她递了张毯子，又起身去外面拿了果汁进来。林清乐看他忙来忙去的，忍不住阻拦道："那个，你要什么跟我说就行了，你不是还病着吗……"

许汀白压根没听她的，电影开始二十分钟后，他又出去了下，再回来时，手上提着一袋子吃的。

林清乐看着他把里头的零食和小蛋糕一一拿出来摆在小桌子上后，呆了。

林清乐："你什么时候买的？"

"刚才打电话让外面的人送的。"

林清乐操心道："可是你现在不能吃这些的。"

许汀白侧眸看她："我知道，给你吃的。"

"那我也吃不完啊……"

"吃不完放着，下次再来吃吧。"

她应该……没事也不会总来他家吃零食的吧。

许汀白见她没动，伸手给她拆了包薯片："不喜欢吃？还是你想吃点别的？你跟我说，我让人送过来。"

林清乐连连摇头："不用不用，你别买了，这些够了。"

"好。"

许汀白又帮她把蛋糕的包装拆了，放置好后，他往后靠了靠，终于开始认真看电影了。

林清乐看着前面一堆吃的，默默捧起了薯片袋。

这也太多了点……

不得不说，许汀白还是很会选地方的，原本她还觉得在地板上看电影奇奇怪怪，后来发现这么坐着很舒服，而且这个屏幕够大，看得很爽。

不过现在播的这种类型的电影林清乐很少看，她自己不是很喜欢玄幻打斗题材。而且这电影特别长……她看着看着，无聊到有些打盹了。

偶尔偷瞄边上的人，他一副专注的样子，好像还蛮喜欢的。所以她也不好意思说不好看，只能强行用零食打起精神。

两个小时过去了……

电影似乎还要许久。

林清乐换了个坐姿，抱着小抱枕，下巴支在上面，眼皮开始打架……

这次仅仅撑了十分钟，电影里放起战歌的时候，她的脑袋终于挺不住了，往后一靠，没了反应。

许汀白的余光早就注意到她在晃脑袋，也是看着她睡过去的。

原本他不想她那么快走，所以故意挑了一部篇幅很长的电影，没想到……把人都看睡着了。

许汀白调小了音量，把毯子盖在林清乐身上。他没有再看电影，而是把目光落在了她的脸上。

她睡得很乖，头仰靠在床沿，整个人窝着。

看着看着，他忍不住想动手去碰，可在手快要碰到她脸的时候，又停了下来。

他知道不合适，也怕把她弄醒。

嗡嗡——

就在这时，边上的手机突然震动起来，许汀白很快回身按了接听键，以防吵到她。

"说。"他压低了声音。

手机那头，夏谭问道："晚上的会怎么说？八点OK吧？"

许汀白："挪到明天吧。"

"啊？为什么？"

许汀白看了眼睡得正香的某人，道："我生病了，开不了。"

夏谭："生病了？真假，严重吗？"

"发了点烧，已经好了。"

"你在家吗？"

"嗯。"

夏谭："那你也不早点说，早点说我不就过去照看你一下了吗？你说你要是严重了我怎么跟你阿姨他们交代，等下啊，我马上过来——"

"不要过来。"

夏谭："怎……怎么了？"

许汀白："家里有人，不方便。"

"……"

夏谭愣了好一会儿，才慢慢反应过来："谁在你家啊？你可别告诉我是林清乐。"

许汀白笑了下，没说话。

这对于夏谭来说就是默认啊："我去，你行！那……那现在还在呢？"

"睡着了。"

夏谭瞬间就想歪了："什么？睡着了已经？你，你们……"

"看电影，她看睡着了。"

夏谭一口气不上不下，差点把自己憋死："我还以为……哎哟，吓死我了，我以为你这么禽兽呢。"

许汀白微微一顿，看了眼睡在他边上，毫无防备的人。

而后他克制地挪开了视线，起身往房间外走去："行了，你安排一下吧，明天下午开会。"

林清乐觉得自己做了一个很长的梦，梦里，她回到了高中最初遇到许汀白的时候。她在小巷子口买了一份米线,去了他家。

门开了,十六岁的许汀白站在门后,让她走开。

他说话的时候很凶,特别凶,说自己一点都不想看见她。

梦里的她可难过了,她想,许汀白怎么还这么凶呢,他什么时候可以对自己温柔一点点?

"东西我也不会吃的!"他用力推掉她手里的米线,米线一下子洒了出来,浇了她一手。

梦里自然不会感觉到烫,可林清乐吓了一跳,然后就惊醒了。

她倏地睁开了眼,看着房间的天花板,气息不稳。

啊……是梦。

林清乐松了口气,然而下一秒,陌生的环境又让她这口气提了上来。

她顿时从床上坐了起来,房间里只开了床头的灯,是很适合睡觉的柔光,但此时,这光也完全够她看到四周的环境。

许汀白家……

等下,刚才不是看电影吗?

哦,她睡着了。

那她怎么还跑床上睡了?

林清乐立刻从床上下来,赶紧穿好拖鞋,从房间里走了出去。

"怎么醒了?"

刚走到客厅就看到了许汀白,林清乐看了眼沙发上放着的毯子,呆了。

她占了病人的床,还把人挤到沙发上睡了。

林清乐有些脸热:"我……我睡着了。"

"我知道。"许汀白起身走了过来,"看你睡得不舒服,抱你去床上睡了。"

林清乐瞠目,那她都没醒!这睡得是有多沉。

许汀白看了眼她睡得有些凌乱的头发,嘴角微微一勾:"已经很晚了,你继续睡吧,房间给你。"

"不不不,不用了。"林清乐正色,"我回去,我现在回去。"

"现在回去太晚了。"

"没关系!我打车!"

许汀白见她坚持的样子,只好妥协:"那我送你吧。"

"你是病人,不用的。"

"你摸摸。"

"什么?"

许汀白突然俯下身,拉起她的手贴到自己的额头上:"是不是一点都不烫?"

他的声音低低的,在这样的夜色中,像带了一丝蛊惑。

林清乐看着他专注又温柔的眼神,忘了自己该说什么,只愣愣地点了下头。

许汀白笑了下,说:"那现在可以让我送你了吗?"

最后,林清乐还是坐上了许汀白的车。

夜已经深了,越往她家的方向开车流越稀疏,离开市中心后,街道边也就只有零星几个行人了。

林清乐坐在副驾驶上,凑过去把空调的温度又调高了些。

"冷吗?"许汀白问。

林清乐:"还好,但你不能再着凉,为了送我又发烧,那就不划算了。"

许汀白笑了下,刚要说谁会那么脆弱,但转念一想,又把话咽了回去。

对,他忘了他要表现得脆弱点了。

"今天的电影不好看吗?"许汀白又问了一句。

林清乐:"就……还行。"

许汀白:"真的?"

"嗯……"

说完,意识到许汀白似笑非笑地看了她一眼,林清乐摸了摸鼻子:"好吧,其实我看不太懂。"

"打架而已,怎么会看不懂?"许汀白说,"是没有看吧。"

林清乐:"……"

许汀白:"嗯,我知道了。"

"知道什么?"

"你不喜欢看这种类型的电影,那下次换一种。"

林清乐低喃："哪有下次……"
"什么？"
"啊？没什么。"
林清乐住的地方离许汀白家有点距离，但大晚上车少，道路畅通无阻，也挺快就开到了。
"到家了跟我说，注意安全。"
"哦。"
林清乐下了车，站在窗户外："那你快走吧，我进去了。"
"好。"
林清乐挥了下手，小跑着进了小区门。
许汀白并没有马上走，他坐在车里，一直看着她的身影消失。

天气已经特别冷了，林清乐哈着气进屋后，把手上的电脑和文件放下，刚想去摘围巾的时候，手机震动了下。
许汀白："到了没？"
林清乐赶紧给他回复："到了。"
许汀白："那怎么没给我发消息？"
林清乐："我才刚到，还没来得及呢……你没在开车吗？"
许汀白："还没走。"
林清乐愣了愣，又见许汀白发了一条消息过来："你到家那我走了，早点睡。"
不就从小区到家门口这段路吗，她又不会走丢。
林清乐小声吐槽了句，心里却不受控制，滋滋冒着喜意，她低着头给他回复："知道了，你也是。"
发完后，她放下手机，抬手去解围巾，结果一抬头，突然见不远处两个身影站在那儿盯着她。
"干什么呢你们！"林清乐被吓了一跳。
于亭亭眯了眯眼："这么晚回来啊，嗯？"
董晓倪："一回来，鞋都没脱就在这儿发消息发得满脸春意，跟谁发呢，老实交代。"

林清乐："没谁……"

于亭亭："不用问了，肯定是许汀白，试问还有哪一位能让我们清乐露出这样的表情，我跟你讲，从高中开始，就只有许汀白。"

董晓倪配合地瞪大眼睛："真的吗！"

于亭亭："真的，当时我们班还有个大帅哥对她很好，可她就没对人家笑过。"

林清乐无语地翻了个白眼："别胡说八道，我怎么可能没对人笑过？"

于亭亭："我不管，你刚才那个笑才是真的笑，别的不算。"

林清乐懒得理她们，脱了围巾和外套，说道："不跟你们说了，我回房间了。"

"恼羞成怒了小清乐，你就说你今天是不是一整天都跟许汀白在一起吧。"

林清乐："是啊，我中午跟你说过的，我要去给他送文件……"

"哦……送到了晚上十二点。"

"这个……这个是因为他生病了，所以我照看了一下。"林清乐轻咳了声，道，"都是朋友，这过分吗？"

"你只当他是朋友？"于亭亭笑呵呵地道。

林清乐一噎："那……那还是上司……"

"唉，两个小朋友，真难搞。"于亭亭一副资深爱情专家的模样，"高中的时候问，你还理直气壮地说他是你心目中最重要的人呢，怎么现在反而吞吞吐吐了？喜欢就喜欢嘛，我们都懂的啦。"

林清乐愣了下，她高中……好像是说过。

不过那时她说他对自己很重要，只是基于朋友之间的看重，并不觉得掺杂了其他什么进去，很容易就说出了口。但长大后……显然就不是一个意思了。

被于亭亭这么一说，林清乐的心是混乱的。

其实于亭亭有一点没有说错，那就是从小到大，若说她对哪个男生特别，就唯有许汀白了。最浓最真挚的情感，她只给过他一个人。

但她也承认长大后的自己不如小时候那么纯粹直白，小时候的她对他能理直气壮，可现在对他……却是不太敢了。

CHAPTER 12
我一直都在

"清乐,你先去选个位置坐吧,我去拿杯饮料。"午餐时间,林清乐和同事一起去公司的餐厅吃饭,路上遇到了 HR 钱小静,便也招呼着一起吃。

林清乐:"好,那我先去了,我选个靠窗的。"

钱小静:"行啊。"

林清乐端着自己的饭菜,找了个位置坐下来。

她没有立即吃,而是拿出手机刷了会儿微博,想等同事们拿完后过来一起吃。

"一个人过来吃饭?"突然,边上有个熟悉的声音传来。

林清乐抬头,看到来人后,愣住了,好一会儿才道:"不是……还有同事。"

"哦。"许汀白把手上端着的餐盘放下,拉开她对面的椅子坐了下来。

林清乐呆呆地看着他,她来公司这么久,还从来没有在餐厅看见过许汀白。听同事说,高层的饭菜基本都有人送到办公室去的。

"一起吃,方便吗?"许汀白抬眸看她。

这都坐下了,她还敢说不方便吗。

林清乐只能硬着头皮道:"可以啊……"

跟她一起来的还有三个同事，这个桌子也是够坐的。

林清乐："你今天怎么下来吃饭了？"

许汀白："没什么，坐久了，走动走动。"

"哦。"

林清乐拿起筷子，刚想吃一口菜的时候，看到不远处钱小静她们走了过来，她连忙抬手示意了下。

然而，她却眼睁睁地看到钱小静等人露出一个震惊且惊恐的眼神，急急拐了个弯，在不远处另一张桌子坐下了。

林清乐抬起的手微微僵住："……"

许汀白低眸吃饭，随口问了句："同事没来？"

"来了的，但是……"林清乐不好意思直接说她们大概是看到你在这儿所以不敢来，只委婉地问了句，"你在公司，很凶吗？"

许汀白筷子停住："你觉得呢？"

林清乐："不知道。"

许汀白抬眸看着她："我对你凶吗？"

林清乐想了一下。

许汀白略感无奈："你这个停顿是什么意思，还真觉得我对你凶？"

"没有没有，现在是不凶。"林清乐嘟囔着补充了句，"小时候挺凶的。"

许汀白有点无语，这话他没法反驳。

之后，两人安静地继续吃饭，但吃着吃着，林清乐就觉得有丝不对劲。

餐厅本来就是公共区域，公司的同事都会来这里吃饭。他们坐着的这个地方虽说比较偏，但毕竟许汀白在这里。

他本来就引人注目，旁边经过的人还不时朝他打招呼问好，问完好后，偏偏还要再多看她两眼，这让林清乐如坐针毡。

也是，现在是在公司，她也不算什么大领导，跟许汀白坐在一起吃饭肯定让人觉得奇怪，而且还是单独两人。

等下……别人会不会误会？

想到这儿，林清乐不自觉地加快了吃饭速度。

"许总好，咦？清乐，你也在呢。"就在这时，之前一起出过差的设计师李恒拿着餐盘路过。

林清乐眼睛一亮，立刻招呼道："这么巧，吃饭呢！"

李恒："啊？对啊，不然呢……"

"那就一起吃吧。"林清乐很快帮他拉开了椅子，"坐！"

许汀白看了一眼热情洋溢的林清乐，又望向李恒，眉头轻蹙。

李恒是个没啥顾忌的人，他对许汀白没有像其他人那么害怕，所以林清乐邀请他坐后，他也就很自然地坐下了。

而林清乐则稍微松了口气。

这样总不会很奇怪了吧，看起来就是同事间很寻常地坐在一起吃饭而已。

"许总，平时没看你在餐厅吃饭啊？"李恒压根就没感觉到来自上司的不满眼神，自顾自地说道。

林清乐："这个问题我刚才也问过，他说走动走动。"

"许总你办公室那么大，不是能随便走动吗？"

林清乐迟疑了下，好像也是……

许汀白凉飕飕地看了他一眼："我想到这里吃饭还要那么多理由吗？"

李恒顿了下："当……当然不是了。"

"那管你自己吃饭。"

"哦……"

吃了一会儿后，李恒朝甜点区那边看了一眼，起身："新做好的蛋糕出来了，我要帮同事带一个，我先去拿。"

餐厅有外部进驻的蛋糕店，蛋糕是挺有名的牌子，口味很不错。

林清乐："好。"

李恒过去了，他回来时，提了两个小蛋糕，把其中一个推到了林清乐边上。

林清乐："这个……"

"给你的，你们女孩子不都喜欢吃甜点吗，我给你买了一个。哦，这个是昨天出的新款，很好吃的。"李恒道。

林清乐从蛋糕盒上的透明窗口看了进去，发现顶部还有个奶油做的小熊。

林清乐："唔……昨天没看到，这个好可爱啊。"

李恒:"是吧,就知道你会喜欢。"

"谢谢啊。"他们同事间也经常互相带吃的,所以林清乐没跟他客气,想着下次给他点什么就是了。

"没事没事,我跟你讲,这是草莓口味,它还有别的味道,我吃过巧克力的……"

对面两人还能就着一个蛋糕聊起来,且聊得不亦乐乎。

许汀白看了眼叽叽喳喳话很多的李恒,又看了眼似乎还挺感兴趣的林清乐,饭也不是很想吃了。

过了一会儿后,林清乐把饭吃完了。

林清乐:"那我先走了啊,你们慢慢吃。"

李恒:"好,拜拜。"

"嗯。"

林清乐把餐盘放到规定的地方,提着小蛋糕往电梯的方向走去。

电梯没到,她站着等了一会儿。

"林清乐。"

林清乐闻声回头,看到许汀白也出来了。

林清乐:"你也吃完了?"

"嗯。"许汀白突然朝她伸手,"给我。"

"什么?"

"蛋糕。"

林清乐看了眼自己拎着的蛋糕盒,不明所以,但还是把它往前递了一下:"怎么了?"

许汀白直接把她手上的拿走了,然后把他不知道什么时候买的蛋糕挂在了她手指上:"拿去吧。"

林清乐愣愣地看着他换走了李恒的蛋糕:"你这个……"

"香草的。"许汀白道,"他买的是草莓味,不好吃。"

果不其然,中午和许汀白在餐厅一起吃饭的消息很快就传遍了公司,林清乐回到自己部门后,同部门的同事纷纷过来打探。

还好林清乐解释说是因为之前一起出过差,且后来也有李恒一起吃饭,才杜绝了那些谣言。

一个月后，公司酒会。

新项目推出，代言人敲定，Aurora作为入驻国内的新公司，也邀请了业内人士和各个合作方做了一次交流。

酒会地点选在一家庄园，林清乐作为策划部的人，看好的是会在这次酒会里出现的明星和即将产生的广告流量效果。

除此之外，酒会的布置也在他们的工作范围内。于是这天一大早，林清乐就跟团队的人一起到了庄园那边。

"今天的所有事都要做到万无一失，清乐，叶之游还有今晚来的其他明星都由你亲自对接，人要安排好，到时候现场别乱了。"成总监快速经过，丢下了一句。

林清乐："我知道的，已经跟他们联系过了。"

"记者那边也是，叶之游今天在这儿的图最好全都带上我们的Logo抛出去。"

叶之游是他们Aurora敲定的代言人，明星顶流，千万粉丝，他们的合作即将官宣。

"好，所有照片我都会审核的。"

"行，那我现在去那边，这边你看着。"

"嗯。"

……

忙碌了一整天后，酒会总算要正式开始了，策划部门所有人都去里间换了衣服。

此前，他们为了白天跑来跑去方便些，穿的是简单的衬衣黑裤和白色平底鞋。但到了参会时间，他们都要按要求换礼服和高跟鞋。

林清乐给自己重新化了妆后，把礼服和高跟鞋换上。这一套是她上个周末才去买的，价格吓人，让她肉痛了好一会儿。

不过于亭亭和董晓倪都说好看，她被劝着劝着也就买了。不过她穿上后有些后悔了，礼服倒还好，就是这高跟……比她平时穿过的高跟都高。

早知道就不听她们俩忽悠了，走路都不好走。

许汀白和夏谭差不多同时到场，受邀的明星在外面的红毯上拍照、同记者交流，他们这些主办方人员则是已经在酒会上觥筹交错了。

"赵总那边把女儿也带来了，看到了吧？"夏谭抿了口红酒，对许汀白揶揄道。

许汀白看了他一眼："然后呢？"

夏谭："还然后呢，你信不信，等会儿赵子爱就要扑过来了。"

许汀白："不会。"

夏谭："怎么不会，现在是没喝多，还傲娇着呢，这大小姐的韧性你还不知道啊。上回咱们庆功宴你都让她滚了，后来还不是屁颠屁颠来公司给你送饭。"

许汀白有些不耐烦："很闲吗你，说这些。"

"嘿，你还不信呢，等着瞧哦。"夏谭说着，突然四处张望了下，"今天到了这儿还没见清乐，我要让清乐也过来见识见识。"

许汀白："有病？"

"嘿嘿，是有，喜欢看你笑话。"

"……"

就在这时，夏谭见策划部总监走过，朝他招了下手："成总监。"

"夏总。"

"老成，今天穿得挺帅啊，有点你们策划部门面的意思了。"

成总监笑着道："我们策划部门面多着呢，我这张老脸就不排号了。"

"是嘛。"

"是啊，我们部花才是排面。"

"部花都出来了啊……"

"可不，我手底下林副经理就是我们部部花，公认的哈哈。"

许汀白闻言看了他一眼。

成总监道："平时大家虽然在一栋楼，也不一定能见到，今天这大场合露了个脸，其他部门都不知多少人来问我那小姑娘了。啧，看来可以内部消化了，到时候我都能算个红娘。"

"噗……"夏谭勾过成总监的肩，"你想当红娘啊？"

成总监笑:"林副经理是单身啊,我瞧着她踏实能干,长得还好看,我当个红娘拉个线还不容易?"

"哟,你这领导不错啊,还操心下属终身大事呢。"夏谭一边说一边去看许汀白,看到他脸色有些黑后,心情更加飞扬。

成总监也没觉得哪里不对,说:"咱公司年轻人居多,能成一对也不错。哦,当然不同部门比较好,同部门恋爱就有点影响工作了。"

"哈哈,说的是说的是,哎,她人呢?"

"刚刚对接那些明星去了。"成总监朝门口看了眼,突然道,"哎哎,这不来了嘛。"

酒会入场处,此时正好有五六个人进来了。

为首的那个,在场的人都认识,西装领结,英俊亮眼,正是当红大明星叶之游,也是 Aurora 即将官宣的代言人。走在右边的是他的经纪人和助理们,而走在左边正跟他交谈着什么的,就是成总监口中的部花,林清乐。

因为酒会,她今天穿了一身黑色长裙,一字领露肩,右侧裙摆开了口,腰部不盈一握,走路间,长腿若隐若现。

她本就白,黑色裙子穿在她身上,更是将她露在外面的皮肤衬得越发亮眼。

原本在叶之游这种大明星身旁,素人会显得非常普通,可林清乐这般打扮,跟叶之游一起走进来,竟一点也不像工作人员,反而像同行的明星。

不过林清乐也就一开始惹眼,因为她跟叶之游交谈完之后很快就退到后面去了,隐于一众工作人员当中。

"唔……果然是部花,老成,今年你们策划部赢了。"夏谭一边跟成总监这么说着,一边手肘撞了许汀白一下。

许汀白看了他一眼,眼神里略带警告。

夏谭立刻比了个戳瞎自己的动作。

不过一会儿,叶之游那几人走了过来。

"许总你好,我是叶之游的经纪人蒋超。"

"你好。"

"谢谢许总选我们做品牌代言,接下来的合作……"

……

他们开始聊工作了,而把叶之游带进来后,林清乐今天最重要的任务算是完成了。她往边上挪了挪,拿了杯果酒喝了几口。

喉咙一凉,干涩感过去,她也松了一口气。

今晚她走来走去接待明星嘉宾,一刻也没松懈,而且还穿着高跟鞋,一晚上下来,腿都疼了。

"不会不舒服?"

喝完东西后,刚想拿块小蛋糕垫下肚子,身后突然传来了熟悉的声音。

林清乐仿佛被抓包一样缩回了手,她回头看向来人,是跟叶之游聊完后走过来的许汀白。

林清乐:"什么不舒服?"

许汀白看了眼她的高跟鞋:"我是说你的右脚,后面都红了。"

林清乐愣了下,右腿有些不自在地往后挪了挪,他怎么……这都能看见啊。

"没事,就一点点,因为是新鞋,穿得还有点不习惯。"

许汀白没说什么,而后看了眼她手里还没放下的高脚杯,问:"你还敢喝酒?"

林清乐:"这个是果酒,没事的。其实……我也没有那么不能喝。"

许汀白笑了下:"是吗?"

"真的……那天是你们那个酒太烈了,我一下子干了两杯所以才醉了。"

"哦,知道了。"

看着也不像知道了啊。

林清乐讪讪地把酒杯放下,余光看到许汀白手里也有半杯酒,突然想起什么,说:"你今天还喝酒?"

许汀白:"嗯。"

林清乐皱眉:"那你还说我,你自己也不可以再喝了,你看你上次都喝出问题了。"

许汀白沉默片刻:"今天招待的人有点多,没办法。"

他的语气里有些无可奈何,林清乐顿时觉得他也有些可怜……在他那个位置上,很多事有时候也是身不由己。

"那你可以假装喝,反正这也不是那种酒局,没人盯着你喝完。"

许汀白看着她有些担忧的眼神,语气更柔和了些:"嗯,那我尽量。"

"别尽量,要真的做到,知道没?"

许汀白轻笑了下,这次肯定地点了头:"知道了。"

"汀白,很久不见啊。"这时,有人过来打招呼了。许汀白是这场酒会的主人,所以肯定有很多人来找他,林清乐往后退了些,安静下来。

许汀白看了过去:"赵叔叔。"

赵正辉:"嗯,怎么样啊,你回国后,我一直没抽出时间去你公司看看。"

"一切都还顺利。"

"那就好啊,你做得很不错,浩森和寒景有你这样的帮手真是幸运。"赵正辉开玩笑道,"不像我这女儿啊,尽爱胡闹,公司的事也不管。"

赵正辉边上的赵子爱听到这话,轻哼了声:"爸,你怎么到哪儿都爱损我啊。"

"哎呀,在汀白面前说有什么关系,你俩都这么熟了,他还不知道你啊。"

"哪里熟了,不熟,一点都不熟!"赵子爱扭过头,气呼呼地道。

"哎你这丫头怎么回事,今天非要跟着我一起来见汀白,来了之后又这么跟人家说话。"

林清乐本来就打算在后头当个背景板,但听到这话,不免还是看向了眼前这对父女。

嘉宾名单她是知道的,来者是赵氏集团的赵总和他女儿赵子爱,但……他们跟许汀白的渊源她却不知道。

她又看了那个大小姐一眼,唔,还挺漂亮的。

"爸,我哪里非跟你来见……你别乱说,我可没有。"

"行了你,天天在家念叨。"

赵子爱面带嗔怒:"哪有!"

许汀白眉头浅浅一皱,回头看了眼林清乐。

林清乐见他突然望过来,扬唇笑了下,用眼神示意他"好好聊,不用管她"。

许汀白:"……"

"哎?这位是?"赵正辉顺着许汀白的目光看向林清乐。

林清乐已经尽量降低存在感了,但客人问起,她还是要大大方方打招呼的,她朝来人伸手:"您好赵总,我是 Aurora 策划部副经理,我叫林清乐。"

"哦哦,你好。"赵正辉跟她握了下手,笑道,"看来你们 Aurora 卧虎藏龙啊,经理都这么年轻。"

林清乐:"赵总您说笑了。"

赵子爱方才远远地就看到许汀白跟这个穿黑裙的女人说话,她刚刚还以为这人是其他什么企业来的代表或者跟她一样是跟着父辈来的,没想到竟然是许汀白手底下的人。

她上上下下打量了林清乐好几眼。

这种场合,女孩子之间难免会有攀比。赵子爱近看她这般的样貌和身姿,心里有些不舒坦。

这女人长这样,天天在许汀白身边工作……

"许汀白,你这个庄园不错啊,我还没逛过呢,你带我逛逛。"赵子爱走到许汀白身边,把身后的林清乐挡了个彻底。

许汀白眸光微沉:"我让……"

"我爸爸也想逛一下!对吧爸爸。"赵子爱知道许汀白想说什么,立刻把他堵了回去。

赵正辉:"也行啊,正好上个月我在英国碰到你小姨,当时还聊了很多,跟你说说……"

赵正辉是许汀白小姨和姨夫的挚交,因为这层关系,许汀白对他一直是尊敬的。

"好。"许汀白面色淡淡,领着赵正辉往前走去。

林清乐见他们离开了,赶紧回头拿起方才放下的蛋糕。但刚用勺子挖起一口,就看到已经走远的许汀白看了过来。

她愣了下,以为他有什么跟她交代,所以便等着没动。但他身边的女孩子好像说了句什么,他又回头跟人家说话去了。

林清乐收回视线，缓缓把那口蛋糕送进嘴里。

哼……还挺忙。

吃完一个小蛋糕后，林清乐终于稍微舒服了点，她今天一整天忙得没怎么吃东西，方才感觉自己都要饿死了。

稍微填了点肚子后，她去卫生间补了下口红，再回来时，又和几个明星艺人的经纪人交流了会儿，最后因为脚站得实在有些疼，她这才走到庄园二楼一个比较偏的地方休息。

手机震动，是于亭亭发来了消息："怎么样？有没有惊艳四座？"

林清乐坐在椅子上给他回复："惊艳四座没有，腿疼是真的。"

于亭亭："我不信。"

林清乐立马给她拍了张图发过去："看到没，后面都磨破皮了！"

于亭亭："啊，应该先贴个创可贴的……原来好鞋也磨脚！"

林清乐："是啊，失策。"

于亭亭："不过也不要紧，我相信你今天是美到了。你家许总看到有没有被美得头晕目眩，夸了你没！"

林清乐沉默了下，什么美得头晕目眩啊……夸张。

许汀白见过的漂亮女孩子估计多了，比如今天那个赵子爱，她有什么好夸的……

林清乐放下手机，觉得有些郁闷。她没有再回复于亭亭，而是俯下身去看自己的腿。

嘶……真疼。

"还说没事？"突然，有个脚步声靠近了。

林清乐立刻直起身子看向声音源头，竟见许汀白也到了二楼。

林清乐惊讶道："你不是带……赵总在逛吗，怎么在这儿？"

许汀白径直走了过来："让夏潭去了。"

"哦……"

许汀白停在她面前，解了腰腹处的西装扣，单膝点地蹲了下来："很疼吗？"

林清乐在他将要碰到她小腿的时候立刻伸手阻止了他，她往前面的走廊看了眼:"你起来……别让人看见了。"

　　许汀白恍若未闻:"抬脚,鞋子先脱了。"

　　林清乐不肯动:"我……我不疼!"

　　"破皮了也不疼?"

　　林清乐坚持摇头:"不疼。"

　　许汀白抬眸看了她一眼,眼神里带着压迫。

　　林清乐轻咽了口口水:"真不疼……"

　　"行,是我看着疼。"许汀白沉着脸,伸手强制性地把她的高跟鞋脱了。

　　"嘶……"

　　许汀白把鞋子放在一旁,看了看她后脚跟,两只都磨破了,也不知道这个傻子坚持了多久。

　　"你怎么随便脱我鞋子啊……"林清乐两条腿局促地交叠在一起,弱弱地抗议。

　　"这么穿下去,是为了明天让公司派轿子去你家接你吗?"

　　"……"

　　林清乐耳朵微烫,因为腿有些支撑不住,脚尖便想点在地上。然而刚落地,脚底却是一暖。

　　她愣了下,倏地低眸看去,只见许汀白一手拿着手机准备打电话,另一只手准确地垫在了她脚下。

　　她踩在他的掌心,他轻抓住了她的脚。

　　林清乐脑子轰的一声,炸了,立刻就想缩回去,然而他的手却用了力,牢牢地抓住了。

　　"地上脏。"许汀白淡淡道。

　　林清乐指尖都绷住了:"我,我可以……"

　　她想说,她可以把腿收起来,虽然穿这个裙子有点不方便。

　　但许汀白显然没有想听她说的意思,做了个噤声的动作,拨出了一个电话。

　　林清乐:"……"

　　"喂,是我。"

　　他平静地讲着电话,而林清乐坐着,一动不敢动。

此时，他的手就这么握着她的脚……他的手是干燥温暖的，可她觉得，自己从腿开始，都被他点燃了。

"嗯，你把鞋和创可贴送过来吧，在二楼拐角座椅这边……好。"许汀白跟电话那边的人交代着，详细说完后，才把电话挂了。

林清乐低着头，两边头发隐约遮住了她发红的脸颊……

许汀白放下手机，低眸看了眼手心里握着的脚。

白皙细嫩，瘦而匀称，大概因为紧张，她的脚趾微微绷着，僵硬得可爱。

许汀白方才也不是故意逗她，只是看她腿要放下来，下意识就接了，没想别的什么。现在看到自己这么抓着，画面旖旎，才猛地心颤。

他目光微凝，别扭地转开视线，想去跟她说话。但抬眸间，入目的却是两条纤细修长的腿。

黑裙开衩处因坐姿而打开更多，他离她这么近，她的肌肤和线条都看得十分清晰。

许汀白愣了下，这下彻底转开了头："等会儿，我让杰森给你拿双拖鞋。"

林清乐感觉自己嗓子都要冒烟了，但还是故作淡定地说道："拖鞋？那不合适吧。"

"怎么不合适？"

"我穿着礼服，穿拖鞋不是很奇怪吗？"

"没关系，楼下也快结束了。"

"但是还有公司的人没走的，这样穿……不好看。"

说起这个，许汀白就想起成总监说的，她今天惹得很多人注意。

许汀白心里有些烦躁："管公司的人怎么觉得干什么，你管你自己舒服就行了。"

"不是啊……那今天这个场合，还是得穿得得体好看一点才行。"

"你——"

"嘘。"

林清乐突然制止了他接下来的话，因为她听到走廊那边传来两个人交谈的声音。来这个地方的不会是客人，肯定是他们公司的人。

林清乐看了眼自己和许汀白的姿势和动作，整个人一慌，她赶紧推了他一下:"让开。"

许汀白这个姿势被她这么用力一推,有些不稳,他下意识地松开了手保持平衡。

而林清乐则趁他松了手,立马站起来往边上有隔断挡着的地方跑去,中途还极快地把一旁的高跟鞋带走了。

她躲的速度让许汀白一愣:"你干什么?"

"别说话!"

许汀白的眉头因疑惑浅浅一皱,他起了身,刚想再问句为什么时,就见林清乐好像想起了什么似的,突然伸手把他也拽了过去。

"别让同事看见了。"林清乐急急低语。

她好像特别怕人发现他们之间有什么。

许汀白对她此时的行为有些不高兴,但低眸间,看见身前的人显然有些慌张的样子,又觉得有些好玩。

方才穿了高跟鞋比平时高出一大截,在那样的场合看着确实很有气势。但现在赤脚站在地上,睫毛因怕旁人靠近而微微抖动时,又像只可怜兮兮的小白兔。

林清乐是真的慌了,她原本只是想自己躲一下就好,但想到公司的人要是看到许汀白站在这儿,肯定会过来打个招呼什么的,于是干脆把他也给拉了过来。

她专心听着脚步声,注意着来人是不是走远了。直到许汀白俯身,在她耳侧问了句:"要躲多久?"

他说话声音沉沉的,热气和声线一起撞在她的耳膜上,耳朵顿时一阵酥麻。

林清乐条件反射地回缩了下,慌忙抬眸看他:"等他们走了就好。"

许汀白微微挑眉:"行。"

他离她很近。

她这会儿才意识到,她方才拉他拉得有些猛。此时她的鼻尖离许汀白也就几厘米,他的呼吸她都能感觉到……林清乐眸子微垂,轻呼了一口热气,伸手推了他一下。

"别动,不是要躲好吗?"他抓住她的手腕,压得更近了些。

林清乐微微瞪目,看着自己的鼻尖几乎要碰到他身上……

其实,也不用躲成这样。

他们安静地站在这个拐角就好了……

然而,林清乐这会儿也说不出什么话来了,寂静的空间里,她只能感受到自己的心扑通扑通的,好像整颗都要跳出来一般。

嗡嗡嗡——

过了一会儿,脚步声远了,谁的手机震动了起来。

"行了。"林清乐推了他一下。

许汀白不为所动。

"已经走了,不用躲了……"林清乐又推了他一下。

"嗯?"

"许汀白,你手机响了,快接。"

手机声不断,许汀白这才不情不愿地放开了她,从口袋里拿了出来。

"说。"

"许总,我到二楼了,你们在哪儿?"

许汀白语气略有不悦:"走到尽头来。"

"……好。"

杰森来得很快,他匆匆赶到走廊尽头,一转弯就看到了站在这边的两人。

看到在场的还有林清乐时,他的眼神完全是了然的。

"林副经理,鞋子在这儿,是新的。"

林清乐:"谢谢啊……"

许汀白接过拖鞋,俯身放在她面前:"穿上。"

林清乐看着眼前的酒店式拖鞋,想着等会儿自己还要下楼跟同事们开个结束的短会,犹豫了:"唔……你们先走吧,我坐一会儿,等会儿穿。"

许汀白:"是不是等我们走了就把它放这儿了?"

林清乐:"……"

许汀白屈指在她额头上弹了下:"还想穿那高跟鞋?"

林清乐嘟囔:"我刚才就说不用给我拿拖鞋嘛……"

"林清乐。"

"创可贴给我就行,你不要担心,这样就不会疼了。"林清乐赶忙从杰森手里把创可贴拿了过来,快速给自己贴上后,在许汀白眼皮子底下把高跟鞋重新穿上了。

"嗯!很好!一点儿都不疼。"林清乐起身,"那我下去跟部门同事再开个会,你们自便!"

"你——"

"拜拜!"

林清乐溜得飞快,鞋跟敲在地面上,留下了一个都市丽人倔强的背影。

许汀白:"……"

到楼下后,酒会也差不多散了。

成总监召集部门的同事,开了个简短的会……

"好,那就先这样,接下来的事放明天早会说。今天大家都辛苦了,赶紧回家休息吧。"

成总监说完后,林清乐和同部门的几个女同事一起去了内间把自己的东西拿走,之后准备离开。

离开时的路要经过原先的酒会现场,几人到那里时,林清乐看到了许汀白和夏谭的身影。

"林副经理。"夏谭突然抬手朝她示意了下。

林清乐只好停住脚步,跟同事说了声让她们先走,自己走了过去。

不过此刻看到许汀白,她还是能想到不久前在二楼那幕,略有些不自在:"你们怎么还在?"

"晚上没什么事,不急着走。"夏谭道,"清乐,今天晚上很漂亮哦。"

林清乐:"谢谢,夏总也很好看。"

"是嘛,那今晚我跟咱们许总,谁更好看?"

林清乐愣了下:"啊?"

"当然是你好看了,夏谭。"突然,有个声音接了一句。

三人闻声看去,竟见赵子爱走了过来。

夏谭轻咳了声:"子爱啊,你怎么还在呢,我们这儿客人可都散场了。"

赵子爱瞥了眼许汀白："我让我爸先走了，我留着跟几个朋友多聊了会儿。"

夏谭："这样。"

"你们在这儿聊什么？"

"没聊什么，随便说了几句话而已。"

赵子爱看了林清乐一眼，道："那你们晚上还有约吗，要不要去吃点什么？许汀白，今晚你这儿的东西我可都没有吃，你得请我吃点别的。"

许汀白："夏谭，你陪她去吃吧。"

夏谭道："……哦。"

赵子爱一愣，话音略带尖锐："许总，你可真抠门。今天我是客人，你请我吃个饭没什么吧。"

许汀白淡淡地看了她一眼："不好意思了赵小姐，我还有点事。夏谭也是今天的主人，他陪你吃也是一样的。"

"许汀白！你明明知道不一样。"赵子爱终于忍不住，变了脸，"上次我给你送去公司的饭你不吃也就算了，今天你还这样，那你说吧，你现在有什么事？"

夏谭摸了摸鼻子，他说什么来着，就知道这大小姐绷不住。

许汀白拧眉："我有什么事要跟你交代吗？"

"……"

许汀白懒得理会她，低眸看了眼林清乐的鞋子，突然道："还没换掉？"

林清乐本来在一旁安静地当观众，没想到话锋突然到她身上来了："啊？我，我马上就回去了，等会儿坐车，没关系。"

许汀白"哦"了声，拉过她的手腕："车不好打，坐我的车走。"

林清乐浑身一凛，下意识第一眼看的就是赵子爱。而后者则诧异地看着她，那眼神，像要冲上来把她给撕了。

这……该死的熟悉的感觉。

林清乐道："不……不用了吧，你刚不是说还有事吗？你忙你的，我自己回去！"

许汀白："我说的事就是送你。"

"……"

"走吧。"

许汀白拉着林清乐往门口去了。

赵子爱怔怔地看着，好一会儿才反应过来："许汀白——"

夏谭连忙躲开："既然你也不让我陪着吃饭，那我就先走了啊，再见再见！"

赵子爱："喂！"

许汀白和林清乐走到停车的位置时，夏谭也追出来了。

"许汀白你不道德啊，还让我跟她吃饭？"

许汀白回头看他："你刚才不是答应得挺快的？我以为你很乐意。"

夏谭摊手："大哥？你哪里看出来我很乐意了。"

许汀白："没有就算了，她应该也没有真的想吃什么。"

"当然了，你不去，她能想吃什么啊。"夏谭说着看向一旁默默无语的林清乐，"清乐，你看见了吧？"

林清乐："什么？"

夏谭意图报复，故意道："这家伙拈花惹草，刚刚那个赵子爱对他痴迷得很，都魔怔了。"

"夏谭！"许汀白语气暗带警告。

夏谭："干吗！这都是实话，人家对你那是迷恋，又爱又恨的，都快疯了吧，清乐我跟你说啊……"

话音一滞，夏谭突然没继续下去了，因为他看到林清乐笑了。

"咦？你笑什么，我是说真的。"

林清乐连忙收敛："我知道。"

"知道？"

林清乐想了想："像她那种情况的，我见过，所以……算习惯了。"

许汀白："……"

夏谭："什……什么？"

"那个，高中的时候也有个女孩，状态跟这个赵子爱还蛮像的。"林清乐看向许汀白，"你记得吗？叫燕戴容，那时候她也对你……"

"有那么多话可以聊吗，上车。"许汀白面无表情地打断了她。

林清乐："……"

夏谭："别啊，有什么故事啊，清乐你跟我讲讲。"

许汀白拉开车门，把林清乐塞进了车后座。

关上车门后，他回头看了夏谭一眼："讲什么，坐你自己的车去。"

夏谭："？"

晚上十点。

一辆黑色汽车穿行在空旷的马路上，开了一会儿后，风声渐起，稀稀疏疏的雨水落在了车玻璃上。

许汀白让司机调小了音乐声，也稍微降低了车速。

他们今天举办活动的庄园离市区较远，从这儿开到她家，大概要一个多小时。

林清乐不是很喜欢下雨天，不过此时看着窗外越下越大的雨，心里却没觉得多烦闷。

"你是不太喜欢我说起燕戴容吗？"她觉得他方才的反应不是很对，所以问了句。

许汀白："没有。"

"那你好像不是很开心。"

许汀白："我只是觉得那些人都无关紧要，刚才那些，你别听夏谭乱说。"

"我知道，夏谭说话就是夸张了点嘛。"林清乐道，"不过我看着，那个赵子爱确实对你比较上心。"

许汀白眉头轻拧："我对她没有别的意思。"

"哦。"

她也没说什么啊，以前她便知道，他就算什么都不做，也很得女孩子喜欢。

林清乐没再说话，支着下巴看着窗外的雨。

许汀白看了她一眼，手不自觉地握紧了些。

他不想让夏谭在她面前乱说，也急于去做解释，因为他怕她想歪了，怕她不高兴。可真发现她一点儿都没有想歪，也一点儿都没有不高兴时，他却反而觉得不高兴了……

她不介意那些人，这是否表示，她也不在意他。

雨越下越大，等车开到小区门口时，一开始的小雨成了瓢泼大雨。

"你有伞吗？"林清乐问。

"开进去吧。"

林清乐："但是外来车辆是进不了车库的。"

"没事，在你那栋楼前面停。"

林清乐看这雨势，只好点头："也行。"

车子缓缓开进了小区。

林清乐告诉司机："前面右拐就到了。"

"好的，林小姐。"

拐个弯就要到林清乐住的那栋楼了，他们却发现楼前正好停了几辆车，而且不知道人去哪儿了，竟然不开走。许汀白看向旁边空着的停车位，吩咐司机："先停这儿吧。"

"我直接下车吧，这样你也不用停了，开走就行。"

"雨太大了，我送你。"

没伞啊……怎么送？

林清乐正疑惑着，就见许汀白在车停稳后直接把放在一旁的外套拿起来，打开车门绕到她这边："发什么呆，出来。"

林清乐看着他把外套搭在她车外……雨水落地声轰鸣，那一瞬间，她脑子里只来得及想了下"这是什么偶像剧情节"就被他拉了出去。

但西装外套不像大衣那么长，走了两步许汀白就发现它并不能照顾到两个人，于是干脆把衣服往林清乐头上一放，拉着她跑了，留下司机在车上目瞪口呆。

从停车位到林清乐住的那栋楼也就十米的距离，他们很快就跑到了，但雨到底还是太大了，林清乐把衣服从头上拿下来的时候，看到许汀白的衬衣都湿透了。

"上去吧，创可贴记得换。"他拿过她手上的外套，转身想走。

"等下！"林清乐想都没想就揪住了他的衣服。

许汀白回头。

林清乐踌躇了下,说:"你要不要上来吹干?顺便,我给你拿把伞吧。"

屋里今天没有别人,于亭亭去了黄成旭那里,董晓倪回父母家住了。不过林清乐拿钥匙开门的时候,还是有点后悔了。

她们家除了黄成旭来过一两次外,还没有别的男人来过,屋里都是女孩子的气息,而且她们三个最近工作都忙,所以屋里挺乱的。

两人站在玄关处时,林清乐急急换了拖鞋:"你给我两分钟!"

许汀白也是听话,站在原地没动,其间打了个电话让司机等他一下。

林清乐进到客厅后一阵扫荡,把乱七八糟的东西都收起来,把茶几上的零食袋直接丢进了垃圾桶。快速整理一番后,她才重新走到许汀白面前。

"可以进来了,这个拖鞋给你,之前于亭亭买的,黄成旭穿过一次。"

许汀白看着她微喘的样子,微微笑道:"好。"

"那你到我房间的浴室来,里面有吹风机,你的头发吹一下。"

"嗯。"

这个房子最开始是林清乐租的,她睡的是主卧,里头带一个独立卫生间,而董晓倪和于亭亭两个人住次卧,卫生间是在外面共享的。

林清乐带着许汀白到了卫生间,给他递了条干净的毛巾。

许汀白还是头一回到女生的浴室里,浴室是干净的,但是东西很多,尤其是台面上,瓶瓶罐罐的护肤品、化妆品摆了好几排。

林清乐看着他的视线停留在她这些东西上,摸了摸鼻子:"有点乱……我今天早上着急就没有放好,不过平时很整齐的!"

许汀白笑了下:"还好。"

林清乐微窘:"那,你吹头发吧。"

"嗯。"

许汀白吹头发的时候,林清乐便出去在外面等着。

过了一会儿,听到他把吹风机按停,她才探头进去:"好了是吗?"

许汀白打量她一眼:"过来。"

林清乐走进去:"怎么啦?"

许汀白把她拉到了自己和洗脸台之间:"吹头发。"

林清乐愣了愣,还没说什么,耳边就响起了吹风机的声音,他在给她吹脸颊两侧的头发，方才外套到底没有遮全。

"我……我自己来吧。"林清乐伸手要去拿吹风机。

许汀白举高了些："别动。"

身高上占了劣势的林清乐："……"

"我给你吹，很快。"

他强行把她堵在这块小空间里，热风吹过，他的手指撩起她的发丝，偶尔蹭过她的脸颊。

林清乐怔愣在原地，看向镜子里的许汀白。他低着眸，此刻看着分外认真……

林清乐感觉自己的体温因为浴室的升温而升高。

好热，风是，他的胸膛亦是。

她淋湿的地方很少，很快就吹干了。许汀白关了吹风机，轻拍了下她的头："林清乐。"

"啊？"她看着镜子里的人，目光微闪。

许汀白也看向镜子里的人，突然问："你是不是从小到大只用一种洗发露，一种沐浴露？"

林清乐微微迷茫："没有啊……怎么了？"

许汀白停顿了下："没事，小时候觉得你身上有股香味，现在……也一样。"

林清乐腾的一下脸更热了，镜面雾气虽然散光，但他说完后，她还是清楚地看到镜中的自己连脖子都带了异色。

"我……我当然换过了！现在用的怎么可能跟那么多年前用的一样？"

"哦。"

她仓皇低眸，心跳如鼓："高中用的那个牌子现在好像都倒闭了……你记错了肯定。"

许汀白沉默了下，看着镜子里美得摄人的女人："不会，你的味道我一直都记得很清楚。"

窗外的雨丝毫没有变小的意思，雨水重重地打在玻璃上，发出沉闷的声音，也打在了她的心上。

　　林清乐站在厨房的窗台前，给许汀白倒了一杯温水，顺便调整了下自己的呼吸。

　　刚才他在浴室说什么……

　　味道……

　　她什么味道。

　　他怎么知道她什么味道？

　　"晚上就你一个人在家吗？"他的声音从后面靠近，他也走到厨房。

　　林清乐今晚也不知道是怎么了，脸红个没完，她都不敢回头看他："哦，室友一个回爸妈家，一个去男朋友家了。"

　　许汀白："所以你经常一个人？"

　　林清乐："也没有，晓倪只是偶尔不在，亭亭比较频繁。毕竟她谈恋爱，腻在男朋友家的时候比较多。"

　　许汀白略沉思了下："听起来挺不错的。"

　　林清乐："……"

　　"水倒好了吗？"

　　林清乐愣了下，连忙回身递给他："好了，你喝吧。"

　　"嗯。"

　　林清乐递给他后也没有停留，去屋里拿伞去了。

　　而最后，衣服、头发吹干，水也喝完的许汀白再也找不到借口待着了。

　　"伞给你，路上注意安全。"林清乐送他到门口。

　　"好。"

　　林清乐站在门里："那今天谢谢你。"

　　许汀白微滞："你不用跟我说谢谢。"

　　"嗯？"

　　"如果这点事都要说谢谢，那以前那些，我欠你多少句谢。"

　　他说这句话的时候微低着眸看着她，眼神专注，但语气略有不满。

　　身后的走道是黑的，此时唯有门口顶部的感应灯光线倾洒下来，他长身而立，在门框之外仿佛一幅内敛深沉的画卷。

　　看久了好像能轻易被画中人带进去，进而失神。

林清乐强迫自己移开目光,看向他手腕上挂着的还有些潮湿的西装外套:"以前是我非得去照顾你,不用说谢谢。"
　　"那现在也一样。"许汀白脸上没有情绪,但说出的每个字都仿佛带了热度,"现在是我非得送你回来,非得给你遮雨,非得照顾你。"
　　林清乐眸子微颤,只见他朝她走近了一步。
　　"林清乐,那次出差喝酒,你没有忘记吧?"
　　林清乐倏地抬眸,慌乱之下想辩解什么,他却没有让她说出来:"如果你真忘了也没关系,我可以重新说一遍。"
　　她看着他,喉咙像被堵住了。
　　许汀白轻声道:"我做的所有努力,最终只是想再见到你,照顾你。我知道,十六岁的林清乐已经长大了,她很优秀,不需要别人照顾。但我还是想让她给我一点机会,我想要跟以前一样,把她留在我身边。"
　　简单的几句话像炮弹在空气中炸开,林清乐被震得不知所措,只觉耳根发麻,血液上涌。
　　没有华丽的辞藻,也不是什么甜腻的语言,可是,她知道他在说什么。
　　"我……"
　　"我不逼你马上回答。"许汀白看了眼她发红的耳朵,说,"给你时间想,我一直在。"

　　许汀白是什么时候走的,她是怎么关上门的,最后她又是怎么缩回房间的,林清乐都忘了。
　　那一小段记忆被他突然的言语冲散得一干二净,埋在被窝里时,林清乐脑子里仅剩下他离开前眼里全数的认真。
　　他在……表白?

　　林清乐大学那会儿没少被表白,可她从来没有像现在一样,过去这么久,心脏还跳得仿佛下一秒就能猝死一样。
　　留在我身边……留在我身边……
　　他想要跟她在一起吗?
　　不过他们好像重新遇上也没多久吧,他说从始至终都是这么想的……

跟她想的一样吗？

林清乐意识到这点，呜咽了声，掀起边上的被子把自己紧紧裹在了里面。

重逢后，她没有想过两人会有什么，真的没想过。

她以为自己生着他的气，记得他的坏，会跟他保持朋友的距离，对他不会有其他心思。

可现在，听到自己不再正常的心跳，她才明白……可能有些东西，她就是无法控制。

CHAPTER 13
我只喜欢你

经过这晚许汀白的短暂语言轰炸,林清乐心头巨乱,第二天去了公司她都有些无法适应。

然而某人也并没有要让她适应适应的意思,中午吃饭前,她就收到了他的信息。

许汀白:"几点去吃饭?"

林清乐现在光是看到许汀白的消息都能心跳加速:"马上……"

许汀白:"餐厅,一起吃吧!"

林清乐一愣,昨天的事她还没消化好呢,现在就要一起吃饭了?!还是在公司餐厅……上次他们一起吃就已经被围观了,她可不想了!

林清乐:"那个,总监突然派了事,我中午可能要很晚吃了,你先去吃吧。"

许汀白没有回复。

林清乐想,他应该不会再说要一起吃午饭了。于是她放下手机,拍了拍脸颊,呼……突然觉得好紧张。

"清乐。"没过一会儿,成总监走了过来。

林清乐:"总监。"

成总监:"上回咱们那个关于叶之游和唱片的所有宣传策划案,你拿给许总看一下吧。"

林清乐："啊？现在？"

成总监："对，现在，辛苦了啊，你直接去他办公室吧。"

就……这么巧吗？

"我……我传给许总可以吗？"

"不行啊，许总刚刚突然跟我说想要了解一下，要咱们的人当面跟他讲。"

林清乐："……"

"去一下吧，许总搞突袭，你别被问倒了。"

"不会……"

"行了，那快去吧。"

"……好。"

成总监走了，林清乐默默合上了电脑，从位置上站了起来……

就是这么巧。

林清乐坐着电梯上了 Boss 办公室所在的顶楼。

到办公室外面后，杰森客客气气地给她开了门："中午好，林副经理。"

"中午好。"

"饭菜都好了，而且我中午还给你买了蛋糕，是香草味的哦。"

林清乐："……谢谢。"

林清乐进去后，杰森帮着关上了门。

"来了。"许汀白坐在沙发处，此时茶几上已经摆好了午餐，他见她站着没动，转过来看了她一眼，"电脑呢，没带？"

林清乐："你又不是真的要听什么宣传案……"

许汀白看着她，促狭地笑了下："你怎么知道我不是？"

林清乐一滞。

许汀白："看来林经理不太想给我汇报工作。"

林清乐："……你是不是故意的？"

"你说老成给你派事了，结果我一问，并没有。所以我特意让他给你派个事，不然你可就是对老板撒谎了。"

"……"

什么歪理!

"行了,过来吧,再不吃饭要凉了。"

林清乐睨了他一眼,倔强脾气突然上来:"吃什么,不是汇报工作吗,我手机里也有资料,我现在就跟你讲。"

许汀白这下是真乐了,直接起身把她拉了过来:"还真讲?我就是叫你过来吃个饭。"

"那你干吗跟成总监那么说啊?"

"我不让你领导叫,你过来吗?"

林清乐想起不久前自己才拒绝跟他一起去餐厅吃饭……好吧,她不会过来的。

许汀白轻敲了她一下:"吃吧林经理,不去餐厅,在这儿吃总可以吧?"

林清乐:"……"

大概是被他这么戏耍了一通,原本的羞赧和尴尬都缓解了许多。

而且来都来了,林清乐也不跟他客气什么了,拿起筷子吃了起来。

"过年回去吗?"许汀白问了句。

已经接近年关,他们公司也要放假了。

林清乐点头:"嗯。"

"回溪城?"

"对啊,我妈现在在那里,所以今年要回那儿去。"林清乐道,"你呢……"

许汀白停顿了下:"我不过春节。"

林清乐愣了下,意识到这个节日对他而言,可能并不是一个多好的日子。

"不过到时候放假了去一趟英国,看一下小姨。"

"哦。"

两人有一句没一句地说着话,吃到中途,杰森突然敲了门。

"许总。"

"什么事?"

杰森为难了下，还是说道："赵小姐来了。"
许汀白："说我在开会。"
"可是……赵小姐已经上来了。"
许汀白拧眉，看了杰森一眼。
杰森正色："我说过您没有空，但是她上来了，没人敢拦……"
林清乐眨巴着眼睛，很快把筷子放下了："没事我吃完了，我先走了，你们聊。"
许汀白一下抓住了林清乐："你走什么，我跟她有什么好聊的。"
林清乐看了他一眼，轻哼一声："许总，我哪知道你们有什么好聊的，但人都到门口了，你不聊一下人肯走吗？"
许汀白："……"
林清乐拉开他的手，径直往门外走去。

办公室的气氛霎时降到了冰点，杰森看了眼黑了脸的老板，顿时后悔得要命。
早知道拼死也要拦着了！
命重要还是工作重要！
当然是工作了！

许汀白的办公室外还有助理的工位，林清乐走出来后，一眼就看到了双手抱胸站在窗边的赵子爱。
赵子爱自然也看到她了，她显然没料到在办公室里的人是林清乐，眼睛顿时都快瞪出来了。
林清乐只是稍微对她点了下头，便走进了电梯。
赵子爱几步上前："等一下！"
然而，电梯门已经关上了。
赵子爱着急，立刻去按下降的按钮。
"你到底有什么事！"
电梯没能按停，办公室里的人倒是出来了。
赵子爱气呼呼地回头，可当她看到许汀白明显有了怒气的脸时，气焰顿时又灭了下去。

她不是没在他面前发过火凶过人,可是每次都没用……他根本不怕她。

"我来找你当然是有事,苏阿姨以前可说了,我有什么不懂的问题都可以来请教你的。"赵子爱走上前,眉头拧着,"但是你干吗骗我啊,你说你忙,但其实你根本就是在办公室里跟女人厮混。"

许汀白沉了脸:"厮混?"

"不是吗,那是你下属。许汀白,什么时候你也搞这一套了?"

"哪一套?"许汀白冷笑了声,"赵小姐,麻烦你做事前搞清楚点,她是我正正经经喜欢的人。"

赵子爱愣了下,难以置信,许汀白还会说……喜欢?

许汀白:"你要是真有什么不懂的问题,问我助理,他都可以为你解答。"

赵子爱:"你跟她在一起了?!"

"不用你管。"

"许汀白——"

"适可而止。"

"……"

许汀白冷声道:"赵子爱,不是所有人都要把你当大小姐哄。"

夜幕降临,蛰伏了一个白天的城市渐渐苏醒。车流不息,或归途或奔波,各自都为自己的目的地而去。霓虹开始点亮在城市的每个角落,写字楼里的灯也一样,但与霓虹灯不同的是,写字楼每一个点亮的格子,代表的都是一群在拼搏的人。

林清乐就是这群拼搏的人其中之一,最近工作很忙,回到办公室后,她都没来得及考虑"今天赵子爱来找许汀白干什么",就被一堆工作淹没了。

把手头所有事解决,从公司出来,已经快九点钟。

"不是都搭上许汀白了?怎么,还需要加班啊。"刚从门口走出来,迎面就遇上了一个张扬的女人。

林清乐眉间还有疲色:"赵小姐?不知道你什么意思,但请你说话客气点。"

"客气是什么?"赵子爱睨着她,"林清乐,我只想问你一件事,你是不是跟许汀白在一起了？"

林清乐忙了一天，懒得理她："让一下，我还有事。"

"你等一下！"赵子爱拉住她，"我在这里等你很久了，你敢走！"

林清乐莫名："我没有让你在这里等我。"

赵子爱："那我就是等了啊，我不管，你回答我，到底是不是？"

公司门口人来人往，赵子爱不让她走就算了，偏偏嗓门还控制不住。

林清乐拿她没办法："行了，你很想知道是吧？那我们找个地方坐下，好好说总行吧。"

赵子爱瞥了她一眼："行啊，怕你啊！"

"……"

最后，林清乐就近挑了家咖啡厅。

坐下后，她点了杯咖啡和一块甜点："你喝什么？"

赵子爱："……拿铁。"

"要吃什么吗？"

赵子爱皱眉："大晚上了还吃蛋糕？胖死了。"

"行吧……"

点完东西后，林清乐按了按眉心。赵子爱见她也没有要说话的意思，直接道："喂，你说啊。"

林清乐："什么啊……"

"刚才我问的啊！你鱼的记忆吗！许汀白喜欢你是吧？"

"哦。"

林清乐轻咳了声，很想说"不是"以摆脱这位大小姐的纠缠。可又想到那天他确实表白了，她撒谎又不好。

"唔……这个……"

赵子爱见眼前人这副神色，心已经凉了七八分："所以他真的跟你在一起了？他不是故意拿你来搪塞我？"

林清乐一愣，抬眸："啊？他说我们……在一起了？"

赵子爱脸色暗了下来，仿佛马上就要哭了似的："怎么这样啊，我哪里不如你了，我在国外陪了他那么久！他一回来就喜欢上你，怎么也不讲个先来后到啊……"

服务员正好拿来了咖啡和蛋糕,闻言看了两人一眼。

林清乐扶住咖啡杯:"在国外……你陪着他?"

"他到寒景阿姨家的时候还看不见呢,那时在治疗我经常去看望他,我还给他买了很多吃的,陪着他解闷!大学的时候我们又是同学,那会儿他还会教我不懂的问题呢……"说到这里,赵子爱的声音弱了下来,"要是不回国就好了,他就不会遇上你,就不会喜欢你。"

林清乐:"……"

赵子爱看了她一眼:"你说,他是不是很坏!是不是对我不公平?!"

林清乐低眸,狠狠挖了口蛋糕,心里烦躁非常:"先来后到的顺序如果真的像你说的那么重要,那你没资格跟我说这些。"

赵子爱:"什么?"

林清乐抬眸,神色微冷:"一个人如果不喜欢你,你那么执着有什么用,感情是两情相悦,不是一厢情愿,这不是公不公平能衡量的。"

"可是我……"

"而且,你喜欢他什么?外表?能力?还是因为他不喜欢你?"

赵子爱一噎:"你说什么呢?"

林清乐:"我只是觉得像你们这样的人,可能人生过得太顺,得到一样东西太容易,所以有时候得不到就会觉得不甘心。"

你们这样的人?还有谁?

不过不管还有谁,赵子爱都被说得愣住了,其实她自己也知道,她是有点不甘心,是有点觉得没面子,所以她一直纠结在这儿。

她就是不高兴许汀白这么对她,从小到大,没有人这么对她!

"其实赵小姐这么优秀,喜欢你的人应该也很多吧?"

赵子爱没想到林清乐突然夸她,撇过头:"那是当然!"

"所以为什么要因为喜欢一个人把自己的姿态放得那么低呢?"林清乐看着她,"你长得漂亮,家世也好,多得是人想把你捧在手心。"

赵子爱今天来本是想跟林清乐对峙一番,她在许汀白那儿吃了瘪不开心,所以现在就想故意告诉林清乐她早就认识许汀白,还有他们在国外的事,来给她添堵。

但没想到，林清乐的反应一直是淡淡的，让她完全发挥不出她的威力，甚至有点认同林清乐说的。

赵子爱："你故意这么说，好让我主动退出是不是？"

林清乐又吃了口蛋糕，脑子里都是赵子爱说的"在国外都是她在陪着他"，因此说话也不客气了些："赵小姐还往哪儿退，你本来就没进来过。"

"你！"

林清乐："好了，你今天该说的话也说了，我也听了。咖啡请你喝，我先走了。"

"喂！林清乐！"

林清乐头也不回地走出咖啡厅，拐过路口时，手机震动了下。

她拿出来看了眼，是许汀白发来的，问她回家了没有。

林清乐没有回，直接把手机丢回了口袋。

哼……还说什么在国外也是只想着她的……拈花惹草，也不知道未来还会出现几个像赵子爱这样的！

林清乐一晚上都没回许汀白的消息，第二天早上他又给她发了信息，问她买了什么时候的高铁回家。

后来大概是怎么都不见她回，许汀白直接给她打了电话过来，而且一副不接就不停的架势。

"喂，干吗？"林清乐被烦得没完，接起来后没好气地道。

许汀白愣了下："你是不是生气了？"

"生什么气？"

"昨天赵子爱来我办公室。"

林清乐一噎，口不对心地道："关我什么事……我才没生气。"

许汀白："那你怎么不回我消息？"

"我，我忙啊！要放假了，我有很多事要处理。"

"好，那晚上见一面，一起吃饭。"

"不行。"

"怎么了？"

"晚上部门要聚餐。"

"那明天——"

"明天我就要回家了。"

许汀白:"……"

"副经理,这是我整理的资料,给你。"就在这时,部门的实习生过来了。

林清乐对电话那头的人不冷不热地说道:"我还有工作,挂了啊。"

"等……"

嘟嘟嘟——

顶层的办公室,被挂了电话的许汀白看着黑了屏的手机发怔。

"怎么了?清乐怎么说啊?"一旁的夏谭乐呵呵地问了句。

许汀白:"她挂了我电话。"

"也没答应跟你吃饭?"

"说今天部门聚餐。"

"噗……该,我就知道,你这招桃花的体质会给你带来麻烦,昨天赵子爱来你办公室找你被她撞见了,她肯定得生气。"

许汀白拧眉:"她说没有因为这个生气。"

"What?我亲爱的许总,女人的话你也信?"夏谭连连摇头,"果然啊,你还是吃了没经验的亏。"

许汀白:"……"

放假前的最后一天,公司的气氛都有些不一样了。林清乐在做放假前所有工作准备时,能感觉到自己手底下的实习生明显的雀跃。

下班前的最后一分钟,成总监出来让大家准备准备去订好的餐厅时,几个实习生更是直接从椅子上弹了起来。

林清乐看得一阵好笑,不过她也是能理解的,忙碌了这么久总算可以放松一下,任谁都会开心。

晚上七点钟,策划部的人全都去了餐厅一起吃饭。

饭桌上大家都没怎么碰酒,嘻嘻哈哈聊了一顿饭后转战去了下一场。

第二场是很常规的活动,KTV 唱歌。

喝了点酒后,大家兴致上来,场子也逐渐热了起来。林清乐知道自己酒量不行，所以基本没怎么喝，坐在一旁和大家一起玩骰子。

"总监，你突然去哪了啊，是不是偷偷出去躲酒了！"包厢门被打开，成总监从外面进来被大家看见了。

在这个场合，众人都没了在公司的拘谨，几个大胆的下属也敢调侃总监了。

成总监："瞎说什么呢，我这么好的酒量需要躲酒？你们这群兔崽子还嫩着呢！"

"哎——总监你这话说的，那我们今晚就真的对你不客气了啊。"

"总监，快过来，别又溜了。"

"刚才也不是溜，这不发现隔壁包厢是许总和夏总他们吗，就过去跟他们说了两句。哎，你们一个个的，跟我过去问个好。"

"啊……"几个实习生听到公司高层竟然就在隔壁，一个个都厌了。

"夏总他们怎么会在这儿啊？"

"我还没跟许总说过话……"

成总监："哎，你们怕什么？还能吃了你们啊。"

知道上级在隔壁，虽然有些害怕，但大部分人还是想去问个好、露个脸的。毕竟放在平时，很多人压根都没机会跟许汀白这个级别的领导碰上面。

但林清乐是真心实意地不想过去，虽然她知道许汀白对赵子爱没那种意思，但还是克制不住心里的郁闷。不管怎么说，他过去那八年没有她是真的，他身边出现过多少人、陪伴过多少人，她一概不知也是真的。

而且不得不承认的是，那天赵子爱自信且肯定地说"她陪着他度过了治疗的那段时间"，她是真的不高兴了。

"清乐，坐着干什么，走吧！"经理回头拉了她一下。

普通员工不去还说得过去，反正隔壁的人压根也不认识他们，但是像林清乐这种副经理，知道上级在隔壁还不去就说不过去了。

林清乐只好慢吞吞地站了起来："来了……"

林清乐跟着大部队到隔壁后，低调地站在了后头。但她还是一眼就看到了许汀白，他坐在中间的位置，众星拱月，俊朗无双，根本不是可以忽略的存在。

而她看过去的时候他也看到了她，视线在空中撞上，只见他嘴角很淡地勾了下，分明是什么话都没说，可她却突然感受到了一种别人都不知道，只存在于他们两人之间的暗流。

让人莫名觉得脸热的暗流。

林清乐轻咳了声，蹭了下鼻子，"淡定"地挪开了视线。

成总监对着几个上级简单地介绍了自己部门的人，说到林清乐的时候，玩笑道："这我不用介绍吧？"

夏谭："当然当然，你们部的部花嘛，林副经理名声在外，咱们公司还有人不知道吗？"

林清乐微窘："夏总别开玩笑了。"

夏谭看了许汀白一眼，见后者不动如山地坐在沙发上，便招呼林清乐过来："哪是开玩笑啊，大家不都知道？哦对了，我好像还没跟林副经理喝过，这样，我干了啊。"

林清乐朝他笑笑，拿起酒杯想要礼貌性地回应一下，但杯子很快被人压住了。

她低眸看去，只见许汀白食指指腹不知道什么时候轻搭在她的杯子上。

林清乐："……"

许汀白淡淡道："不会喝酒的人可以不喝。"

边上众人愣住，有些没反应过来。

夏谭眉头一挑，啧，瞧这护着的劲儿！气人！

他睨了许汀白一眼："哟，许汀白，我还会欺负我们自己公司的女员工吗？真是，听我把话说完好不好，我干了，她可以随意。"

许汀白抬眸看向林清乐，说："林副经理跟我出过差，我看着是不能喝酒的。"

林清乐知道他这句话算是解释，不会让在场的人觉得他突然阻止她喝酒很奇怪。

"我喝一点可以。"林清乐拉开了他的手，打破了寂静，"夏总，谢谢。"

许汀白："……"

夏谭乐道："行行，就喝一点哦，要不然啊，咱们老板还会说我欺负人。"

礼貌性地问过好后，策划部众人便回了自己的包厢。回去刚一坐下，几个实习生就忍不住聊了起来。

"许总好帅！这么近看更帅！"

"对啊对啊，虽然我还是有点怕怕的。"

"看着是蛮严肃的哦……"

"不过我觉得应该只是表面上，许总还是很有绅士风度的，刚才还帮咱们副经理说话呢。"

"嗯嗯，不逼员工喝酒的老板简直太赞了好不好！"

"哎……你们说他有女朋友了吗？"

"没有的！这个我知道，之前听别的同事说过。"

"不知道许总以后的老婆会是什么样啊。"

……

几个人越说越激动，最后连老员工也加入了进去，对许汀白从学历到经验，从外表到喜好进行了全方位剖析。

林清乐听得浑身不对劲，最后借口上厕所，从包厢里出来了。

"呼……"门在身后关上，她松了一口气。

刚才听到他们说许汀白喜欢什么样的人，以后会跟什么人在一起的时候，她背后有些冒冷汗，莫名其妙的紧张，现在出来后，总算是好了一点。

"去哪儿？"她刚转身要往厕所方向走，身后就传来了某个刚被人当作话题讨论的人的声音。

林清乐转身，看到了站在走廊上的许汀白。

林清乐顿了下："我……我去厕所。"

"哦，很巧。"他走上前来，"一起去吧。"

"……"

谁要跟一个男的一起去厕所啊……

边上没别的同事，于是林清乐也不装作一副很尊敬他的样子了。什么都没答，只管自己往前走。

去厕所的路就这一条，她也不能说不让他去吧。

但她可以走得快点，不跟他一起。

林清乐确实是这么想的，所以她越走越快，越走越快。而这样的结果就是，到拐角的时候……直接被许汀白拽了回来。

"啊……"

许汀白扣住她的手臂，把她拦在了自己和墙之间，他低眸看着她，问道："你在躲我吗？"

"没有啊。"她抬眸直视他，想显示自己的镇定和对他问题的迷惑。

可真抬头看到他的眼睛时，她却没来由地虚了，他离她太近了，这样的距离，她似乎都能感觉到他呼吸时触在她额头上的热气和他身上淡淡的酒气。

林清乐低眸避开了他的视线，重复道："我没有啊……"

"我跟赵子爱没有半点关系，认识她也仅仅是因为她父亲和我小姨、姨父相熟。"

林清乐没想到他突然开始解释，微怔："你现在干吗说这个？"

"我只想告诉你我不喜欢她。"许汀白拉着她，声音有些沉，"林清乐，我只喜欢你。"

边上偶有其他客人路过，看到走廊拐角处交缠着一对漂亮男女，忍不住又回头看了眼。

林清乐僵了片刻，只觉许汀白的这句话让她身体起了诡异的反应，浑身的毛细血管像忽然打开了一样，噌噌地冒着热气，很热，又有种微妙的刺麻感。

"你有没有听我说话？"许汀白见她不吭声，又说，"我跟赵子爱也说得很清楚了……"

"你跟她能说清楚吗……怎么说过去那几年你跟她也很要好吧？你看不见的时候她还陪你呢，你们一起上大学，你还教她题目……"

"谁告诉你的？赵子爱？"许汀白心里一惊，说，"我当时看不见，在医院的时候她确实跟着小姨来过几次，话也确实很多，但是我那会儿根本没心思理会，后来她自己觉得没趣就没再来了。至于上大学，我只是在她第一回来问问题的时候告诉过她一次，后来知道她是刻意的，就没有再理会了。我那天清楚地告诉她，我喜欢的是你，我……"

"行了你别说了！"林清乐一下子伸手把他的嘴巴掩住了，因为他说得越来越大声。

她是因他的解释而高兴，但也因在这个地方而紧张："你别在这里说……别人都在，别这么大声。"

许汀白看着林清乐红得像要滴血的耳朵，嘴角微微一勾："好，我不说了，那你懂了吗？"

她的手还拦在他嘴上，他的声音闷闷地从手心传出，说话的时候，嘴唇触碰到她的掌心，软软的，很痒。

林清乐立刻把手拿开："你先放开我。"

许汀白看着她紧张的样子，觉得可爱得很，都有点舍不得放了："你先说你懂了没？"

"你先放开。"

"你先说。"

"许汀白——"

"嗯，在。"

林清乐瞠目结舌，这人怎么突然变得这么无赖啊。

她去扯他的手："放开，你抓着我被人看见怎么办！"

许汀白想了想，这有什么怎么办，反正不是迟早都会被知道的吗？但他这句话没说出口，毕竟面前这位看着好像并不是很想让他们之间的关系被同事知道的样子。

许汀白略感无奈，正想松手时，突然听到有人因为惊吓发出了一声短促的抽气声。

两人都是一愣，转头看向正要往卫生间去的成总监。

成总监喝得微醺，第一眼看到的时候，第一个念头是自己是不是眼花了。但仔细看去，发现眼前拉着手、动作极其暧昧的两人，确实是他的上级和他的下属时，人有点蒙了。

林清乐："……"

许汀白松了手，语气倒没什么异样："成总监。"

成总监回过神来："许……许总啊，清乐也在呢。"

林清乐知道刚才那样怎么解释都没用了，嗔怒着瞪了许汀白一眼。许汀白安抚地对她笑了下，继而转向成总监："去卫生间？"

这变脸可真是顶级水平……上一秒还对他下属温和地笑，到他这儿就这么冷脸了。

成总监看得真切，心中微汗："啊，对对。"

许汀白淡淡道："我跟林副经理也是，出来的时候碰到了。"

成总监愣了一下，顿时明白过来："是，离咱们包厢最近的就这个卫生间了，路上碰上了很正常。"

许汀白微微颔首："那你去吧，我跟林副经理还有点话说。"

"行，那你们聊。"

说着，成总监赶紧走了。

他路过两人的时候，脸上尽量保持镇定，可心中却是翻山倒海。上次酒会的时候他当着许汀白的面说什么来着……当红娘，给林副经理和其他同事牵线？！

天……还好没行动。

成总监走后，林清乐也不想去卫生间了，转头就往包厢方向去。

许汀白慢悠悠地跟在她边上："他知道怎么做，不会乱说。"

林清乐："刚才让你放手你不听。"

许汀白："我也没想到成总监来这儿上厕所。"

不在这儿上厕所，那要特意拐几个弯去别的地方上吗？

林清乐窘得要命，都不想理他了："你别跟着我……我不跟你聊了。"

许汀白自知这会儿肯定又把人惹到了，也就不再逗她了："高铁是明天几点的？"

"晚上十点！"

"买这么晚的？"

"对啊。"

"那明天我送你去吧。"

林清乐才不答应，走到包厢门口，回头瞪了他一眼，饱含警告，然后便推门进去了。

包厢厚重的门在自己眼前关上了，许汀白微微失笑，心却被她刚才那一眼抓得有些痒。

他其实是想跟进去的，想待在她身边，想继续看她恼怒又不敢发作的样子。

太好玩了。

不过，还是该克制一下的。毕竟他也知道，她现在肯定不希望他在。

因为临近放假这几天特别忙，林清乐的行李都没有收拾。

部门聚会结束后到家已经十一点多了，她才着急地收拾了几件衣服放进行李箱里。她的车是第二天上午九点的，所以早上没有多少时间收拾东西。

关于高铁时间这个问题，她在许汀白那儿说谎了，当时是因为恼怒所以故意这么说的，不想他来接她。

不过到了第二天，当她和于亭亭一起坐上去往溪城的车时，还是给许汀白发了个微信，告诉他自己已经出发了。

当时恼火是一回事，但她也不想他晚上真的白跑一趟。

高铁极速前进着，林清乐补了一觉，醒了后又和于亭亭吃了点零食，溪城便到了。

溪城这些年变了许多，她家这条路变化就挺大的，以前路两边的楼一层都是居民住所，但现在改了，变成了商铺。

总之比起八年前，她家这条路是热闹多了。

林清乐拉着行李箱往里走时，旁边店面时不时就有人出来打招呼，这些人都是之前也住在这儿的邻居。

林雨芬知道她今天要回来，一大早就出去买了够做一桌子的菜，她进家门的时候，林雨芬的菜也做了一半。

"妈，我不是跟你说了吗，不要做这么多东西，我们两个又吃不完。"

林雨芬帮着她把行李推到了房间里："吃不完就先放着，你在外面不是老说馋我这几道菜？"

"那我回来待这么多天呢，你慢慢做就行了，一下子做这么多干吗？"

"没事没事，你吃着就是了。"

林雨芬是真的高兴，让她在客厅坐会儿，自己又回厨房去了。

林清乐坐在沙发上，悠闲地看着电视。

嗡嗡——

边上的手机一直在震动。

由于放假的缘故,最近的同学群都有些活跃。

比如今天,就有人在四中高一那个群里召集开同学会,问多少人能来参加。林清乐原本是不在这个群里的,因为之前高二分了文理,后来她又转了校,跟以前的同学都没有联系了。

这群还是前段时间于亭亭把她拉进去的。

而现在,在召集开同学会的人是以前的班长蒋书艺,她发问后,有很多同学响应。

林清乐一时没有回,蒋书艺便直接私信了她。

两人自高中后便没有交集了,想当初,她和蒋书艺的关系比跟于亭亭还要好,只是后来两人渐渐走散了。

现在看到蒋书艺发来消息,林清乐心里是有点动容的,毕竟那时在学校很难的时候,她是第一个相信她并站在她身边的人。

原本这次,她没想过要去同学会,但蒋书艺这会儿直接来找她并且说希望她去,她也就很快同意了。

其实,她还是想见见蒋书艺的。

跟蒋书艺在微信上聊完后,手机响了起来,林清乐看到屏幕上显示着许汀白的名字,往厨房方向看了眼,接了电话。

"喂。"

"到家了?"

"嗯。"

"你倒挺长本事,还敢骗我。"

"你打电话是来骂我的吗?"

许汀白:"你到家就好,骂就不骂了。"

林清乐想笑,但抿着唇忍住了,随口问了句:"那你什么时候去英国啊?"

"明天。"

"哦,那祝你新年快乐。"

"就这样?"

"就这样。"

"清乐，过来尝尝这味道。"

林雨芬端着一盘菜出来了，林清乐连忙收敛了脸上的笑："好，来了。"又对手机那头道："挂了啊。"

许汀白想多说会儿，可也听到了她这边的声音，只好不情不愿地"哦"了声。

林清乐挂了电话后走到餐桌边试菜，林雨芬看了她一眼："跟谁打电话呢？"

林清乐顿了下："老板。"

"就你广告公司那个老板啊。"

"不是，忘了跟你说，我换工作了。"林清乐说，"这个……新老板。"

隔天，林清乐在家陪了林雨芬一整天，直到下午五点，她才收拾了下，准备出发去参加同学会。

同学会在溪城一家酒店里举行。

林清乐和于亭亭、蒋书艺约了在门口见，不过她比约定时间早到了些，遇上了一个很久不见的人——郁嘉佑。

许久不见，但还是一眼能认出来，毕竟眉眼变化不大，且郁嘉佑的外貌也能让人留下深刻的印象。

"林清乐？"郁嘉佑见她走过来也愣了一下，反应了一会儿才试探地叫了名字。

林清乐对他笑了笑："郁嘉佑，好久不见啊。"

是很久不见了，高三她转了学，而他大学又选择了出国，一别这么多年，这是第一次见。

不过，饶是过了这么多年，他还是记得林清乐的。

毕竟当年……他是真心喜欢过她。

现在看来，她变化挺大的，高中那会儿觉得她是偏可爱型的长相，现在长大了，变得更明艳了。稚嫩褪去后，人看着更加夺目了。

"是好久不见，没想到你也来了。"郁嘉佑道。

"嗯，正好回来过年。亭亭和书艺都来，所以我也来了。"

郁嘉佑点点头，内心是有些激动和感慨的："那……你现在在哪里工作?"

"在首都。"

"是吗?"郁嘉佑惊讶道,"我也是。"

林清乐:"啊……这么巧。"

"嗯,但城市这么大想遇到是很难的。"郁嘉佑说,"不过下次有空可以约着一起吃饭。"

很多时候,久别重逢的朋友说有空一起吃饭也就是客气客气,大家都这么忙,没有谁真的能抽出周末宝贵的时间,跟一个不再熟悉的朋友吃饭。

林清乐是这么认为的,所以也只是很随意地应了下。

两人在酒店门口寒暄了一会儿,于亭亭和蒋书艺她们就到了。

"清乐!"蒋书艺也是很久没有见到两人了,"郁嘉佑,你回国啦?"

"嗯,回来一段时间了。"

蒋书艺点点头,又看向林清乐:"这么久不见,你变漂亮了,清乐。"

林清乐有些不好意思,倒是于亭亭接得快:"那是,追的人也多得不行。"

林清乐睨了她一眼:"别瞎说。"

蒋书艺笑:"所以清乐还是单身?"

于亭亭:"目前还是,但是谁知道什么时候会被人追走。"

林清乐戳了于亭亭一下,后者意味深长地看着她:"怎么啦,我说错啦。"

林清乐:"你什么都别说最好了。"

"哈哈哈……"

几个女孩子斗嘴的样子倒让郁嘉佑想起高一的时候了,那一年的一切,他一直怀念着。而听到于亭亭说林清乐还是单身的时候,他的心也动了一下。

"别在这儿站着了,班上很多人应该都到了,进去吧。"蒋书艺道。

"嗯嗯,走吧走吧。"

四人一同进了酒店,在服务员的指引下到了包厢。

班上同学大部分都到了,见着以前最活络的班长蒋书艺,纷纷起来打招呼。打完招呼后看到了后面走进来的一对俊男靓女，都怔了下，随即反应过来是他们班曾经的大校草郁嘉佑。而他身边那个……大家对她的印象也颇深，是林清乐。

在场的人都不免多看了她几眼，从前便知道林清乐长得可人，但那会儿毕竟年纪小，她平日里又不太说话很是低调，所以会稍微被忽略些。可现在小姑娘长开了，即使不说话，安静地站在那儿，也是明艳无方的一个画面。

比之郁嘉佑，完全不输风采。

"瞧瞧，这不是我们的大帅哥嘛，这可是越来越帅了啊。"毕竟跟林清乐不是很熟，所以开口那人第一句也没开她玩笑，而是对着郁嘉佑。

郁嘉佑对那人道："这么久不见，胖子你是变了不少。"

"那可不，我是有在认真减肥的！是不是瘦了超多？"

"是啊，变帅了。"

"哎呀，林清乐也变得更好看了啊，你俩这走进来，太亮眼了吧。"

林清乐笑了笑。

于亭亭："胖子你也很亮眼，我们一进来可就看见你了。"

"哎哟，是吗？"

几人说着玩笑话走到桌边，郁嘉佑帮林清乐把椅子拉了出来："坐。"

林清乐："谢谢。"

众人落座后，还没到的同学也陆陆续续到了。

林清乐今天会来同学会是因为蒋书艺和于亭亭，但说实在的，她跟这里的其他人没有那么熟，所以坐下后，她大部分时间都是在自己吃东西。

跟林清乐不一样，郁嘉佑人缘好，从前就是众星捧月的存在，现在依旧是，男生女生都爱找他聊天。不过郁嘉佑今晚的心思更多地在林清乐身上，跟高中那会儿一样，他见她安安静静，甚少跟别人说话的样子，便会想多照顾她一些，跟她说说话。

久而久之，边上注意着郁嘉佑的人自然能看出他对林清乐更亲近些。

酒过三巡，方才那个被叫胖子的男生玩笑道："哎，嘉佑，你俩是不是在一起了啊？"

这么一问，众人都看了过来。

也不怪胖子乱想，主要是两人坐在一起的画面特别般配，而且郁嘉佑显然对林清乐十分照顾。

郁嘉佑听到这话微微一愣，而一直在状况外的林清乐也抬眸看向说话的人。

在一起？谁？

胖子道："是不是嘛，我看你从刚才进门开始眼睛就没离开过林清乐，老实说，你们是不是在一起了！"

林清乐："嗯？"

郁嘉佑轻咳了声，他自己都没发现胖子说的这个，他有一直在看她吗……

郁嘉佑："胖子，你乱说什么！"

胖子愣了下："啊？不是啊？不是吗？"

郁嘉佑："不是。"

"那我还以为……"

"别乱说话啊！我们清乐是有人的，你你你，瞎说什么呢！"于亭亭喝了一些酒，摇摇晃晃地站了起来。

不过这话一出，却换郁嘉佑愣住了。

他倏地转头看向林清乐，刚才不是说……她是单身吗？

林清乐餐桌下的手拉了下于亭亭，蒋书艺则意外地看了眼林清乐。

林清乐："亭亭，你坐下。"

胖子尴尬地笑了下："不好意思不好意思，那是我喝多看走眼了！来来，我自罚一杯！"

"清乐原来有男朋友了啊，什么样的呀？"有女生问了句。对于林清乐，她们这些人从前便不是很喜欢。

第一是因为她那时的家庭背景，第二就是她跟郁嘉佑走得近，那个时候，小姑娘难免会对跟男神走得近又长得漂亮的女生有些敌意。

于亭亭："她男朋友当然是超好看的了！"

"超好看？有多好看啊，还能有郁嘉佑好看啊！"女生见于亭亭醉醺醺的，对她的话并不相信，似笑非笑地问了句。

于亭亭见有人否定她的话，满脸不乐意："干吗，不相信啊。人可好看了！又是上市公司的老板！很厉害的好不好！"

"真的哦？"

林清乐一头黑线，用力地把于亭亭拉着坐了下来："安静点……"说完对其他人笑笑，"她喝多了。"

那边的女生哂笑了一声。

于亭亭是真的有些喝醉了，被林清乐拉下来之后，噘着嘴有些不高兴。

林清乐压低了声音："你说这些干吗……"

于亭亭低喃："我就不喜欢那几个女的不相信的样子。"

"管她们做什么，而且人家不相信也有道理啊，我确实没有啊……"

"嘁！什么没有？！很快就有了。"

"……"

最后，于亭亭趴在了桌上。

蒋书艺轻轻拍着于亭亭的后背，略带无奈地道："真是，不管多大年纪都是咋咋呼呼的样子。"

林清乐："是啊。"

蒋书艺看了她一眼，突然道了句："清乐，你后来，都没有跟郁嘉佑联系吗？"

林清乐："没有，怎么了？"

"哦……我以为你们可能会有联系。"蒋书艺笑了下，"其实高中的时候我就觉得，你们还挺合适的，现在看来，确实。"

林清乐怔了怔："但我那时没那个意思。"

蒋书艺："我知道，因为那个时候你心里只有许汀白嘛……不过，你们现在可以重新认识认识呀，郁嘉佑挺好的。"

林清乐看了蒋书艺一眼，沉默片刻，说："或许，你们可以重新认识认识。"

蒋书艺愣了下。

林清乐淡笑："如果你心里还想着他的话，就不要做无谓的试探或后退。"

"……"

蒋书艺完全呆住了，林清乐说得小声，但并不隐晦。

蒋书艺的拳头微微收紧,垂下了眸子。

她会这么说,是因为她早就知道了吗?

那么……她应该也知道她们之间的疏离,就是因为这件事吧。

高二分班后,她们其实也可以走得近,毕竟住得很近,可是她们却渐渐没了联系。其实是她故意的,因为她喜欢郁嘉佑,郁嘉佑喜欢的却是林清乐。

原本她知道自己和郁嘉佑相差甚远,所以认为自己不会对别人给他送情书或者他喜欢什么人而暗自吃醋,她觉得能跟他走得近一些,做朋友就挺好的。

可没想到的是,当真的知道郁嘉佑喜欢上了别人,这人还是自己身边的人时,她心里会那么难受。

其实她后来后悔过的,她不该因为心里的嫉妒疏远林清乐。可当她想挽回的时候,已经来不及了。

一直以来,她都以为林清乐这样的性子不会知道这些。

可原来,她早早就看透了,只是从来都没有说。

晚上七点钟,同学会结束了,众人从包厢往大厅走。于亭亭喝得半醉,林清乐在一旁扶着她。

"哎,今天还早呢,不如再去玩玩吧,酒吧或者KTV?"有人觉得还不够尽兴,提议了句。

"都行啊,走呗。"

林清乐抱歉道:"不好意思啊各位,亭亭喝醉了,我就先带她回去了。"

郁嘉佑立刻道:"我送你们吧。"

蒋书艺看了郁嘉佑一眼,自嘲地笑了下。她想,有些事跟重新认识没关系。他的眼里,从始至终就不会存在她这么一个人。

林清乐摇头:"你喝了酒也开不了车,我们打车就好。"

郁嘉佑:"那就跟你们一起,你们两个女孩子,这样走也不安全。"

"真不用……"

"林清乐。"

众人站在大厅里,有些许吵闹,但这一声"林清乐"却很有穿透力,她几乎立刻就在那些嘈杂的声音中辨出了那人的声音。

她猝然呆住,望向声音来处。

大厅左侧的待客处放置着沙发和茶几,此时,那个人从沙发上站了起来,朝她走过来。

他怎么……会在这里?

林清乐愣愣地看着来人,而周围人的目光也被这样一个陌生男人吸引了。

这是一个长相极其夺人眼球的男人,眉目俊逸,身材颀长……只是,脸色看着有些冷。但待他走近,停在他身前的女孩面前时,眼底却是流露出了一些柔色。

"结束了是吗?"他问。

林清乐眨了下眼睛,差点以为自己产生了幻觉,好一会儿才道:"今天你不是出国吗……"

"小姨他们旅行去了,等他们回来了我再去。"

"那你昨天干吗说你今天要走啊?"

许汀白说:"逗你的,你不是也骗了我?"

林清乐哑口无言,但此刻在这里看到许汀白,又是真心实意地感到开心,她自己也不能控制的那种。

"啊!许汀白!你到了啊!"于亭亭人还算清醒,就是站不太稳,嗓门还贼大。

许汀白对她轻点了下头。

于亭亭:"嘿嘿!清乐,惊不惊喜意不意外,是我告诉他你在这里的哦,开心吧!"

林清乐诧异地看向于亭亭,她就说呢,许汀白怎么可能知道她现在在哪儿,原来这里还有个"帮手"。

"许汀白……"蒋书艺看到他都惊呆了,"你,看得见啊?"

许汀白看了她一眼,并未在意她是谁,只是客气地说:"你好。"

林清乐却是介绍了下:"这是蒋书艺,以前我跟你说过的。还有这个是郁嘉佑,也是我同学,其他人……都是我班上的,你没见过。"

许汀白微微颔首,看向郁嘉佑。

他早早就在大厅这里等着,他们出来的时候,他就已经注意到他了。

郁嘉佑看到许汀白,也怔住了,他没忘记幼年时许汀白给过自己多少压迫感,也没忘记高中时他给林清乐和表妹带来了多大的影响,更没忘记,即便是在这个人看不见的时候,他在意的女孩子,一颗心也都在他的身上。

而现在,他竟然能看见了。

郁嘉佑眉头微不可见地皱了下,望向林清乐。

他们……竟然还在一起。

"这哥们儿是帅啊,我们学校的吗?"身后有人问道,"哎不对啊,我们学校要是有这么个人物,我怎么可能不记得……"

"许汀白,是许汀白。"有人拉了问话那人一下,小声道,"你还真不记得了啊,就以前那个挺有名的,看不见的那个男的。"

"哦!我想起来了!那会儿燕戴容还来咱们班跟林清乐闹,说要见这个人来着!"

"对对对——"

"我去……林清乐竟然跟他是一对了吗?"

"清乐,这就是刚才说的,你的男朋友吧!"有人笑着说了声。

许汀白愣了下,看向林清乐。

"刚才是亭亭……"

"对啊!帅不帅!好看不好看嘛!"于亭亭大声吆喝。

这下方才那些女生是没话说了,她们原先还以为于亭亭是信口开河,现在这么一看……无话可说。

胖子:"帅啊,果然美女还是配帅哥!"

"对对对,很般配很般配。"

……

许汀白就在她面前站着,而身后几个男同学说的这些话,让林清乐耳根都烫了。可偏偏于亭亭这醉劲儿,她还不好反驳什么。

"亭亭喝多了,我先送她回去!"林清乐看了许汀白一眼,想赶紧把人带出去。

许汀白嘴角轻扬:"好,那我送你们。"

"嗯。"

林清乐回头跟郁嘉佑和其他同学示意了下："那你们好好玩，我先走了。"

"行了行了，男朋友都来接了，放过你。"

林清乐赶紧拉着于亭亭出去了。

酒店门口，许汀白把车开了过来。林清乐和于亭亭坐到车后座里："走吧。"

许汀白回头看了她一眼，道："安全带系好了吗？女朋友。"

林清乐一愣："不……不是。"

许汀白淡笑："刚才不是在你朋友面前说我是你男朋友吗？"

"那是于亭亭说的！"

"哦。"许汀白带着一副挺受用的样子回了身。

"……"

车子缓缓驶出酒店，很快，驶离了众人的视线。

大厅里，众人还在张望。

男生对车感兴趣，自然就聊起了刚才看到的，许汀白的车子。

原本他们讨论着牌子、性能、配置之类的，女孩子们也没啥兴趣，直到最后有人总结性地说了句："不过也别想了，这车顶咱们这儿一套房了，我可舍不得下手。"

"这么贵？！"

"对啊，是豪车，就是比较低调的款而已。"

"不是……我怎么记得那个叫许汀白的以前家里很落魄啊？"

"显然现在不一样了，而且刚才于亭亭说，他是上市公司的老板？哪个公司啊，快查查！"

"天！真有！Aurora 中国区总裁……"

"Aurora？大公司啊。"

"听说林清乐以前就跟他很好的，看来是捡到宝了啊。"

"运气啊，有时候谁都说不准。"

……

身后几个女孩子酸溜溜地感慨起来，蒋书艺看着已经没了车影的前方，一瞬间表情带上了嘲讽。

她觉得身后这些人有些可笑，但也懒得去反驳什么，因为她知道没人会懂那两人之间经历过什么，就连她也是，她不够懂林清乐。

所以才会在以前，知道自己喜欢的人也喜欢她的时候，嫉妒心起，疏远她。

其实，完全没必要的不是吗，林清乐有多喜欢许汀白，她一直都看在眼里的。

"走吧走吧，咱们出发吧，别愣着了。"终于有人把众人的注意力拉了回来。

蒋书艺深吸了一口气，回头，担负起班长的职责："对，卡座我刚才已经预约了，跟我走吧。"

"哎呀，还是班长靠谱。"

蒋书艺笑了笑，看向一直看着车离开方向的郁嘉佑："清乐晚上应该不会再来了，你还去吗？"

郁嘉佑愣了下，侧眸望着她。

蒋书艺笑道："我开玩笑的啦，你肯定还是来的对吧。"

郁嘉佑眸子微垂，很淡地笑了下："嗯。"

CHAPTER 14
从没后悔过

　　车子稳稳地朝前行进着，林清乐方才为了照顾于亭亭，跟她一起坐在后排。不过林清乐现在发现，自己压根不用照顾她什么，她更需要做的，是堵于亭亭的嘴。

　　"许汀白还好你今天来得快啊！不然，我们清乐可要给郁嘉佑勾搭走了！"

　　林清乐："喂……"

　　"清乐！我打包票，郁嘉佑现在肯定还是单身，他是不是对你余情未了啊！"

　　许汀白从后视镜里看了两人一眼："余情未了？"

　　于亭亭："对啊对啊，你可不知道，郁嘉佑高中的时候就对我们家清乐可好了。"

　　林清乐伸手去掩于亭亭的嘴，后者撇着头躲开："这有什么不好说的，我要让他知道知道你的行情！许汀白，我可告诉你啊，我们家清乐一直就有不少人追！郁嘉佑这种条件的也不少，你可得上点心！"

　　林清乐被她说得都想找个地洞钻进去了："你再多嘴，我现在就把你扔下车！"

　　林清乐突然拔高了声音，于亭亭顿时认怂了："别生气嘛……不说了不说了,我不说了还不行吗,睡觉了,到了叫我!"

林清乐瞪了她一眼,气呼呼地看向窗外。

许汀白在后视镜里看到林清乐绷着的脸,淡淡笑了下。

二十分钟后,车子开到于亭亭家小区门口。林清乐把于亭亭拉下来,送她回了家。

等确保她家里也有人照顾她后,林清乐才放心地从小区里出来。

接近年关,天越发冷了,今天早上下了一场雪后,地上积起白白的一层。林清乐把手塞进口袋,往许汀白停车的地方走去。

远远地,她看到他站在车旁。

他今天穿了一身黑色的大衣,站在雪色里分外显眼。他此时什么也没做,只是站在那里,看着她这边的方向。

林清乐放在口袋里的手不自觉地捏紧了,她想起于亭亭说的那些话,有些尴尬,但又想起方才他在车上说的那句"女朋友"。

这个听起来……好像还不赖。

"送到家了吗?"林清乐走到他身边,听他问道。

林清乐眸子微垂:"嗯,她妈妈接回去了。"

"那就好。"许汀白帮她开了车门,"那我们走吧。"

"好。"

重新坐回车子后,许汀白把后面的毯子放在了她腿上。

毯子加空调,在车外的冷感总算一点点从身上消除。她看了许汀白一眼,这才想到,他方才怎么不在车里等着,在外面站着多冷……

"怎么了?"感觉到她的注视,他侧眸看向她。

林清乐:"没,就想问……你怎么开车来了?"

许汀白:"临时决定,所以来这里的高铁已经没票了,只能开车了。"

"那你什么时候回去?"

许汀白:"我才刚来,你就让我走?"

林清乐顿了下:"我可没说。"

许汀白:"什么时候走就再说吧,我不着急。"

除夕快到了,每个人都赶着回家和家人一起过年,只有他不着急去哪儿。

因为他已经没有真正意义上的家了。

林清乐想到这里，沉默了下来。

"陪我去看个人吧。"发动了车子后，许汀白说。

"谁？"

"去了就知道了。"

许汀白将车开到了一条路路口，林清乐看了眼窗外的样子，立刻知道许汀白要去看谁了。

岳潜路相较于之前变化不是很大，林清乐从车上下来后，看着那条熟悉的小巷，有种恍若隔世的感觉。

曾几何时，她每周都会来这里，那时这里有个卖米线的大叔，然后她每次都在米线摊边，等一个看不见的少年。

"走吧，姜婆在家里等着呢。"

林清乐回头，看见曾经的那个少年眼底含了淡淡的笑，朝她走了过来。

少年长大了。

"发什么呆？"他问。

林清乐突然有些鼻酸，她轻吸了口气，把那怪异的感觉压了下去："没什么，就想着好久没走过这条路了。"

许汀白："应该没什么变化。"

"嗯。"

两人并肩往里走去，巷子蜿蜒，但这条路是两人印刻在脑海最深处的，所以即便过了这么多年，他们还是准确无误地走到了那栋熟悉的楼下。

"除了楼外翻修过，其他还真的没什么变化。"上楼时，林清乐道。

"除了路，别的有变化我也不知道。"

"当然啦，以前的样子你又看不见。"

许汀白："那之后你有空的话，带我逛逛？"

"逛这里还要我带吗？"

"嗯，不然我也不知道哪是哪。"

"也是……"说着，林清乐看了眼他手里提着的东西，"哎，你什么时候给姜婆买的这些?"

"昨天。"

"还好你买了,不然这么突然来这儿,我什么都没带。"

"没事,我的也算你的。"

"……"

两人说着,到了姜婆家门口。

许汀白敲了门后,很快有人来开门。

"小白!来了啊,进来进来。"姜婆看到许汀白很是激动,等看到许汀白身后还有一个姑娘时,愣了一下,不过她很快就想起来了,"你是清乐吗?"

林清乐有丝意外:"姜婆,您还记得我?"

"我当然记得你了,小白,你也没说今天清乐跟你一起来啊。"

许汀白:"给您个惊喜。"

姜婆笑得很开心:"好好,真的是惊喜了,快进来坐。"

许汀白把手上提着的东西放在小客厅里,姜婆忙道:"你人来就很好了,还带这么多东西。"

"没什么,都是一些您平时可以用到的。"

姜婆拉着他的手:"这些年你已经给了我很多了,我哪好意思再让你破费。"

"只是小东西,您别多想。"

姜婆又是感动又是开心:"那这样,你们俩先坐,我去给你们弄点吃的。"

林清乐忙站起来:"不用麻烦了。"

"那哪行,我给你们俩下个面吃。"

姜婆老了很多,走路有些蹒跚,林清乐很不好意思麻烦她,忙看向许汀白。

许汀白:"你坐,我去看看。"

"嗯。"

许汀白跟着去了厨房,过了一会儿,姜婆就乐呵呵地出来了。

"小白这孩子，就怕我累着。我哪会累啊，我现在身体还好着呢。"姜婆走到林清乐边上坐下，虽是埋怨着，但满脸笑容。

林清乐："他在里头吗？"

姜婆："嗯，说他给我们仨做，你说你们到我家，怎么还自己做起饭了？"

林清乐说："没事的，让他做吧，他到这里可能也跟到家里一样。"

姜婆叹了声："是啊，小白这些年每年都托人给我送钱，我儿子在外头也不管我了，就他啊，还会操心我一个人过得好不好。前段时间还打电话跟我说，要给我换到好一点的房子里住，那我哪肯啊，而且这里我也住习惯了……"

林清乐一边听姜婆说着，一边看向厨房里那个背影。

公司里很多人都说，许汀白严苛又冷漠，平日里不近人情……可她知道，他其实并不是那样的。

"清乐啊，今天在这里见到你真好。"姜婆握住她的手，"从前小白就那么喜欢你，你们能在一起，姜婆很高兴。"

林清乐微怔，脸有些热："我们……还没在一起。"

"啊？还没在一起啊……这样，是我想早了。"姜婆看了她一眼，说，"不过小白是真的喜欢你，我知道的！前段时间他打过一次电话给我，说找到你了，我听得出来，他很开心。"

林清乐低眸笑了下："是吗……我也挺开心的。"

"你们两个的事，我现在想起来还历历在目呢。我还记得那年，他父亲去世的事，一开始他对警察撒了谎，说你不在这里。后来我问他为什么要这么做，他说，你在他心里比谁都重要，他不想你被别人非议，也不想你有任何麻烦……"姜婆感叹道，"我瞧着小白啊，也是喜欢惨了你。"

厨房门紧闭着，里面锅碗瓢盆的声音盖过了姜婆的声音。林清乐又望向那个背影，过去的事，连姜婆都历历在目，何况她这个当事人呢。

她从来没有忘记过。

"我也就是说说，我怕小白不好意思告诉你这些。"姜婆道，"不过你们年轻人的事还是由你们自己决定比较好，我只是觉得，你们两个啊，都不容易。"

没过多久,许汀白便按照姜婆放的食材,煮了三碗面出来。

有模有样,还挺好吃的。

吃完后,许汀白和姜婆在客厅聊天,林清乐吃得太饱了,走到阳台上,站着消消食。

雪又开始下了,她伸出手,雪花便落在了她的手心。林清乐看了眼,嘴角是带着笑的。然而低眸看向楼下时,笑意便凝住了。

姜婆住在许汀白家楼下,这个阳台上面,就是许汀白曾经住过的房子的阳台。

那里就是那一晚,她看着他父亲摔下去的地方。

林清乐收回了手,那一晚的记忆如潮水般涌入她的脑海。

那晚的记忆里有吓傻了的她,有伤痕累累的许汀白,也有那个浑身冰凉、再也没有气息的男人。

"别看。"

视线一黑,眼睛覆上了谁的掌心。

林清乐没回头,也没动,只任由他掩去了自己的视线。

周围静得只剩下一点风声,她听到他说:"林清乐,别往下看。"

她紧抿着唇,有些难受。她回想起那晚,一直觉得是黑暗的,他一定更是。

那是他们都不愿细说的回忆,也是只属于他们两个的事。

"嗯,我不看了。"

许汀白:"也别想那件事,以后都别想了。"

他的声音温柔,就在她的耳边。林清乐拿下了他的手,转身看他。

她朝他笑了下:"我没有想过,只是今天到了这里才……好啦,你放心吧。"

许汀白"嗯"了声:"那你不冷吗?站外面。"

林清乐抬眸看着他眼里的关心,方才那瞬间涌来的恐慌和迷茫瞬间就被推了出去。似乎有他在的时候,过去那些事便不会让她觉得可怕。

林清乐裹了下外套:"唔,有一点点冷。"

许汀白:"那进去吧,我们也该走了。"

"好。"

从姜婆家出来的那一路上,林清乐有些安静。

因为旧地重游,回忆太多了。许汀白让她别想那些不高兴的事,她也照做了。但不想那些,她还有很多可想的,比如他们一起窝在沙发上看电影,比如他们一起吃她做的菜……又比如,在死亡面前,他对自己的所有保护。

"我瞧着小白啊,也是喜欢惨了你。"

姜婆的话仿佛就在耳边。

林清乐低眸看着指尖,心里有什么东西在发酵,在躁动。

其实自许汀白表白以来,就已经有一些情感在她心里滋长了。

姜婆说,他喜欢惨了她……可其实她觉得,从小到大,喜欢惨了的是她才对。

"你家是这条路进去吗?"车子开到她家附近,许汀白问了句。

林清乐回过神:"你这里停就行。"

"嗯。"

林清乐:"你晚上住哪儿?"

许汀白:"在酒店。"

"哦。"

林清乐开了车门,人还没下去,许汀白叫住了她:"林清乐。"

"嗯?"

"郁嘉佑,你一直都有联系吗?"

林清乐愣了下,没想到他突然问这个:"我们?没有啊。"

许汀白见她有些意外的样子,自己也后悔了下,他也不知道为什么突然就问了,可能是今天于亭亭说的话给他造成了影响,也可能是过去的郁嘉佑确实让他感觉到了威胁。

心里隐约记挂着,也就问出了口。

"没事,我就是问问你。"许汀白笑了下,"于亭亭说的没错,我要是不上点心,你可要被别人追走了。"

他的话半玩笑半认真,可林清乐听着却难受了起来。

"不会。"

"什么?"

林清乐下了车,但车门关上后,她没走,只站在车窗外。

姜婆有句话是说对了的,这么多年来,他们两人都不容易。

年少时不容易,分别时不容易,重逢更不容易。

林清乐看着车里的人,突然……不太想要那么多不容易了。

"我不会被人追走的。"林清乐缓缓道,"因为从始至终除了你,我也没有喜欢过别人。"

雪还在下,车窗开着,里面的暖气扑在她的身上,但也只是一点点,因为刚出来一会儿就会被外头刺骨的风吹散。

林清乐说完后,后知后觉地有些羞赧。

她摸了摸鼻子,又多此一举地轻咳一声:"嗯……反正就是这样,我先回去了,你也快回酒店吧。"

她说完赶紧回头往楼里走,但雪地太滑,始终没法走快,只能一边走一边任由耳根的热烫蔓延至脸颊。

她刚才说的是不是太直白了点?"从始至终"这个词……好吗?

"林清乐!"

没走几步就听到身后开车门的声音和许汀白的喊声,林清乐没回头,反而加快了脚步——啊啊啊!别过来别过来,有什么事明天再说,先让我缓缓!

然而,她的内心戏许汀白感受不到,没一会儿她就被他拉住了。

"跑什么?"他站在她身后,呼吸略微急促。

林清乐胡乱道:"太冷了,我想回家!"

许汀白看着她的背影,尽量让自己保持镇定,但他表面再怎么镇定,心里也依然无法平息自己听到她说那句话时的震动。

就好像什么东西在心口炸开了,血液狂涌,一下子冲到了四肢百骸,抓着她衣服的那只手都在微微发颤。

"等会儿回去。"许汀白拉着林清乐转过来,眼底发亮,"你刚才说的话,认真的?"

林清乐愣了下:"那我像在开玩笑吗——唔!"

话刚说完,她就被裹进了一个温暖的拥抱里!

林清乐顿时怔在原地,只能感觉到身前这人衣服上干净浅淡的味道,以及显然有些收不住的力。

他抱得很紧,她都有些喘不过气了。

可虽然喘不过气,但这一刻她却是不想推开他的……

"林清乐,你答应了是吧?"许汀白的脸颊贴着她的发丝,舍不得放开,好像一放就会发现这只是梦境而已。

"我……"

"那就不能反悔了,知道吗?"

谁要反悔了?

林清乐轻叹了声,缓缓拥住了他的腰,然后学着他的样子紧紧地抱住他:"我没想着后悔。"

对于遇见你并喜欢你这件事,我从来没有后悔过。

翌日。

"啊啊啊啊啊啊啊!厉害!我真厉害!"

"恭喜你们俩了,年后回来记得请吃饭!"

"果然男人还是需要刺激的!怎么样,是不是很感谢我!"

"呜呜呜呜,真的在一起了!好开心!"

在和于亭亭、董晓倪的三人群里,那两人在林清乐说了自己昨晚和许汀白确认关系后,刷了一整排下来。尤其是于亭亭,觉得自己昨晚的刺激起了作用,邀功邀得很得意。

林清乐看着两位好友的消息,昨晚那种不真实感稍微消散了些。

其实事情是这样的,今天早上于亭亭在群里问她昨晚怎么样,她睡了一觉后觉得不真实感很强烈,所以便在群里告诉了她们昨天的事,想增加点真实感。

然后一说完,就收到于亭亭文字加语音的疯狂轰炸。

听完于亭亭所有大喊大叫的语音后,她才清醒了些,确信昨晚发生的那些都不是梦,她和许汀白真的在一起了。

"清乐,走了啊,买菜去。"房间外,林雨芬叫她。

林清乐连忙将手机收了起来:"哦,来了!"

林清乐没再看亭亭在群里的叫喊,穿上厚外套,跟着林雨芬一起出了门。

"在房间磨磨蹭蹭干什么呢?"林雨芬埋怨道。

林清乐:"没……就跟朋友说点事。"

菜市场离家不远,来这边买菜的都是住在他们那一块儿的邻居。

"雨芬,你女儿回来了啊。"刚走进菜市场就遇上了邻居的几个阿姨。

林雨芬:"对,前天回来的。"

林清乐礼貌地跟众人打招呼:"阿姨们好。"

"啧,雨芬啊,你可真有福啊,清乐学习好工作好,长得还这么漂亮。"

林雨芬对这些话很受用,笑着道:"没有没有。"

"哪没有啊,每个月都挣好几万,哪像我家那女儿,几千块钱,自己都还不够用呢。"

林雨芬神色间隐约是有些得意的:"也还好,生活的地方不一样,工资也不一样,我女儿在首都,花销也大。"

"那也很厉害了,哦对了,清乐有男朋友了吗?"

林雨芬:"还没有。"

"哎呀,怎么还不找男朋友啊。清乐,你都要二十六了吧?"

昨晚刚拥有了一个男朋友且现在还在飘飘然状态的林清乐有点不自在:"呃……对。"

"那你得找起来了啊,二十六可不小了,再过几年行情就不好了。"邻居阿姨道,"女孩子,工作再好那也比不上找个好老公,你可别只知道工作不知道谈恋爱啊。"

这话听着很不舒服,不过林清乐也知道上一辈的人有些思想是根深蒂固的,她跟他们也不熟,没必要在这儿反驳他们什么。

林清乐是没想着反驳什么,但没想到下一秒,林雨芬就把她心里那些话都说出来了:"这什么话?!女孩子工作比什么都重要,不管怎么样,自己都要经济独立的。"

邻居阿姨笑道:"哎呀工作是重要啦,但是女孩子嘛,总是要嫁人的,雨芬，你可别不舍得。"

林雨芬脸上的笑容有些淡了："这不是我舍不得的问题，遇上合适的她自然就去谈了，我不逼她非得在几岁前嫁出去。"

林清乐看着林雨芬的眼神有了些笑意。

"不是逼，就这个年纪得开始认识认识了。哎对了，我有个侄子，平时也在首都上班，比清乐大三岁，要不要认识一下？"

林雨芬没说什么，看向林清乐。

"谢谢阿姨，不用了。"

"没事，就加个微信呗，我侄子也挺不错的，工资也上万呢。"

"真不用……"

"哎行了行了，之后再说吧，我们还着急买菜呢。"林雨芬知道林清乐这样说就是没啥意向，所以拉了她一下，把她往前带。

林清乐紧跟着林雨芬，等走远了才道："妈，你真不着急我嫁人啊？"

林雨芬："为了赶年轻嫁人有什么好，我当初又不是没嫁过，草率嫁个人还不如不嫁。"

林清乐连连点头："说得对。"

林雨芬看了她一眼："你啊，好好工作，自己优秀了才能遇到更优秀的人。"

"唔……好。"

林清乐想了想，还是没有说自己昨天刚跟一个男孩子在一起了。

如果林雨芬知道了，依她的性子，恐怕立马就要见见。

她和许汀白刚在一起，而且许汀白的性子也不是很能聊的那种，这么快见家长也不好……

另外一边，几个邻居阿姨望着那两母女的背影，道："这雨芬怎么这么不着急啊，二十六岁可不小了。"

"嗨，我看啊，就是太傲了，觉得自己女儿哪哪都好，瞧不上我介绍的。"

"哎呀你家那侄子很不错了，长相端正，在首都那工资也很有发展空间。"

"是啊，我也说啊，虽然说那地方的房还买不起，但在咱们这儿付个首付还是可以的,这已经很好了是吧。"

"对对对。"

"她女儿工资是不错,但是要买房还是难的吧,那还瞧不上我侄子呢……"

"年轻人现在不着急,以后有她伤的,你就看吧!"

林清乐还不知道自己在邻居口中"凄惨"了一回,买完菜和林雨芬回到家后,她便窝到了自己房间。

方才在菜市场时许汀白就发消息过来了,当时林雨芬就在边上,所以她只说自己在菜市场后就没回了。

这会儿关上房门,她直接给许汀白打了电话过去。

"回家了吧?"接通后,耳机里传来他的声音。

林清乐"嗯"了一声。

"这么久,都买什么了?"

听着他的声音,林清乐想起昨晚的画面,觉得手机压得耳朵都烫了:"也没什么,就是我妈非要买一些鸡啊鸭啊,说我太瘦了,要给我炖汤……"

"嗯,挺有道理,你是有点瘦。"

林清乐:"那我估计这样吃完,年后回去能胖好多斤。"

许汀白轻笑了声:"胖点好看。"

林清乐"哦"了声,随口便问:"所以现在这样是不好看吗?"

许汀白停顿了下:"都好看。"

林清乐无声地笑了下:"哦。"

"你现在在干什么?"

"没干什么,就在房间……"

"那,方便出来吗?"

林清乐立马坐直了:"现在?"

"嗯。"许汀白犹豫了下,缓缓道,"想见你。"

明明耳机里的声音是不可能从房间里传出去的,但林清乐听到这话还是下意识地往房门口看了一眼。这偷偷摸摸的劲儿,简直跟高中那会儿在房间里给他打电话时一模一样。

意识到这个,林清乐心口跳得更厉害了:"你在酒店吗?"

"没有。"

"那你在哪儿?"

"昨晚送你回家,停车的地方。"

那地方……不就在她家这条路的路口吗?

林清乐连忙走到窗户边往外看,但是她这个角度,看不到他所在的位置:"你什么时候到的?"

"有一会儿了。"

"怎么不早说,万一我还没回来呢?"

"想见你就过来了,如果你没回来的话,我就等等。"

"那也要微信说一声啊……"

"好,以后我提前说。"许汀白道,"那你可以出来吗?"

扶在窗框上的手指不自觉地收紧了,林清乐支吾了声:"哦……你等等啊。"

"嗯。"

挂了电话后,林清乐精神一振,立刻放下手机坐到了自己的梳妆台前。方才接电话时的冷静淡定在挂了电话后全数不见了,她以最快的速度给自己上了个淡妆,之后打开衣柜开始找衣服。

这一件……不好,太隆重了点,不就是随便见一下吗?

这一件,嘶……羽绒服未免太随便吧,会不会显得她有点肿?

还是这一件吧,黑色的?米色的?

林清乐把衣柜里的外套全数拎到了床上,可当它们排在一起让她挑时,她又觉得自己这样有点太过紧张了。

平时见他都没有这么讲究,这会儿瞎选什么呢……

不就是,在一起了嘛。

林清乐做了两个深呼吸,调整好不正常的心跳后,拿起了一件厚外套穿起来。

"妈,我出去一趟。"

"我都要做饭了,你出去干吗呢?"林雨芬从厨房里追出来。

林清乐赶忙换鞋:"同学约吃午饭……那个,中午我的饭你别做了。"

林雨芬："你这孩子——那我煲个汤，晚上你得回来喝啊。"

"行！"

林清乐穿戴整齐，拿上钥匙出了门。

从她家到路口的那条路不算长，但她今天却感到尤其漫长，走了一会儿觉得有点慢，干脆小跑了起来。

不过，在快到路口的时候她就不跑了，缓了下呼吸，慢悠悠地往外走去。

远远地，她看到他了。许汀白就站在路口的那棵树下，冬日里很微弱的阳光穿过他上方稀疏的树干，错落地洒在他的身上，冬风卷过，他站在那里，像是唯一温暖的存在。

林清乐加快步伐朝他走了过去，而他好像也有感应，抬眸朝她的方向看来，目光柔和，清浅含笑。

"你没开车过来吗？"林清乐走到他前面，强装镇定地问了句。

许汀白目不转睛地看着她："嗯，想走走。"

林清乐："那你吃饭了吗？"

"没有。"

林清乐："那，去吃饭吧。"

许汀白点头："好，想吃什么？"

林清乐想了一下，说："昨天晚上去找姜婆的时候我看到那边有一间叫'老杨米线'的店，你说……会不会是以前那个摆摊的大叔开的？"

许汀白现在哪还能分神去想吃什么，一看到她，满眼便只想装着她了。

"没注意，不过，也有可能。"

林清乐眼睛一亮："那我们今天去看看吧！我想吃以前那个米线了。"

许汀白笑着道："好啊。"

从她家到从前许汀白家的路，林清乐很熟悉了，正常速度走过去要二十分钟，她小时候就算过的。

而这条路，之前从来都是她一个人走，她还没想过有一天，许汀白会陪着她一起走。

"笑什么？"许汀白侧眸间，视线停在了她嘴角处。

林清乐收敛了下:"没呀。"
"很开心?"
林清乐:"哪有!"
"是吗?但我很开心。"
林清乐愣了下,抬眸看他。
许汀白的眼神直勾勾的,温柔却也炙热。
昨晚过后,他怎么都没法平复心情,淡定的表象装得艰难,连此时走在她的身边,身体都在叫嚣着、愉悦着,想靠近些……更靠近些。
"冷吗?"许汀白问。
林清乐摇摇头:"还好……"
"我有点冷。"
林清乐眉头顿时皱了起来:"你穿少了吗?"
"穿得不少,但手很冰。"许汀白伸出了手,"你摸。"
林清乐担心他,自然地伸手握了下,但这一握,就没法再松开了。因为许汀白牵住了她的手,直接往自己口袋里塞。
"你这样帮我暖暖吧。"
林清乐眨巴着眼睛,呆了。两人手心相贴,他牢牢地握着她,手掌干燥而温热。
他的手……明明不是冰的。
"走了。"许汀白拉着她,继续往前走去。
林清乐嘴角轻扬,但又很快把它压了下去:"哦!"

从小到大她还没跟一个男生这样在街上走过……
哦不对,严格来说,小时候她也拉着许汀白走过,但那时只是拉着手臂而已,不像现在……牵着手。
他的手很大,还很暖,这会儿她被这样拽在口袋里,手心都要冒汗了。
"你是说那家吗?"两人走到岳潜路路口,许汀白看向路边一家店,问了句。
"嗯,就是那个,我记得大叔说过他姓杨。"
"是姓杨,不过这么多年过去,也不一定是他。"

"去看看吧。"

"好。"

两人推开店门,朝里走了进去。

这家米线店店面不大,里头摆了六张桌子,有三张坐了客人。林清乐就近选了张桌子要坐下:"松一下手。"

许汀白:"为什么?"

这有什么为什么……林清乐示意他坐到对面,两人面对面坐,还牵着手不是很奇怪吗?

许汀白懂了她的意思,但手没松开,而是在她边上坐了下来:"并排吧,方便一起看菜单。"

林清乐看着菜单上总共加起来也就四个口味的米线,心想这菜单还需要看吗……

但她也没有反驳,被他牵在手里的手轻轻动了下,又乖乖任他握着了。

"两位要吃什么呀?"就在这时,老板从里间出来了。

林清乐抬眸看向来人,现实和记忆中的脸顿时重合了,是米线大叔,虽然老了许多,但还是记忆中的模样。

"大叔!"

米线大叔见眼前的姑娘目光炯炯地盯着他,有些发怔:"啊?你……"

"大叔你都开店了啊,以前在你这儿吃米线的时候,你还在路口摆摊呢!"

米线大叔看了看林清乐,又看向她边上坐着的安静男人,反应了许久后终于想了起来。

他瞪大了眼睛看着他们:"你们……你是那小姑娘吧!你是,许汀白那小子!"

许汀白对他淡笑了下:"大叔。"

米线大叔震惊得不知道说什么了,好一会儿才道:"你们俩怎么在这儿呢!汀白,你这是,能看见了啊?!"

许汀白点头。

米线大叔:"哎呀,这好啊,太好了!"

林清乐道:"过年回来,昨天路过这儿看到这家店,想着可能是大叔你开的,所以今天就过来看看。"

"是啊,是我开的,开了快三年了。"米线大叔笑得合不拢嘴,"我这生意还不错呢,都是快二十年的老店了。"

林清乐:"是是,我知道,我来吃的时候,就已经是十年老店啦。"

"哈哈哈对对对。"米线大叔看着两人,突然道,"你们两个结婚啦?"

许汀白接道:"还没有。"

什么还没有啊……这话听着好像快了似的。

林清乐用被牵着的那只手用力捏了他一下,许汀白侧眸看了她一眼,笑得纵容。

"还没有就是快了!"米线大叔看着眼前这对小情侣,道,"哎呀,真没想到啊,你们这俩小孩最后竟然在一起了!不过我觉得也应该在一起!汀白,这姑娘以前怎么对你的,我可都看在眼里。"

许汀白握紧了林清乐的手:"我知道。"

"是吧,风雨无阻的,每个周末都来找你,我看着都感动呢。"米线大叔道,"你可得对她好好的。"

"会的。"

"那就好,那就好。行,你们坐,想吃什么,我给你煮去。"

许汀白:"就以前的老味道吧。"

"可以啊,按之前的给你们俩做呗,行吗姑娘?"

林清乐:"嗯,当然。"

米线大叔欢欢喜喜地进了里间,林清乐打量着周围的环境,小声道:"大叔这个年纪了开个小店,真好。"

"你也想开店?"

"没呀,就是想着年纪大了自己开个店也挺好的。"

许汀白沉思片刻:"那以后我们年纪大了也开个店。"

林清乐闻言睨了他一眼:"许总,你现在不就在开店吗,各个国家都有店呢。"

许汀白:"那不一样,老了以后开的是我们两个经营的小店。"

"……"信你才有鬼。

林清乐:"我要是退休了我可能也不开店,我要去导盲犬基地,照顾狗狗。"

"哦,那我也是。"

林清乐纳闷:"你干吗学我啊?"

许汀白从口袋里拉出她的手,另一只也覆了上去,捏在手里把玩:"没学你,就是想跟着你。"

林清乐:"哦。"

没过一会儿,米线大叔就端着两份米线出来了。

"好好吃啊两位,我去忙了啊。"

林清乐:"好,谢谢大叔。"

米线热气腾腾,香味扑鼻。其实往后这么多年,她在别的地方也吃过很多次米线,但她总觉得,没有一个地方的米线像这里一样好吃。

"我尝尝。"林清乐说。

许汀白:"嗯,你尝。"

林清乐脸一红,看了眼隔壁桌的人,小声道:"你先放手。"

许汀白面上看着平平静静,可两只手却一直没放开,捏一捏摸一摸,把她的手当玩具一样玩。林清乐往外抽了抽:"哎呀,先放开嘛,吃东西了……"

林清乐的语气有些无奈,也不自觉地带了点撒娇的意味。

许汀白目光微深,看了她几眼,总算是松开了。

林清乐得了空,赶紧拿着筷子吃了一大口:"唔……真是这个味。"

许汀白也跟着吃了一口,这味道他是熟悉的,可其实他跟她不一样,从前他并不喜欢吃这些,只是因为没得选择。

"还是跟以前一样好吃,对吧!"林清乐开心道。

许汀白看着她亮晶晶的眼睛,淡笑着点了点头。

从米线大叔的摊子出来后,两人又在周边逛了一圈。

"除了你家附近那条巷子,其他地方都变了很多,很多店都是新开的。"和许汀白故地重游让林清乐有些兴奋,她走在他前面,脚步都欢快了起来。

"林清乐。"

"啊?"

"你走那么快干什么,小心地滑。"

"不滑,这边都没雪了。"

"雪化的时候也会滑,过来。"

林清乐觉得许汀白好像比小时候啰唆了,她回头看他,刚想笑话他两句,却发现他朝她伸出了手。

他的手很好看,手指纤长,骨节分明。

林清乐心口一动,突然就不想笑话他了,走回去,把手放在了他的手心:"哦,知道了。"

许汀白牵到人了,心满意足,带着她继续往前走……

兴许谈了恋爱确实有什么不一样了,反正,林清乐觉得时间变快了许多。

没一会儿就到了晚上饭点,她中午答应了林雨芬要回家吃饭的,这会儿自然不能不回去。

"那我先回家了,你回酒店记得吃晚饭。"两人走到原先出发的路口后,林清乐说道。

许汀白皱了眉,突然觉得非常不喜欢这个假期。

如果现在是在首都,他还有办法留下她。

但在这里,他只能放她回家。

林清乐:"怎么不说话?我走了啊。"

许汀白:"好,到家了跟我说。"

"嗯。"

"……"

"……"

两人面面相觑,相顾无言,最后还是林清乐打破了寂静:"那你松手呀……"

许汀白愣了下,这才意识到自己还牵着她的手没放。不情不愿地松开后,心里的不舍更强烈了:"明天中午过来找你。"

"这个……中午可能不行。"

"为什么?"

"这不是要过年嘛,我妈说要打扫房子,所以明天我在家帮她。"

许汀白沉默不语,只看着她。

林清乐招架不住他的眼神:"我晚上出来找你,好不好?"

许汀白:"几点?"

"唔,一起吃夜宵!"

夜宵,这么迟……

"好了,就这么说定了,那我回去了,再见!"林清乐挥了挥手,赶紧往里走去。

许汀白看着她的背影,又看了眼已经空了的手心。

好吧,至少还有夜宵。

林雨芬是一个比较爱干净的人,临近过年了,她准备给家里做个大扫除。

第二天一大早,她就拉着林清乐起来,让她把自己的房间做个收纳。

林清乐吃完早餐,就蹲在地上开始收拾小时候留下的那些书籍。

"你快点收拾,收完后把那些不穿的衣服也都拿出来,我先去擦擦窗户。"

"哦……知道了。"

林清乐有些没睡醒,慢吞吞地收拾东西,无精打采。

就在这时,手机响了。

林清乐看了眼屏幕,精神一振,赶紧拿了耳机戴起来。

"喂?"

"起床了吗?"手机那头,许汀白淡淡的声音传了过来。

林清乐"嗯"了声,嘴角忍不住弯了弯。不知道怎么的,现在听到他的声音都想笑……打从心里甜滋滋的。

"起床了,我现在在收拾东西。"

"收拾什么?"

"我妈让我把没用的东西都归纳起来,她要拿去处理掉。"林清乐道,"你呢,在干吗?"

"开车出来了,到岳潜路了。"

"你去那儿干吗?"

"你中午不出来跟我吃饭,所以我去姜婆家里吃。"

林清乐笑了下,怎么说得还很委屈了呢。

"那我也不是故意的啊,都说了夜宵了。"

"哦,那你要请我吃什么好的?"

"夜宵许总都还要我请?"

许汀白淡笑:"嗯,要啊。"

"好吧……既然老板开口了,我也不敢不请。"

"那你晚上早点出来。"

林清乐笑了笑,刚想说"知道了",突然听到客厅外传来一声巨响和惊呼,她顿了一下,脸色顿变,立马从房间跑了出去:"妈?!"

客厅窗户处,林雨芬脚下踩着的椅子没放稳,人一歪,直接摔在了地板上。

林清乐立刻跑过去扶她:"妈你没事吧?!"

林雨芬:"哎哟哎哟,我的脚好像扭了。"

林清乐连忙去看她的脚:"疼不疼啊?严不严重啊?!我……我带你去医院。"

林清乐想扶她起来,然而她一个小姑娘,压根就不能将一个体重比她重很多的人从地上扛起来。而且林雨芬的脚一时间钻心的疼,脸色苍白,也没法自己起来。

"妈你坐着,我打120。"

"你打什么120啊你,这么夸张。我只是脚扭了,人又没事。"

"你说没事就没事啊,你怎么知道有没有事!"

"真没事,就脚!我歇歇我歇歇,等会儿我自己站起来去诊所看看。"

"妈——"

"林清乐?怎么回事?"耳机里,传来了许汀白焦急的声音。

林清乐这才想起自己还在打电话,她心急如焚,一时间也没管那么多了,直接道:"我妈擦窗户摔了,脚扭了我拉不动。"

"好,你等等,我马上来。"

林雨芬:"你跟谁说话呢?"

林清乐面容焦急,立刻道:"你别管,先好好坐着,千万别动啊。"

……

许汀白来得堪称神速,没到十分钟,林清乐就听到门被敲响了。
她急匆匆开了门,看到许汀白站在门后:"怎么样了?"
"进来吧,在里面,你帮我扶一下!"
许汀白点头,走进了客厅。
林雨芬本来坐在地上疼得龇牙咧嘴,但看到来人的那一刻,表情都凝住了。她反应了好一会儿,才看向林清乐。
许汀白在她面前蹲下:"阿姨,我背您下去。清乐,扶一下。"
"哦!"
林雨芬拦了下林清乐伸过来的手:"这是你刚才电话里说的要过来的朋友?"
林清乐:"对,妈你别说了,赶紧先去医院。"
"等下——"林雨芬愣愣地看着许汀白,"你,你是……"
"阿姨,我是许汀白。"
林雨芬当然想起来了,因为内心震动,眼睛都瞪得老大。她看看林清乐,又看看许汀白:"你,你看得见?"
许汀白点头:"我先带您去医院看看,车就停在楼下,很快。"
林雨芬:"……"
从家里到楼下,林雨芬完全是蒙的。
直到要进到车里时,边上有邻居喊了她一声:"雨芬?你这是怎么了?这,这是谁啊?"
林雨芬回过神,还没来得及说什么,就被许汀白安置进了车子里。
林清乐替她急急地跟邻居解释道:"我妈刚才不小心摔了,阿姨,我先带她去医院。"
邻居阿姨:"啊?哦哦!那快去,赶紧去!"
林清乐点点头,坐进车里,许汀白很快发动了车子。
等那黑色的车子没了踪影,邻居那几个阿姨才开始低声议论。
"刚才是一个小伙子背着雨芬下来的吗?我没看错吧。"
"没看错!长得还可俊俏了!"

"那谁啊？"

"不会是她女儿的男朋友吧？不然我也没见我们附近有这么个人啊。"

"那肯定是啊，这不过年了吗，来见家长了吧！"

"难怪上次不要加你侄子，刚才那小伙子忒好看了，是吧？"

昨天还说着要介绍侄子给林清乐的邻居阿姨老脸一黑："那光好看有啥用……"

"但刚刚那车也不错的样子，挺有钱吧？！"

半个小时后，溪城第二医院。

"别担心，医生刚才说只是扭伤，没有伤到骨头。"科室外，许汀白安抚道。

"嗯。"林清乐站在门口，目光从里面医生给林雨芬做按摩的画面移开，看向许汀白，"今天谢谢你了，要是没有你我还不知道怎么把我妈背下楼……"

许汀白拍了下她的额头："你还跟我说谢谢？"

林清乐一顿："哦……不说。"

许汀白有些无奈地摇了下头，道："以后不要去擦那些高的地方，你自己也是。"

林清乐也很后悔："之前我就说了请人来家里打扫，但我妈说我家又不大，没必要花这个钱……早知道我就坚持一下了。"

许汀白："不怪你，之后注意安全就好。"

"嗯……"

"家属。"就在这时，诊室里头有人叫了。

林清乐连忙走进去："来了。"

医生："回去后每天都要用这个药水擦一次，头两天就不要下地走了，等不疼了再走路。"

"好的医生。"

"行，那现在可以回家去了。"

"嗯。"

许汀白一直跟在林清乐后面，听到这话，走上前道："阿姨，我背您。"

处理完脚的伤,林雨芬总算有空好好地看看眼前这个年轻人了,关于许汀白,她绝对不会忘记,因为她心中乖巧听话的女儿成长过程中唯一一次叛逆就是因为这个男孩。

她自己也曾为了女儿,跟这个男孩说了些不好听的话。

她以为,这两个人从那以后就再也不会有交集了,可她怎么都没想到,时隔这么多年,她竟然又看到他出现在自家女儿身边。

而且,还是已经复明了的他。

"妈,有什么话……回去说。"林清乐知道林雨芬现在有一肚子问题要问,方才她也是太着急了,让许汀白过来时也没有考虑太多。

林雨芬又深深地看了许汀白一眼,点头。

许汀白见此反身蹲下去,像来时那样,将林雨芬又背回了车里。

从他们来医院到治疗完回去,前后不过两个小时。

车子开到林清乐家楼下时,饭点也过了,邻居们都在看自家店铺。

"雨芬,回来了啊,没事吧你的脚?"邻居阿姨看到之前那辆车回来,连忙跑过来慰问。

林雨芬开了车门:"没什么事,就是不小心扭伤了。"

"哎,你可真不注意啊,还好今天有你女婿在。"

林雨芬愣了下。

从驾驶位出来的许汀白也是微微一愣,他看了眼脸色顿红的林清乐,笑了下。

"阿姨,小心点儿。"

邻居盯着许汀白看:"这么近看可更好看了,小伙子,你是咱溪城的人吗?"

许汀白:"以前是,但搬走很久了。"

"这样啊,现在是不是在首都工作呢?"

"嗯。"

"真好啊,跟小清乐很般配!"邻居对林雨芬道,"前两天燕姐不还给清乐介绍他侄子吗,介绍什么呀介绍,那可比不上你这女婿。"

侄子?介绍?

许汀白看向林清乐,眉头微挑。

林清乐尴尬地推了他一下:"那个……你快背我妈上楼吧。"
"好。"

许汀白背着林雨芬上了楼,林清乐跟在后面,小心护着。
这栋楼窗户多,隔音很差,上楼的时候,林清乐还能听到底下几个阿姨在大声地交谈。
"那小伙是首都的,我瞧着这身高都一八五了吧!可高了啊!"
"这车是什么车啊?我瞧着不错!"
"我儿子说是好车,百来万呢!"
"什么?!百来万?真的假的?"
"真的真的!"
"家里条件看来不错,那大过年的直接来女方家过,这小伙家里人都同意啊?"
"……"
这些阿姨说话嗓门大,还完全不顾忌别人会不会听见。
林清乐望着许汀白的背影,人都要尴尬坏了。
"我来开门!"终于到家门口了,林清乐赶紧上前。
进门后,许汀白问:"阿姨您想坐哪儿?"
"放我到房间里去。"
"好。"
林清乐帮着忙,和许汀白一起把林雨芬安置在床上。
林雨芬安稳坐下后,抬眸看向许汀白,许汀白知道她对自己有话说,也没动,静待着她发问。
"你们两个什么时候在一起的?"林雨芬面色冷静,问。
许汀白:"真正在一起是在前天。"
林雨芬眉头轻拧,看向林清乐。
林清乐连忙道:"妈我不是故意不告诉你,是因为我那天才跟他在一起,怕告诉你你立刻就要见他,所以……"
"这么怕我见他,怎么,觉得我会说什么不好听的吗?"
林清乐:"不是……"

林雨芬叹了口气:"行了,客人来家里,饭也没做,你去外头买点吃的回来吧。"

林清乐:"我叫外卖!"

"叫什么外卖,直接去家附近的餐厅买就好了,叫外卖又得等个半小时,你不饿我还饿呢。"

林清乐看了许汀白一眼,有些不放心。

许汀白笑了下:"去吧,我在家等你。"

"哦……"

林清乐一步三回头地走了,许汀白听到关门声后才道:"我知道您不放心,再次出现在她面前,我做好了准备,不会像以前一样拖累她。"

林雨芬:"你的眼睛彻底好了?"

"嗯。"

"你们一直有联系?"

"没有。"许汀白道,"之前答应过您的没有食言,我是几个月前回国的。"

"然后……你们就联系上了?"

"是个巧合,正好是同公司。"许汀白停顿了下,说,"不过即便是没有这个巧合,我也会找到她。林阿姨,您放心,我对清乐从来都是真心的,小时候是,现在也是。"

"……"

林清乐知道林雨芬肯定要趁自己不在"审问"许汀白,她怕她妈会说些不好听的话,于是买午餐的路上都是用跑的,匆匆买完后,一路狂奔回家。

"我回来了!"林清乐急急换了鞋,把午餐随手往玄关处一放就要往她妈卧室跑,结果一进来,发现许汀白一个人坐在客厅。

林清乐顿住了脚步:"嗯?"

许汀白起身走了过来,似笑非笑:"这么快?用跑的?"

林清乐:"你……没事?"

"什么事?"

林清乐往房间门口看了眼,小声道:"我妈为难你了吗?"

许汀白:"你说呢?"

"说正经的……到底有没有啊?"

许汀白见她是真的发愁,揉了下她的头:"没有,放心吧。"

林清乐确认似的盯着他看。

"真没有。"

林清乐见许汀白脸上确实没有异色,这才松了口气……

"那我把菜弄一点出来给我妈吃,你先自己吃点。"

"好。"

林清乐把饭菜给林雨芬送了进去。

林雨芬见她进来,问道:"他说你们同个公司,是吧?"

林清乐把筷子递给她:"嗯,他是那家公司的老板。"

林雨芬一顿:"什么?"

"不过我之前不知道的,面试进了我才知道。"

"所以,他这次来溪城是因为你?到这儿后你们就在一起了?"

林清乐从来没有跟林雨芬说过自己感情方面的事,所以说起来有些不好意思:"嗯……他过年也没地方去,所以就来了。我们互相喜欢……所以就在一起了。"

她讲得磕磕绊绊,可嘴角却不受控制地带了一丝笑意。

林雨芬是过来人,自然知道自己女儿这副样子,显然是已经深陷在这段关系里。

其实,她是很意外的。

从前她只觉得这是他们年少的任性和荒唐,是错的……可没有想到,原来从一开始,错的就是她自己。

"妈,你不喜欢许汀白吗?"林清乐朝门口看了眼,小声道,"我很喜欢他,你能不能不要反对,不要再对他说不好听的话。"

林雨芬愣了愣,拍了林清乐一下:"我说我反对了吗,我说不好听的话了吗,你这都还没嫁出去胳膊肘就往外拐?"

"你小声点!"林清乐道,"我就是说说……"

还不是因为以前留下的"后遗症"。

林雨芬睨了她一眼,拿起筷子开始吃饭:"行了你出去吧,别让人家一个人吃饭。"

林清乐："啊？"

林雨芬不耐烦地道："别让客人一个人吃饭。还是你觉得人家才帮了你妈我，我立马就能说什么难听的给他听？"

"不是啊……"

"那你出去吧，看看饭菜合不合他口味。"

"可你……"

"我手还没残，又不用你喂。"

林清乐看着林雨芬，心中一喜，她妈这个样子，应该是……不反对他们在一起的吧。

林清乐顿时高兴道："行，那我出去陪他吃。"

林雨芬看着女儿欢快的背影轻笑了下，啧，真是女大不中留。

CHAPTER 15
热恋与思念

林清乐出来的时候,许汀白正坐在餐桌边上,他把饭菜碗筷都摆好了,但是没动。等她出来后,才跟她一起把饭菜吃了。

"我妈睡下了。"林清乐轻手轻脚地把里面的饭盒收拾出来后,小声道。

许汀白:"那今天你怎么安排?"

林清乐:"她不方便走路,所以我今天肯定得在家里守着,那……晚上就不能陪你吃夜宵了。"

许汀白:"好,下次记得补上就行。"

"夜宵还能欠你啊……"

许汀白笑了下:"要双倍还。"

"哦。"

"那我先走了。"

"嗯,我送你下楼。"

许汀白停了下,眉头轻拧:"这么干脆,你不想我留一会儿吗?"

林清乐微微瞪目,立刻堵了他的嘴:"不许说这些话。"

"怎么?"

"你别在这儿说这些,这么大声,谁知道我妈睡了没……"

林清乐压低了声音，大概是真怕他说什么腻人的话，她的睫毛一颤一颤的，眼神里带着明显的警告。

许汀白本来没想做什么，就是逗逗她。但被她这么看着，心却骤然有些悸动。

不过，他也知道现在不合适，只得强行收回了视线。

最后，还是被送下了楼。

许汀白方才下来过一趟把车挪了位置，现在是停在路边的一个空地上，林清乐送他过去："今天的事跟姜婆婆说了吗？"

"说了，晚饭会去看她。"

"哦，那你快走吧。"

"好。"

许汀白打开车门坐了进去，林清乐站在一旁，朝他挥了挥手："拜拜！"

许汀白抬眸看着她，沉默半晌，突然道："林清乐，你过来一下。"

"干吗？"

许汀白："过来，东西给你。"

林清乐不疑有他，走到车窗边，弯下腰往里看。

"什么东……"

话没说完，有一只手就揽在了她脑后，把她往里一压。然后她便看到了他的下颌线，下一秒，额头微凉，软软的，是他的嘴唇覆在了上面。

林清乐愣住了。

许汀白稍微放开了些，低眸，和她发怔的眼神对上。他轻抿了下唇，指腹在她颈后动了些，却没松开。

"我是你男朋友。"

"嗯……对啊。"

"那还让别人给你介绍什么人家的侄子。"

林清乐一顿，着急解释道："不是！那个阿姨那会儿不知道我有男朋友，想让我加一下微信，不过我可没有加。"

"哦，真的？"

"真的啊，不信给你看我的手机！"

许汀白自然知道她不会那么做，就是想寻个借口靠近她。见她真要拿出手机给他看,他有些失笑,想要说什么,可当他的目光往下挪,看到她微微张开的嘴唇时,却有些笑不出来了。

他也不敢一步登天,不敢走得过快吓着她,可他发现距离这个东西,浅尝即止似乎更为致命。

他刚才,好像不该亲她……

"不看了,别拿。"再开口时,他的声音有些低了。

林清乐说:"啊?"

许汀白的目光落在她唇上,沉默。

林清乐本来是真的有点慌张,想要赶紧解释,可现在发现他的心思似乎根本没在那件事上,他目光幽深,只是看着……她的嘴唇。

林清乐咽了口口水,想不动声色地往外挪一点,但他的手还在她颈后,她动不了。

"这次就算了,补偿一下就好。"许汀白说。

林清乐心跳如鼓:"怎……怎么补偿?"

没有回答,只是两人之间好像有了什么自然的吸引力,缓缓地,缓缓地靠近……

啪——

一只手掌盖住了车里人的嘴,隔在了两人之间。

许汀白抬眸,看向车外眼神震颤的女孩,只见她慌乱道:"这边上都有邻居呢……下一次,下一次行不行!"

回去的路上,林清乐整个人都有些蒙,走路的时候都有些同手同脚。

"清乐,你妈没事吧?"

邻居的声音让她顿时回过了神:"哦!没事,修养两三天就行。"

"那你男朋友走啦?"

林清乐:"唔……对。"

"大过年的,怎么不留他在家里住。"

"他住外面方便些……那个,阿姨,我妈一个人在楼上,我先上去了。"

"哎哎,好,去吧……"

邻居们显然八卦得不尽兴,但林清乐实在不太会招架这些,只能赶紧遁走。

回到家后，林雨芬还在睡觉，林清乐在沙发上瘫下来，轻呼了一口气。她听着自己的心跳声，盯着天花板看。看着看着，突然又忍不住笑了下。

刚才要是不在那个空地，其实……也可以亲的吧。

林雨芬的脚伤并不严重，休息三天后就能下地走动了。

而这三天里，关于自己女儿和她男朋友的八卦已经在邻里间传开了。这天，她想着出门散散步，顺便准备一下除夕夜的食材，结果被平时在一起的几个老姐妹围住了。

"怎么找的呀，让清乐也给我家女儿介绍一个，我女儿也在首都上班哪。"

"这小伙很有钱吧？年收入很高吧？爸妈做什么的？"

"打算什么时候订婚？！"

"雨芬你可有福了，女儿这么优秀，没想到女婿也是。"

……

林雨芬被围着这么一通问，本该有些烦躁的，可听着旁人对那俩孩子的夸赞和对自己的艳羡，那些烦躁却是一点都积不起来了。

"你这女婿是真不错，你受伤这三天可是天天送餐上门,很关心你啊。"

林雨芬闻言笑了下。

这几天下来，那孩子确实天天都到家里来照顾她们的饮食，有时候她想下地走走，他也会很耐心地扶着她。

她看得出来，他很喜欢她女儿，所以才心甘情愿做这些。

"嗯，他确实挺不错。"林雨芬道。

"是吧！可真羡慕你。"

……

今天是除夕，林雨芬跟邻居唠了会儿后便去买菜了。

她买了许多吃的，回来后就进厨房准备，林清乐跟在边上打下手。

"许汀白什么时候过来？"林清乐专心洗菜时，突然听林雨芬问了句。

林清乐愣了下，倏地看向她："啊？"

"今天除夕夜,他不来我们家吃?"

林清乐方才还想要怎么说呢,没想到林雨芬竟然自己开了口:"可以吗?"

林雨芬疑惑道:"他不来我们这儿吃去哪儿吃,他父母又不在?"

林清乐眼里顿时满是欣喜,她擦干了手,说:"是啊!那我打电话跟他说一声,让他饭点过来。"

林雨芬瞧着女儿的焦急劲儿,失笑:"你找他去吧,记得五点的时候两个一起回就行。"

林清乐:"这还要洗呢……"

"这才多少事,我用不着你帮忙,赶紧去吧,你在厨房还碍手碍脚。"

林清乐:"哦!"

许汀白其实没有想过要在林清乐家吃年夜饭,首先是因为以他目前的身份还没到这步,再者这几天林清乐的母亲没有怎么表态,他知道她是接受了他跟自己女儿谈恋爱,但有没有认可他,他还不是很确定。

今天中午,他在酒店吃了个饭便打算睡一会儿。公司放假,他来这儿除了为了林清乐也没别的事,所以日常还是十分清闲的。

结果刚躺下去,手机就响了。

他看了眼屏幕显示,很快接了起来:"喂。"

"你在酒店吗?"对面熟悉的声音传了过来,带着一丝明显的雀跃。许汀白无声地笑了下,觉得自己就算看不见也能想象到此时那人的表情,眉眼弯弯,神情明媚,十分可爱。

"嗯,在的。"

"我就在酒店楼下,找你说个事。"

许汀白顿时从床上坐了起来:"你在楼下?"

"对啊,我就是过来告诉你,我妈说今晚你来我家吃饭。"

许汀白一怔:"真的?"

"嗯,我本来还想着怎么跟她说呢,没想到她自己提了。"

许汀白有丝意外,与此同时也松了一口气:"看来你妈是认可我了。"

林清乐低笑了声:"她干吗不认可你!"

许汀白往后靠在靠枕上,声音轻浅:"你的意思是,我很好?"

林清乐哼了声:"怎么了,你还不自信了?"

"嗯,对着你,总不是很自信。"

"你这样还不自信了啊……"林清乐嘟囔,"那别人怎么活。"

"什么?"

"没什么。"林清乐笑道,"那你要不要下来啊,我就在楼下。"

许汀白停顿了下:"你上来吧。"

"啊?"

许汀白:"天这么冷,上来坐会儿,晚点再出去。"

林清乐停顿了下,也是,这么冷也不知道去哪儿。

"怎么,不敢来我房间?"

林清乐听他这么说倒是纳闷了:"你房间我又不是没去过,怎么不敢啊?"

许汀白勾了勾唇:"嗯,那就来吧,1702,我跟前台说一声。"

"好。"

林清乐在楼下做了访客登记,得到前台放行后,上了电梯。两分钟后,她停在了许汀白房间外面。

林清乐觉得许汀白刚才激她的话很奇怪,她去过他从前的房间,也去过他现在的房间,怎么可能会不敢去他在酒店的房间啊。

她纳闷着,直接按了门铃。

门铃才响了两下就被里头的人打开了,许汀白穿着白色浴袍站在门后。

林清乐愣了下,都下午了,他衣服都还没换过吗?

林清乐下意识地打量了一眼……许汀白穿浴袍的样子跟平时有点不一样。

随性慵懒,整个人似乎都笼罩在"刚睡醒"的状态中,而他随便系在腰间的带子欲掉不掉,还带着一股若有似无的性感……这跟他平时给人的严肃印象差很多。

"你,今天没出过门?"

许汀白让她进来,开口时还有些无奈:"你没找我,我出门也没事做。"

好像也是……他在这里除了姜婆和她,也没别的人需要见了。

林清乐走了进去，打量了下周围。

这酒店是他们溪城最好的酒店了，而许汀白住的那个房间显然也是最好的房间，空间很大，视野很好，装潢低调内敛，还带着一股浅淡的室内香。

刚才在楼下时，林清乐觉得上来也没什么，但上来之后发现，酒店的房间似乎跟平时住的房间还是有些差别的，一走进来，气氛就有点不对劲。

林清乐轻抓了下头发，莫名感觉到一种尴尬气息："你刚才在干吗？"

"本来要睡觉的，突然接到你电话。"

"哦……那你中午有吃饭吗？"

房间最显眼的就是床了，林清乐的视线不得不看过去，眼前这张床被子有些乱，看来他刚刚是真的要睡觉。

许汀白："嗯。"

"好的。"

她答得干巴巴的，不知道说什么了。

许汀白看她有些迷茫地站在房间里，嘴角轻扬，上前拉过她的手："站着干什么，过来坐。"

他拉着她在床边坐下，自己则重新躺回床上。

林清乐直挺挺地在床沿坐着："那……那现在干吗呀？"

许汀白侧躺着看她："你想干什么？"

"……"

这地点这环境，这话怎么听怎么奇怪。

林清乐轻咽了下口水："看电视吧？"

许汀白又是笑了下："好，遥控在这儿。"

林清乐接了过来，道："那我坐沙发上看。"

说着刚想站起来，腰间突然横过来一只手臂："坐沙发上冷，到床上盖着被子看吧。"

他稍稍用力，她便被拦腰拖了过去，与此同时他掀起被子，把她准确地放进他的被窝里。

林清乐："……"

电视就在正前方，躺在床上看确实很合适，但是……她不认为自己跟他一起窝在被子里能看进去电视啊！

"其实这样挺热的。"林清乐出门时穿了一件短款羽绒服,许汀白的房间暖气很足,现在又给她盖了床被子,是真的很热。

许汀白:"把衣服脱了。"

林清乐缓缓侧头看他。

许汀白靠在靠枕上,声音淡淡,一脸正经,好像并没有一丝暧昧的样子,可这句话说出来,却是暧昧非常。

许汀白看她人都僵了,补充道:"我是说脱了你的外套,没让你全脱,你怕什么?"

"我……没怕啊。"林清乐被说中了心事,心虚地去拉拉链,"我就是说脱外套,我又没想别的。"

许汀白"嗯"了声,眼里含笑,帮她揪着袖子,把她的厚外套脱了。

背后是柔软度适中的枕头,身上是雪白的被子,脱了厚外套,和他之间的阻隔似乎少了很多。林清乐陷在被窝里,很努力地想要忽视靠在她边上的人,也很努力地看着眼前电视里的剧情。

但……还是好热。

许汀白就是故意把人哄过来的,他喜欢跟她这么待在一起,方才看她故作镇定的样子,也觉得十分好玩。

不过现在两人真的这么平静地躺在床上后……许汀白微微侧过眸,看了眼身边脸色红扑扑的人,发现似乎这么做不是在逗她,而是在逗自己。

林清乐已经很努力地在看电视剧了,可边上那道火辣辣的视线她怎么都忽视不了,忍了又忍后实在忍不住了,转过头看向身边的人。

"你看不看电视啊……"

许汀白侧躺着:"不好看。"

"那你换个你喜欢看的?"

"你在这里,那些都不好看了。"

林清乐怔住,迎着他毫不避讳的眼神,心里有些紧张,也有些甜蜜。

两人对视良久,最后,许汀白叹了口气,伸手抚上她的脸颊:"这么烫,还很热?"

"不热!"

"嗯。"许汀白轻捏了下,手底下的肌肤细嫩光滑,手感尤其好,他忍不住又收了收手指。

"你干吗？"

许汀白："你记不记得前几天你送我从你家出来，在停车的地方你说了什么？"

林清乐脑子轰的一声，她当然记得了。

许汀白目光沉沉，说："你说在那里不合适，下次行不行……那你看，这儿也没别人，在这儿行吗？"

林清乐瞬间觉得自己的呼吸都变烫了，她的视线缓缓往下移，落在了他的唇上。就这么看着她就能记起那天的感觉，他的嘴唇可软了……

许汀白见她没拒绝，还一个劲儿地盯着他看，再也按捺不住，扶着她的脸，倾身便把自己的唇贴在了她的唇上。

碰上的那一刻，两人都是微震。

接着，许汀白才试探性地轻抿了下……

明明只是亲蜓而已，林清乐却觉得心脏就快炸开了。是紧张的，但也是激动的。她半眯着眼看着面前的人，脑子里异常清晰地想着，他的唇真的很软哎……

这么想着，她下意识地张了嘴，轻舔了下。

"……"

许汀白倏地停住了，分开了些，抬眸看着她。

林清乐知道自己做了什么，也愣住了，胡乱道："我……你那个，嘴唇很软。"

眼前的人眼神突然沉了下去，林清乐心里莫名有了一丝恐慌，她往后退了点："我不是故意……啊！"

身侧的人突然翻身上来，身上一沉，被子被他一扯，两人都被完全笼罩住了！

林清乐抬眸看着上方的人，眼底都还来不及收敛惊慌，整个人就被压进了柔软的枕头里，昏暗中，许汀白带着明显侵略性的吻落了下来。

不是像刚才那样的蜻蜓点水，他的唇舌仿佛控制不住冲动，肆意进攻，气息瞬间灌满了她的口腔。

林清乐哪里受过这么刺激的压迫，第一反应就想起身推开他，可手刚抬起就被他捏住手腕压了下去。

"唔……"

床上的空间被被子这么一笼罩，分外逼仄。

她被他堵在里面，整个人都被压得牢牢的，拳头攥紧，手心攥出了一丝薄汗，只能体会着他不再隐忍的放肆和分外凌乱的呼吸。

两人挣扎间衣料窸窸窣窣，慢慢地，她连最后一点惊慌和理智都快被他欺负没了，唇舌触感撩起了神经的刺麻，甜腻疯狂，几乎完全淹没了她。

"嗯！"肆意进攻间，他没收敛住力，脖颈处细薄的肌肤吃痛，林清乐溢出了声。

许汀白仿若梦醒，顿时停住了，他靠在她的耳下一些，强迫自己停了下来。

曾经熟悉的味道这里最是浓烈，他偏头，避开了那个让他痴狂深陷的气息……

"你别咬我啊……疼。"

细软撒娇的声音不像埋怨，倒像催化剂，要把他点得更燃。

许汀白听得心惊肉跳，立刻把被子往下拉！

新鲜的空气涌了进来，他不敢再保持这个姿势，翻身躺在了原先的位置。

许汀白仰躺着看向天花板，暗自平复呼吸。

"对不起，不小心的。"他侧睨了眼方才让他险些失控的位置，那里已经有了一点血红。

林清乐伸手捂住："以后别咬了……"

"好。"

林清乐整个人还蒙着呢，转头要去看他，却被他按着别过脸。

许汀白转身抱着她，哑声道："别看我，安静躺着。"

林清乐被迫侧过了身，人也从背后被他抱着。

"许汀白……"她还是忍不住想回头看他。

许汀白："再看继续咬了。"

林清乐转到一半的头僵住，立刻转了回去。

许汀白摸了下她的头,轻叹:"嗯……就这样。"

电视里的角色还在说着话,背景音悠扬,大概是到了什么浪漫的情节。

但林清乐一个字也没有听进去,她全身心的感受都被身后那人给占据了。

呼吸终于平稳下来后,他依然没有动,也没有放开她。

"你……睡着了吗?许汀白?"林清乐小声问了句。

"没有。"

"哦……那你现在要睡觉吗?"

许汀白又把她往自己怀里塞了塞,握住她的手,他的手很大,能完全把她的包裹住。

"你妈说几点去你家吃饭?"

"五点就可以。"

"还有几个小时。"

"对啊。"

许汀白勾住她的手指,低声道:"那就睡一会儿吧。"

"嗯……那你睡吧。"

许汀白:"陪我一起。"

林清乐没有午睡的习惯,她觉得自己大概率睡不着,但是这会儿躺在他怀里,又暖又舒服,突然也不想拒绝了。

"好啊……那我们睡一会儿。"

许汀白:"行,等会儿我叫你。"

林清乐想着,应该是她叫他吧,她可不是下午能睡得很沉的人。

然而……后来的事实让她十分打脸。

她不仅睡过去了,而且还睡了很久。

再次醒来,还真是被许汀白弄醒的。

而且他弄醒她的方式并不是叫她,而是对着她的脸颊捏来捏去,搓来搓去。林清乐睁开眼睛,发现自己正面对着他,两只手缠在他的腰上,他则对着自己的脸使坏。

"醒了,睡得舒服吗?"许汀白看着怀里的人,趁她还没清醒又掐了两下她的脸,他此前是真不知道,女孩子的脸颊这么软这么舒服,摸起来,还有点上瘾的味道。

林清乐完全清醒后,被此时自己跟许汀白的姿态惊到了,她刚才睡觉的时候明明是背对他的,怎么这会儿脸都快埋到他胸口了……

她讪讪地把手拿了回来:"几点了?"

"四点。"

"啊,那得准备回去了!"

"是。"

"你怎么不叫我啊,我也睡太久了吧?"

许汀白跟着她坐起来:"看你睡得很熟,没舍得叫你。"

林清乐赶紧掀开被子下床:"走吧走吧。"

她穿上拖鞋回身:"你——"

林清乐喉咙一哽,只见眼前坐在床上的男人胸口浴袍半开,长腿隐约,被子半遮半掩,简直一副被蹂躏过的美男形象。

林清乐眨了眨眼睛:"你……先换衣服吧。"

许汀白"嗯"了声,慢慢悠悠地从床上下来,走到衣柜边,打开衣柜后便开始脱衣服。

脱到一半,他回了头,见身后站着的人果然还在目不转睛地看着他。

许汀白促狭地笑了下:"还看?我里面什么都没穿。"

林清乐如梦初醒,立刻回身:"对不起对不起,我背过来了!"

方才看他脱了浴袍露了肩,莫名想到电影里那些美人出浴的场景,脑子一抽,就这么直勾勾地盯着了。

她是发什么疯……

身后窸窸窣窣,是穿衣的声音,过来一会儿后,她听到脚步声往浴室方向去了,她松了口气,回过头把自己的外套也穿上了。

许汀白在浴室稍微收拾了下睡得有些乱的头发,这才走出来,拿过车钥匙和手机,牵住她的手:"走吧,回家了。"

林清乐抬眸对着他笑:"嗯。"

这个新年是她们家这么多年以来,第一次出现第三个人。

除夕夜，林清乐过得很开心，因为她身边是她最爱的两个人，而且，最爱的这两个人之间，也没有她曾担心的，"历史"残留下的敌对。

除夕过后，许汀白又在溪城待了一天，初二那天，他开车返回了首都。

再之后，他便出了国，去探望他小姨和姨夫。

还有几天的假期，林清乐在家不是陪林雨芬，就是跟于亭亭出去逛街。她以为她会很喜欢这样的假期，毕竟工作繁忙，有这么几天休假，简直是打工人的福音。

可实际上她发现，自己分外想回首都，想去公司，想……许汀白。

他们分开也才几天而已，且每晚都有视频聊天，但自己还是没来由地想他。

或许……这就是传说中的，热恋期？

林清乐之前还对于亭亭和黄成旭两个人腻腻歪歪成天黏在一起表示无法理解，现在自己设身处地，突然觉得之前他们也不是很过分。

终于，初六那天，到了返程上班的日子。

当天下午五点钟，她和于亭亭一起，回到了首都他们租的房子。

"哎呀……终于回来了，在家快被我妈念叨死了。"

林清乐把东西从行李箱里拿出来，接道："我倒是没被念，就是被喂得撑死了，每天不吃两碗饭我妈不让我离开饭桌。"

"难怪你的脸圆了一圈。"

林清乐震惊抬眸："真的假的？"

于亭亭笑："真的啊，不过还是漂亮，放心，你家那位依旧喜欢。"

林清乐睨了她一眼："这跟他有什么关系？"

于亭亭："女为悦己者容嘛。"

"他还在国外没回来呢，也看不着。"林清乐摸了摸脸颊，自我安慰道，"我这是虚胖，吃几顿沙拉就回来了。"

"是哦，那在他回来前瘦回颜值巅峰的你，对吧！"

林清乐笑了声："行了你出去，别打扰我收拾行李！"

"咿——跟我还害羞。"

第二天，工作日。

林清乐一大早起来，妆发齐全，到公司后吃了个非常丰富的早餐。

"早，副经理。"

"早。"

"清乐早啊，哇！今天这身很好看哦。"

"第一天上班，当然要精神点了。"

"确实让我们都精神了！"

……

走进部门，打了一路招呼，在工位上坐下不久，身后又响起一阵招呼声，林清乐回头，看到成总监来了。

她看到成总监就想起放假前一天，在KTV和许汀白一起被他撞上的场景。

她感到稍微有一些尴尬，但还是故作淡定地打了个招呼："早，总监。"

"早上好。"成总监走过她的工位。

林清乐松了口气。

"清乐。"突然，又见成总监倒退了几步，转过头看她。

林清乐一颗心又提了起来："嗯，怎么了？"

只见成总监朝她笑了一下："今天十点开个会，你把年前那些项目整理一下，会上你分个主次讲一遍。"

"哎，好的。"

成总监没提那天的事，对她也没有任何不同的地方，这让林清乐松了口气。

之后几天，因为所有的工作重新开启，有很多需要忙碌的地方，而许汀白在国外总公司那边似乎也挺忙的，再加上时差，两人这几天联系很少。

这天，周五下午六点钟。

策划部门大会议结束，林清乐一行人从会议室里出来。

"等会儿下班你们要去吃什么，我听说衡水街那边开了一家特别好吃的西班牙菜，要不要去试试？"边上的同事季超超说道。

"好啊好啊,周末了,放松!"

季超超:"就是,哎清乐,一起去啊!"

林清乐点了下头,刚想说"可以",这时经理突然走了过来:"项目资料你这边都有备份吧?"

林清乐:"有的。"

经理道:"行,那你现在送一份到楼上去,给许总办公室。"

"哦……啊?许总?"

经理:"对,下班前送过去吧。"

"好……"

他回来了?

他怎么没告诉她他回来了。

"清乐,那我们等你一下吧,等你下来我们一起去吃。"季超超说。

"不用了,不用了。"林清乐暗喜,脸上已经控制不住带了笑,"这次就你们去吃吧,我先拿资料。"

"那好吧……"

同事们没再坚持,因为他们都知道,许汀白很可能对项目的内容有很多要问要审的。

回到工位后,同事们收拾东西准备下班。林清乐拿着电脑和文件夹走出去的时候,他们皆是摇头叹息。副经理真可怜啊,估计又要加班了!

正值下班时间,用电梯的人很多,林清乐等了好一会儿,电梯才从下面上来。

坐电梯往上时,她突然有点紧张,是那种充斥着欢喜的紧张,心怦怦地跳,期待又激动。

叮——

电梯门开了。

林清乐匆匆走了出来。

"林副经理,你来了。"杰森迎了过来。

"嗯。"

杰森:"这些是项目资料吗,那你给我吧。"

林清乐愣了下，给他，那……许汀白还没回来吗？

"这些东西不用给许总吗？"

"哦，先放我这儿就行了。"

"好吧。"

林清乐往紧闭的办公室门那儿看了一眼，原来他还没回来。也是，刚才经理也没说给他送，只是说给他办公室送。

而且，他要是回来了，肯定会跟她说一声的吧。

林清乐有些失落，东西交到杰森手上后，转头便要往电梯方向走。

"哎，林副经理！"

"怎么了？"

"你怎么要走了，许总还在办公室等你呢。"

林清乐一愣："他……在？"

杰森笑了下："在呀。"

林清乐抿了下唇，转身便往办公室那边去了。

原来是真的回来了——

林清乐按捺着心情，尽量不让杰森看出自己走得很着急。

她走到门外，敲了下门，推了进去。

"许……"

唰——

刚进去，话都还没说完，人就已经被一只手拽了过去。随即身后的门关上，她被拥进了一个怀抱！

"上个楼花你这么长时间，走楼梯的？"

许汀白的声音就在她的耳边，很近。

鼻息间，都是他的味道，清冽好闻，让人安心。

他抱得很紧，林清乐心跳如鼓，艰难按捺着："这该问你啊……公司电梯该多加几部，下班时间人好多，很难等。"

"那下次用我的电梯。"

"我才不。"

许汀白轻笑了声，抱着她没放。林清乐也任由他去了，一门之隔，她的顾虑都搁在了门外，在这里，没人知道他们之间的关系，她也可以放心地拥着他。

林清乐这么想着，伸手环住了他的腰。许汀白微微一怔，加深了这个拥抱。

"回来了为什么没有说？"林清乐问。

"本来是后天，有点事，改签了。"

"那你也可以跟我说一声……"

"直接叫你上来，当面跟你说不好吗？"

林清乐："哦……还行吧。"

许汀白松开了她一些，低眸看她："只是还行？"

"那还要怎么样——唔。"

他突然低头在她唇上亲了一下。

林清乐愣愣地看着他，虽然说……两人上次亲过了，但也就那一次，这会儿他突然搞"袭击"，还是让她有种很不可思议的感觉。

"我回来了，不是该高兴吗？"许汀白盯着她的嘴唇，淡淡道。

林清乐伸手蹭了下鼻子，看向了别处："挺高兴的呀，当然……高兴了。"

她说话的时候是紧张的，舌头不自觉地轻舔了下他亲过的地方，嘴唇带上一丝晶莹，娇艳欲滴。

许汀白没办法控制住自己转开视线，掐住了她的下颚，把她的脸转了过来："林清乐。"

"啊？"

"上次……感觉怎么样？"

林清乐："什么？"

许汀白低下头，又在她唇上亲了下："这个。"

林清乐顿了下，差点被空气噎着："这……这个？"

"第一次凭感觉来的，是不是感受一般？"

林清乐的脸噌地红了。

说实在的，那天在酒店她也蒙了，唇齿交缠间或许有磕磕碰碰，可是当时的情况，她脑子空了人也软了，哪里还会有那个空闲去做评价。

林清乐一时窘得没说话，许汀白见她这样，便觉得他是说对了。

那天他过于急躁，完全压不住心里那股子欲念，所以那个吻想必也不会让人感觉很好。

"这件事也能学的，我是学习了下，只是，还需要实践。"他额头抵着她的额头，解释道。

林清乐见他一脸认真，磕巴着说："也……也不是很一般，挺好的。"

"只是挺好的话，那就叫一般。"

"……"

他的手扶在她的颈后，有一下没一下地摩挲着："那我多试试，尽量让你觉得舒服。"

"你别说了。"林清乐伸手去堵他的嘴，"这种事你非得说吗……"

"嗯，也是，少说多做。"

"……"

许汀白笑了下，再次亲了下去。

只是这次不是亲一下，而是在认真地"实践"，他放缓了节奏，慢慢地去勾、去引，纠缠着她，推搡、深入，不容她躲。

这个过程漫长又缠绵，林清乐深陷其中，无法自拔，如果不是他还有只手搂着她的腰，她都快站不住了。

"唔……"她短暂地换了个气，想结束了。

然而刚躲开一下，下一秒又被揪了回去。

"等会儿……停……"

她往后退，他便一路追着她，最后直接压着人，抵在了门后。

许汀白也觉得该停一停了，可脑子这么想，动作却停不下来。在她的呜咽声中，他的温柔节奏也慢慢消失，那天的急促莽撞，又克制不住地显露了出来。

林清乐靠在门上退无可退，被揪着又是一顿亲。

等最后他终于放开她时，她觉得舌头都有点麻了。

"在这里不是很合适。"许汀白放开他，眉头浅皱。

林清乐当下都有点想骂人了，亲了这么久才说在这儿不合适！

嗡嗡——手机震动了。

许汀白拿出来看了眼,一边拉过林清乐的手往沙发那儿走,一边接起电话。

"喂。"

"回来了是吧?"对面的夏谭问道。

"嗯,在公司。"

"那晚上到我家吃饭吧。"

许汀白:"我现在跟林清乐在一起。"

"是嘛,那不巧了吗!一起来一起来。"

"不用。"

"什么不用啊,你别跟我说话,让清乐接。"

许汀白看了林清乐一眼,林清乐一脸疑惑:"谁?"

"夏谭。"

夏谭:"哎呀,你别占着手机,让清乐接电话啊。"

许汀白把手机递给了她。

林清乐:"喂?"

"清乐,你跟许汀白在一起呢!那你们俩来我家吃饭吧,我今天亲自下厨。哦对了,小泉也说好久不见你了,想见你。"

"是吗?"

"对啊,你们必须来啊,我这手艺不能没人知道。"

"嗯……好啊。"

"行!那你们快点啊!"

"哦。"

挂了电话后,林清乐把手机还给了许汀白,结果一抬眸,发现许汀白目光沉沉地看着她。

她愣了下:"干吗?"

"你还真答应。"

"夏谭很热情……而且你刚回来,去他那儿坐坐挺好呀。"

许汀白:"就因为我刚回来,所以我们两个在一起就可以了。"

"哦。"林清乐忍不住笑了下,"你说这个啊,那我不是也想见小泉和阳阳嘛!我们没关系啊,两个人的话……来日方长嘛。"

来日方长。

许汀白握紧了林清乐的手,他以前从没觉得,这个词这么好听。

"行了那我们快走吧,其实我也有点饿了。"林清乐起身,拽着他的手让他起来。许汀白被方才那句话哄得开心了,听话地跟着她起身。

林清乐伸手去开门,突然又停了下:"不牵手了,你先放开我。"

许汀白:"不牵?"

"走出这个门就不牵了,不然,许总和下属谈恋爱,被人知道了也不好。"

许汀白:"哪里不好?"

"就……感觉不好啊,每家公司都不提倡办公室恋情。"

许汀白:"我没跟你同个办公室。"

林清乐睨了他一眼:"这不是重点。"

许汀白微微挑眉:"那什么是重点?"

"重点是这不值得发扬,而且被人知道了,估计我有一阵要被当熊猫看了,这影响我工作。"

她说得一本正经,许汀白伸手掐了下她的脸,玩笑道:"所以是工作重要,还是我重要?"

林清乐瞪目:"许总,这话怎么能从你嘴巴里说出来,我卖命是为谁啊,还不是为你的公司。"

"那是怪我自己了。"

"当然,谁让你是这家公司的老板。"林清乐拿开他的手,"走了许总,出门后,保持友好距离听到没?"

许汀白轻笑了声,纵容道:"知道了,林副经理。"

夏泉今天钢琴比赛得了第一名,夏谭为了给他庆祝,亲自下厨。

林清乐和许汀白到他家的时候,他最后一道菜正好出锅了。

"你们可算是来了啊,快快,尝尝我这个红烧肉做得怎么……"话没说完,夏谭笑容顿时一僵,他放下手里的菜,看向牵着手走进来的两人。

林清乐注意到他的视线,往外抽了下手,但许汀白却是握得更紧了。

"我……的天。"夏谭丢开围裙走过来,弯腰盯着他们牵着的手,"这什么？你们在干吗？"

许汀白"哦"了声："忘记通知你了，年前我们在一起了。"

夏谭震惊："这也能忘？！你不是应该第一时间就跟我炫耀？"

许汀白笑了下："现在炫耀也一样。"

"……"

林清乐有些不好意思："小泉呢？"

夏谭："在里屋……不是，清乐你怎么跟他就这么在一起了啊，太便宜他了吧！太草率了吧！来来，你跟我说说你是怎么被他骗的！"

林清乐："我……我去看一下小泉！你问他吧！"

"别走啊。"

许汀白把要跟过去的夏谭揪住："怎么，你有什么意见？"

夏谭回身看了他一眼，阴恻恻地道："我就想知道你这家伙给人下什么套了，就过了一个年而已，这就在一起了！"

许汀白放开他，幽幽道："没下套，只是互相喜欢互相吸引。哦，可能这么跟你说，你也理解不了。"

夏谭："……"

林清乐走到书房门口时，还能听到夏谭在外头对许汀白破口大骂的声音，她摸了摸鼻子，敲了下书房门。

书房门没关，林清乐看到了戴着耳机的夏泉和乖乖待在他身边的阳阳。

"小泉。"

夏泉连忙摘下一个耳机："清乐姐？等下，我打电话。"

林清乐："你忙，我看看阳阳。"

"嗯。"夏泉又对耳机那头的人说，"我在的，刚刚是一个姐姐来了，对，就是导盲犬基地……"

夏泉戴着耳机跟友人说着话，林清乐没打扰，蹲下来摸了下阳阳的头。阳阳对她很熟悉，亲昵地往她手上靠。

一分钟后，夏泉挂了电话："姐姐，你可算来了，我哥哥的菜做好了吗？"

林清乐："差不多了，我听说你得了全国钢琴比赛的第一名，很厉害啊。"

夏泉:"还……还行吧,其实赢得也不是特别光彩,以斯身体突然不舒服没有来,不然,她很可能是第一名的。"

林清乐:"以斯?"

"对啊,杨以斯,你应该见过的,就是之前跟我一起在音乐中心学习的那个。"

这么一说,林清乐也想起来了,她之前陪夏泉去上课的时候,见过他跟一个女孩子关系很好。

"哦,我想起来了,那次还看过你跟她四手联弹。"

夏泉有些不好意思:"嗯……就是她。"

夏泉虽然看不见,但他性子挺开朗的,很难见到他有什么不好意思的时候,所以,现在他这副羞赧的模样倒是难得。

林清乐愣了下:"所以,刚才电话里的是她?"

夏泉:"啊?你怎么知道。"

林清乐:"猜的,看你很高兴的样子。"

"嗯……她打电话过来跟我说恭喜来着。"

"看来你很喜欢她啊。"

林清乐只是随口玩笑一句而已,没想到眼前坐着的男孩顿时局促起来:"小……小声点!别让我哥听到了,这个,我是挺……挺喜欢的,不过姐姐,你可千万别在我哥面前说。"

林清乐:"为什么?"

"我哥知道了肯定要去看人家,还会搞一些花里胡哨的东西,我才不要……万一让以斯知道我也喜欢她,那怎么办啊!"

"也?她喜欢你吗?"

夏泉静默片刻,脸颊有些红:"嗯,她说过……她喜欢我。"

林清乐疑惑:"那让她知道你也喜欢她,不好吗?"

"当然不好。"夏泉握紧了拳,低声道,"我又看不见,说这些干什么……而且她那么好,干吗喜欢我啊。我可不想拖累她。"

林清乐顿时僵住了,那一刹那,眼前的少年似乎跟她记忆里的少年重合,一样的情况,一样的话……

她张了张口,想安慰夏泉说不会的,那女孩说喜欢你,就是喜欢上了你的所有，不会觉得你在拖累她。

可是，她发现她说不出口。

她无法鼓动夏泉，因为这中间牵连着两个人的命运……

"姐姐，我这个样子还是不要喜欢人的好，你说对不对？不能保护喜欢的人的话，干吗要去耽误她呢？"

许汀白发现林清乐来夏谭家后有些不对劲，吃饭的时候虽然也是有说有笑，但总觉得哪里怪怪的。

"到了。"车子停在她家小区门口，许汀白见她看着前方发怔，出声提醒了一句。

林清乐回过神来："啊？好。"

她伸手去开门，许汀白拧眉，拉住了她："你是有什么不开心的事吗？"

林清乐回头："我没有不开心啊……"

许汀白："你从夏谭家出来后脸色就怪怪的，怎么了，跟我说。"

林清乐也不知道自己的情绪怎么就突然低落了下来，她想……或许是因为夏泉方才跟自己说的话。

夏泉说的那些话明明都是许汀白曾经说过的，从前她听到这些话，只觉得许汀白在钻牛角尖，也觉得他不够理解自己——她这么喜欢他，怎么会觉得他在拖累她呢？

可现在站在旁观者的视角，听到有一个少年跟自己说这些，而她却说不出任何安抚的话，甚至心里也清楚地知道他是对的，她这才知道，原来缺乏理解的一直是她自己。

从前她站在自己的世界里，觉得别人都错了，觉得自己才是受害者，才是最痛苦的。可现在看着夏泉，就好像直面以前的许汀白。

最痛苦的，一直是他呀……

"如果你的眼睛没有好，一辈子都看不见了，你不会回来找我的对不对？"林清乐突然道。

许汀白面色一滞："怎么突然说这个？"

"我只想问你，是不是这样？"

许汀白缓缓松开了手，看着她没说话。

林清乐心口抽疼,她深吸了一口气,推开车门走了下去。

许汀白:"林清乐——"

她停在车门外。

许汀白突然有些不安,急急道:"没有那个如果,我不是回来了吗!"

林清乐静默片刻,突然走到驾驶位那边,敲了敲门:"你出来。"

许汀白开门下车:"你怎么了……"

话刚说完,眼前的人突然扑进了他的怀里。她用力很猛,许汀白接住人后被撞得往后退了一步,直接被压在了车门上。

许汀白愣了下,但也没说什么,只是伸手把她拥住。

"今天夏泉跟我说,有个女孩子喜欢他。"林清乐扑在他的怀里,声音闷闷地传出。

许汀白轻声问:"然后呢?"

"他也喜欢她,可是他不愿意告诉她,他说……他看不见,保护不了她,不想耽误她。"

许汀白眉头皱了下,突然意识到她在不高兴什么了。

林清乐抬眸:"当时我下意识地站在那个女孩子的角度,想告诉他喜欢就是喜欢,别说什么耽误不耽误的。可是我发现不对,站在旁观者的角度来看……这对那个女孩子来说也许是不公平的,最后对两人而言也许真的是伤害。"

许汀白摸了下她的头:"这是他们的事,他们最后会有自己的选择,我们干涉不了。"

"我知道,我没想干涉什么……我只是想到自己,想到了你。"林清乐紧紧抱住了他,"许汀白,我以前不该怪你的。"

许汀白轻笑:"发什么傻。"

"还好。"

"什么?"

"还好你看见了。"

还好看见了,还好……我们是幸运的。

夏泉的眼睛是彻底失明无法复明的,他跟许汀白不一样。

而那个叫杨以斯的女孩也不是她,她不能把自己曾经的想法强加到她身上……

　　她是真心为夏泉和那个姑娘心疼，可是她也知道，这件事她虽能共情，可也只能做个看客……她做不了任何事。

　　"副经理，财务那边的人来了。"
　　林清乐朝来人点点头，收拾了下心情，拿上电脑去往会议室。
　　"副经理，这是新系列的广告预算。"
　　"知道了。"
　　年后刚复工，一切都显得有些忙乱。
　　林清乐最近一段时间都在为 Aurora Home 新系列家居的推广策划忙碌，这个系列主打环保，国内目前很少有这种类型的家居，要冲出一条路，广告推广方面十分重要。
　　一周后，是这个项目的策划案大会议。
　　一场一个小时的会议结束后，整个会议室气压都有些低，尤其是林清乐在内的策划部成员都一脸沉默，没敢吭声。
　　因为，今天竞争对手突然推出了一系列环保风家居，广告铺天盖地，席卷网络。这对他们而言，是极其不利的存在。
　　"对手那边的动静，你们没一个人知道，是吗？"许汀白坐在主位上，声音淡淡。但他虽然语气平静，可下面的几个经理背后已经冒出了一层冷汗。
　　"我们其实有进行过调查，知道他们有一些动作，但不知道他们的速度比我们快这么多……"
　　许汀白："这叫调查？上市时间都搞不清楚你还调查什么？"
　　"……"
　　策划部经理葛辉道："许总，那……那我们晚点上也没什么。或许我们用产品说话，可以……"
　　"这能说什么？"许汀白突然甩下了手里的文件，文件在桌上打了个旋，稳稳地停了下来。
　　许汀白抬眸，目光沉沉："这个策划案，我没看到我们的家居想打造的重点，也不知道投放的地方受众是谁、合不合适？你用产品说话？广告都讲不清楚,产品跟谁说话?"

"因为这次刚复工,时间有点紧迫……"

"别家公司怎么就不紧迫,就你紧迫。"

葛辉喉咙发紧,不敢吭声。

许汀白:"这个策划案,谁负责?"

葛辉:"我主要……"

"好,会先散了吧,负责人留下,其他人出去。"

其他关联部门的人鱼贯而出,那速度,显然是生怕突然被叫住。策划部的其他人也拿上电脑走了,临走前,同情地看了眼被留下的负责人。

肯定得被一顿骂了……

许汀白看着窗外,等脚步声都没了,这才准备再跟负责人"说道说道",可他回过身,却是愣了下。因为留下的不止有策划部经理葛辉,还有林清乐。

一肚子火突然就被堵了回去,他眉头轻拧:"林副经理还留这儿,有话说?"

林清乐抬眸看了他一眼:"这个项目后期在我手上,我知道我们部这次做得不好,许总,很抱歉。"

"……"许汀白轻咳了声,转开了眼神。

葛辉道:"这是我主要负责的,到清乐手上也是后期了,会议在即来不及修改。"

林清乐连忙道:"不是不是,许总,我们把我们自己都不满意的策划案放到会议上来,是我们共同的问题。"

还挺会接锅。

许汀白原本是要训斥负责人的,可当着自家小女友的面,哪里还说得出什么重话。

"算了,现在说别的也没什么用。"

葛辉倏地抬眸。

许汀白扫了他一眼:"那再给你们部三天的时间,好好修改,有问题吗?"

葛辉连连点头:"没,没问题!"

林清乐："好的许总，我们会努力。"

努力……一脸认真就差举手发誓了吧。

许汀白看着林清乐一本正经的模样，方才那些坏心情莫名好了一大半，无声地笑了下。

葛辉看到他嘴边露出一抹笑，愣了愣。

许汀白看到旁人直视着自己，眸色微敛："还有事？"

"啊？"

许汀白冷淡道："没事就出去，发什么愣。"

"哦，噢噢！"

葛辉连忙退了出去，林清乐朝许汀白抱歉地笑笑，也跟着出去了。

"经理，那我就解决线上部分了。"一同走回部门的路上，林清乐说道。

葛辉点点头，突然拉住了她："你刚才有没有看见许总笑了？"

林清乐："啊？他……他不是很生气吗，笑什么啊……"

葛辉："你没看见？那是我看错了？"

"唔……可能吧。"

葛辉："但是这次策划案，许总这么不满意，竟然没说一句重话就让我们出来了，这……可能吗？"

林清乐内心疑惑，许汀白应该很少说重话吧，反正……她是没怎么听过。

"经理，许总也许没你说的那么凶。"

曾经因为一个策划案被训了整整一个小时的葛辉摆摆手："不不不，那可能是你运气好没遇上。但是今天我运气也挺好的，刚才他在会议上还生气呢，叫我们留下后竟然也没说什么。"

林清乐想了想："说那么多也没用嘛，我们现在应该是要争分夺秒写方案才对。"

"也是也是。"葛辉不多想了，说，"那走吧，线下我负责。"

"好的！"

CHAPTER 16
我是你的了

林清乐回去后便召集手底下的人工作去了,三天时间有些短,到了下班时间,策划部依然灯火通明。

Aurora不提倡加班,公司平日里都是准时准点下班的,就算偶尔加班,到晚上九点钟也是顶天了。

但今天策划部一波人却"肝"到了十点。

"还没下班?"手机震动,林清乐抽空看了眼,回复道:"快了,我先让他们回去。"

许汀白:"他们?你自己呢?"

林清乐:"我还行,回去状态就断了,我再写一点。"

许汀白:"太晚了,明天继续吧,回家了。"

林清乐:"不行,许总,今天在会上你还说我们要抓紧时间,我觉得你说的对!"

许汀白:"……"

林清乐放下手机后,让下属们先回去了。

"副经理,要不我还是留下吧,给你买个夜宵?"

林清乐:"不用了,时间不早了,你们回去吧。经理那边也已经走了,放心。"

"哦……"

留下确实也帮不上什么忙,几个下属收拾了下,一同往外走去,一边走一边小声讨论。

"今天在会议室,经理和副经理一定被许总狠狠训了吧。"

"那肯定啊,许总最讨厌没怎么打磨的案子就提交上去。"

"啧……那我们副经理也太惨了,这个项目之前也不是她负责。"

"谁让后来是了呢,哎呀就被训一通啦,这不又给了期限嘛。"

"你以为训一通就那么好消化,我听别的部门的人说了,许总训话虽然不会让人觉得难听,但超会扎心的。"

"是吗……吓人。"

人走光了,办公室里安静了下来。

林清乐支着脑袋,思索着手底下的工作,听到有脚步声靠近,最后停在她身边的时候,她道:"不是让走了吗,我这儿现在不用你们。"

"不用他们,用不用我?"

林清乐一愣,倏地转头看去:"你怎么在这儿?"

许汀白靠在工位边:"等你下班,谁知道你一直不下班。"

"我忙啊……"

知道她忙的由头的许汀白面色有些不自然:"不急于这一时。"

"谁说的,我就急。"

许汀白说不动她,干脆拉了把椅子,在她边上坐下。

林清乐一惊:"你干吗坐下?"

许汀白往后一靠:"你们部已经走空了,你怕什么?"

"不早了,你回去休息吧。"

"你也知道不早了。"许汀白倾身,看向她的电脑,"理到哪儿了,我看看。"

"App 投放……"

"哦。"许汀白过了一遍,翻开她桌上的文件夹开始看。

"你干吗?"

"跟你一起加班。"

办公室灯熄了一片,唯有她头上这盏亮着。

林清乐见许汀白真的不走,也就没有再赶,而是又认真投入到工作中。

有了身边这尊大佛在边上跟她一起想点子、理思路,她的速度快了许多。

一个小时后,她点了保存,打算今天到此为止。

身边还有纸张翻页的窸窣声,林清乐总算空下来后,侧眸看了身边的人一眼。

许汀白正专注地看着手里的文件,侧脸俊逸,眉如墨画,灯光下,工作时冷冽的气息被柔化,西装领带,只余一种正经而撩人的矛盾气质。

"看什么?"他突然侧眸看了过来,眼神平淡,可在这样安静的氛围中,却莫名勾人。

林清乐抿了下唇,脱口而出:"你好看……看得我都不想工作了。"

翻页的手指骤然停住了:"好看,就光看着?"

林清乐:"啊?"

许汀白把文件夹往桌上一丢,伸手扶住了她的椅子,椅子底部有轮子,他稍微一用力,连人带椅就滑了过来。他把她的腿抵在自己的两条腿中间,稳稳固定住了。

"中场休息是吗?"他揽过她,低声问。

林清乐:"已经写得挺多了。"

"哦,那就休息一会儿。"他倾身,突然低头咬在她唇上。

林清乐倏地瞪圆了眼睛,推人:"你干吗……"

许汀白神色暗了下来,缓缓道:"刚才不是说好看?不想亲吗?"

林清乐咽了口口水,被蛊惑得不知东南西北:"想……"

啊,不是!

"那也不能在这儿亲!"她赶紧补了句。

许汀白笑了下:"没关系,就当……工作间隙的小放松。"

电脑还没来得及按关机键,屏幕发着幽幽的蓝光,将前面的一对男女完全笼罩。

许汀白单手捧着她的脸，湿热的唇舌尽陷其中，堵死她的退路。

工位前的一方天地，安静得只剩下彼此交缠的呼吸声，林清乐紧紧扶住座椅边上的扶手，对于他时而缓慢时而凶狠的攻击毫无反击之力。

她紧张着、动情着，迷迷糊糊间只能想，他亲得似乎越来越……熟练了。

但是在这里不能像之前在顶楼办公室那样的毫无顾忌，万一有人来了呢……

林清乐艰难地侧开了脸，许汀白的吻落在了她的耳朵上。

林清乐颤了下，连忙往后仰，红着脸道："其实工作结束了，回家吧。"

许汀白也知道不能继续了，再继续……他都怕两人走不出这里。

他不动声色地呼了一口气："好，我们回家。"

"嗯！"林清乐关了电脑，赶紧收拾文件夹。

"还有人是吗？"远远的，门口方向传来一个中年人的声音。

林清乐抬眸看去的同时立刻伸手压向许汀白，她压着他的左脸，看都没看，就把人死死按在了桌面上。

许汀白："……"

"林经理啊，你还没走呢？"有人从拐角处走了过来，是楼下保安。

林清乐正色，朝来人道："我还需要一会儿。"

"这样，那我先去其他楼层检查一下。"

"哎好！麻烦您了。"

"没事。"保安笑了笑，离开了。

林清乐松了口气，缓缓看向桌面上的……那颗头。

许汀白面无表情地任由她压着脸："还不松手。"

林清乐看他的脸都被自己压变形了，赶紧松开道歉："对不起对不起，太用力了，疼吗？"

许汀白没想到在自己的地盘还要躲人，无奈道："你说呢？"

林清乐伸手摸了摸他的脸，哄道："对不起嘛！"

"就这样？"

林清乐："那还要怎样……我给你呼呼啊。"

许汀白没好气地道："哦，那你呼吧。"

"……"

她就是开玩笑,几岁了,还真要她呼!

但到底是自己理亏,林清乐想了想,凑上去亲了一口他的脸:"这样行吗?不疼了吧。"

许汀白眉头轻挑:"再来一下。"

林清乐听话得很,凑上去就要再来一口,结果许汀白头一转,准确无误地接住了她的吻。

林清乐愣了下,挪开:"又不是嘴疼。"

"我觉得疼。"说着,他又想凑上来。

林清乐伸手截住他的脸,忍不住笑骂:"不是说回家了嘛!许汀白你有完没完——"

最后的最后,折腾了一通的林清乐终于坐上了车。

快到十一点了,林清乐看了眼手表,有些倦意,这要是回家洗个澡再上床睡觉都要到凌晨了吧……累死了。

"困了睡一会儿。"许汀白说。

林清乐"嗯"了声,闭上眼睛眯了会儿。

但也真的就是一会儿而已,她人都还没睡着,许汀白的车速就已经缓了下来。

林清乐半眯着眼往窗外看了看,这就要进小区了?

这小区有点眼熟……

是了,可不眼熟吗,因为这是许汀白住的地方!

林清乐顿时精神了,诧异地看向正在开车的人。

"这是你家。"她说。

"嗯,我知道。"

"不是送我回家吗……"

"你家那么远,回去都几点了?"许汀白淡淡道,"住我这儿吧,你这几天要还是这个状况,方便你上班。"

"可是……没有换洗的衣服。"

"几个小时前麻烦于亭亭同城寄了一些,之后的话,你跟我说一下你所有的尺码,我买一些放这里。"

林清乐震惊地张了张口："于亭亭……你们？你刚才就想好了啊！"

许汀白看了她一眼，没觉得有什么不对的地方："我知道你今天会很晚下班，回去不方便。"

林清乐一脸蒙，于亭亭这家伙怎么也没跟她说一声啊！送她去别人家倒是快得很！

许汀白："怎么了，住我家有什么问题吗？"

林清乐："就，就……"

"之前你不是说于亭亭经常住黄成旭那儿吗，偶尔住男朋友家没问题吧。"许汀白想了想，说，"还是你不喜欢住我这儿，如果你实在不喜欢……我现在送你回去。"

他说这话的时候语气明显有些失落。

林清乐就看不得他这样，讪讪道："啊？那太麻烦了……随便吧，我也没说不喜欢。"

许汀白看了她一眼，眼底很快换上了一抹笑："好。"

许汀白住的地方地理位置确实比她租住的房子优越得多，离公司也近多了。

住这里好是好，但是……

进门后，林清乐开始考虑，她睡哪儿。

分开睡？当代年轻情侣,同在一个屋檐下要分房睡,会不会太矫情了！

一起睡？当代年轻情侣,同在一个屋檐下要一起睡,很正常！可是……可是有点突然！她都没准备好！

好紧张。

刚才应该说回家稳妥一点。

"饿了吧？"进门后，许汀白问。

"还……行。"

许汀白："过来，衣服都在衣帽间，不过还没来得及理出来，你先拿上你需要的去洗澡，我去看看厨房有什么吃的。"

"我在哪儿洗澡？"

许汀白顿了下，指了指主卧："去我房间。"

"哦。"

于亭亭也是贴心,睡衣都给她准备好了。

林清乐拿着换洗衣物走进许汀白卧房的浴室,这个浴室跟她家完全是两种风格,一眼就能让人知道是男人在用。

很大,灰色系主色调,洗澡的地方还分有浴缸和淋浴区。林清乐看了眼那个大浴缸,当下第一反应有些心痒痒,累了一天回来泡个澡,应该很舒服……

不过,她第一次来也不可能去用人家的浴缸。

林清乐恋恋不舍地收回视线,把换洗衣服放在洗脸池边,准备洗澡。

洗脸池这块区域很整齐,许汀白的洗漱用品少,不像她,自己家洗脸池边的位置都被放得满满的。

咚咚——

突然有人敲门。

"林清乐。"

林清乐惊了下:"啊?"

"洗漱用品在柜子里,第二格,有看到吗?"

林清乐连忙打开柜子确认了下:"嗯!看到了。"

"好,那你继续。"

"哦……"

脚步声远了,林清乐拿出浴巾,开始脱衣服。

浴室灯光明亮,她脱得只剩内衣的时候,突然看到了镜子里的自己……许汀白平时是不是也站在这儿脱衣服?

她盯着镜子里的人,脑子里不自觉地描绘起他在这里的样子。

跟她一样,脱光的那种……

"呼……"林清乐拍了下脸,避免自己继续想入非非,疾步冲进了淋浴间。

许汀白在厨房里煮了一些饺子,煮完还没见林清乐出来,便坐在客厅里等。

又等了一会儿后,主卧那边终于有了动静。

"你做什么了？"林清乐走出来，她已经洗漱完毕，穿着浴袍式米白色真丝睡衣，腰间系带，发尾微湿。

许汀白目光微微一凝，从她裙下细白的小腿上掠过，起身："饺子。"

"我过年期间养的膘都还在减，这么晚吃饺子？"

许汀白不动声色地看了眼她不盈一握的纤腰："吃一次，不影响。"

说着，他拉着林清乐在餐桌边坐下，自己则进厨房把饺子盛了出来。他盛了两份，坐下陪着她吃了点。

"晚上，我睡次卧吗？"林清乐终于忍不住问了句。

许汀白拿着勺子的手微微一滞："睡主卧。"

林清乐呆了下，人都开始结巴了："不不不，不用，我……我可以睡次卧……"

许汀白看了她一眼，笑了下，说："你慌张什么？"

"……"

"我不睡主卧，让给你。"

"啊？"

许汀白淡淡道："次卧平时没人睡，东西都没整理，我等会儿收拾一下自己睡。"

林清乐后知后觉地"哦"了声，对自己刚才的反应感到有点窘。但是，又有点说不出的……失落感。

原来他已经想好了。

他竟然，一点都没有跟她一起睡的意思？

吃完东西后时间也不早了，林清乐刷了牙，爬上许汀白的床。

房间门是紧闭的，偌大的房间里就她一个人。林清乐掀开被子，乖乖地躺了进去。

按照平时，这个时间点她其实已经有点困了，可这会儿躺在床上，却一点儿想睡的意思都没有。

她平时也不认床，所以她想，睡不着的原因归根结底——这是许汀白的床。

林清乐翻了个身，悄咪咪地拉了下被子，被子遮过半张脸，覆在了鼻子上。

唔……有点香,而且就是许汀白身上的味道,这么躺在里面,好像就在他怀抱里似的,温度、气息,都好像。

越想脑子就越清晰,林清乐骤然拉开被子,翻了个身。

她在干吗……怎么跟个变态似的闻别人的床啊!

睡觉,快睡觉!

别想入非非了!

林清乐伸手关了灯,闭着眼睛强行让自己入睡。然而——

十分钟后……

半个小时后……

一个小时后……

林清乐猛地睁开了眼睛,怎么回事?!为什么睡不着!

她从床上坐了起来,坐了一会儿后觉得有点渴……

于是她从床上下来,蹑手蹑脚地走到房间门后。她开了一点房门,看到客厅的灯已经关了,许汀白应该是回房间睡下了。

她放心了些,打开房门走了出去。

走过长廊,要到客厅的时候,边上的小灯亮了起来。这灯是感应的,有人走过都会亮,所以她也没想太多,直接往左边转。

"啊——"

迎面突然走过来一个人,林清乐吓了一跳,猛地退后,发现是许汀白。

他穿着深灰的丝质睡衣,站在那里,沉默地看着她。

林清乐惊吓过后,尴尬地抓了下发尾:"你……你怎么还没睡?"

许汀白低眸:"睡不着,你怎么不睡?"

林清乐:"我……我也有点睡不着。"

"认床?"

"不是……"林清乐支吾道,"感觉在你的房间睡,好像怪怪的。"

许汀白安静片刻,走近了几步,理了下她的头发。

他的声音有些低,问道:"哪里怪?"

"那……那到处是你的味道,我怎么睡——嗯?!"

话还没说完,许汀白突然抬高了她的下颌,问:"那你知道我为什么睡不着吗?"

感应灯幽暗,他低眸看着她,眼睛完全藏在黑暗中,她分明是看不清的,可此时却明显感到一种暗藏的压迫感。

"你……为什么睡不着?"

"因为你在我房间睡。"

不知道是不是她的错觉,她觉得许汀白说完这句话后呼吸变得有些重。而他的手理完她的头发,也停在了她耳下,没有拿开。

林清乐:"不然,我去次卧睡?"

"……"

他的沉默让她产生了一种被扼住喉咙的紧张感,她有点慌,想后退。

可他似乎没听她的话,反而呢喃了声:"出来做什么……"

林清乐想问他什么意思,可都来不及问出口,他的吻就压了下来。

他吻得又急又突然,林清乐完全没有反应过来就被摁在了墙上,头撞在他的手心,又被压了回去。

深夜,他的唇还有些凉,撬开唇齿交缠进来的时候,却又热得人心颤。

林清乐起初还有些迟疑,可兴许是已经在处处有他的环境里浸泡了一整晚,此刻拥到了真实的人,还是在这样安全的地方,她也渐渐没了顾及,抱住他,攀上他,开始学着用力地回应他。

她的回应给了他放肆的空间,他吻着她抱着她,最后直接将她托起,拐进了主卧,两人一起倒进了被子里。

林清乐已经完全分不清东南西北了,陷进软绵绵的被子,想坐起来时,他已经又压了下来,姿态凶狠又肆意,似要将两人仅剩的一点理智冲得一干二净。

丝质睡衣单薄,他这般紧贴,衣服下的形态无所遁藏。

林清乐呼吸不畅,感受到身体的变化,脸颊又烫又红。

许汀白一手攥住了她的手腕,一手由着本能抚上,他现在完全是进退不得的局面。

今晚让她来家里睡一开始确实是故意的,想让她待在他身边。但后来看她这么迟才结束工作,他很心疼,所以真的想让她好好休息,即便……一想到她在自己房间,心口就烫得睡不着。

但他一直在忍,直到熬了好一会儿后出来透口气——谁能想到还是碰上了她。

一眼而已,之前的"忍"前功尽弃,再也关不住笼子里的野兽。

"不行……"他的唇往下挪动,她得了半秒空闲,呢喃出声。

许汀白攥紧了她的手,嘴唇停在她脸颊处,僵住,重重地呼吸着。

林清乐看着天花板,都不敢去看他:"许汀白……"

"我没想做什么。"他缓了片刻,声音又沉又哑。

"哦……"

"真的。"

他是在说实话,他甚至都没有准备措施,不可能真的去碰她。

他方才是高估了自己,才险些停不下来。

许汀白深吸了口气,起身,把她从床上拉了起来。

他连手都是烫的……

林清乐坐起来,本想说什么,可一眼就看到睡衣挡不住的……

林清乐骤然撇过头:"我……我能睡着了,我现在就睡!"她慌乱地爬到睡觉的位置,掀开被子把自己埋了进去,"你帮我关房门!"

她的声音闷闷地传了出来。

许汀白坐在床尾,看着隆起的那块被子,呼了口浊气:"好……"

他下了床,很快往房间外走去。

这里不能留。

林清乐也不知道自己是几点睡过去的,第二天一早,她被铃声闹醒。

醒来看着这个陌生又熟悉的房间,昨天的画面顿时涌进脑海。

是亲了……还是在床上。

林清乐揪着被子思绪挣扎,呜咽着滚了好几圈才从床上爬起来。

洗漱后走出房间,经过昨晚那条长廊时,感应灯又亮了。昨夜,她就是在这里和许汀白黏黏糊糊分都分不开。

林清乐揉了揉太阳穴……冷静点冷静点,别想那么多。

"起来了。"

林清乐脚步猛地一滞,抬眼便看到许汀白拿着杯咖啡,站在客厅那里看着她。

他已经换上了要外出的衣服,衬衫西裤,扣子扣得齐齐整整,严谨又板正。但是昨晚……他睡衣扣子后来不知怎么的都松了,她那会儿瞄到了他的胸膛!

"啊……起了,你这么早!"

许汀白:"嗯,有点事。"

"哦。"

"那我去换衣服。"

"先把早餐吃了。"

林清乐低低"嗯"了声,立马拐了方向往餐厅去。

早餐是简单的西式早餐,家里没别人,看得出来是许汀白自己做的。

还挺贤惠……

林清乐心里暖洋洋的,切了块烤肠。

"好吃吗?"他走了过来,在她对面坐下了。

林清乐点头:"原来你会在家做早餐啊。"

"偶尔。"许汀白道,"你第一天在这里睡,后续服务。"

林清乐一噎,抬眸看他。

许汀白放下咖啡杯:"等会儿让杰森送你去公司。"

"送我?那你呢?"

"外出一趟,公事。"

"那就让杰森送你啊,这儿离公司这么近,我打车就好。"

许汀白笑了下:"说了,后续服务。"

"……"

这一个早上,让林清乐有些莫名的错觉,好像他们一起生活了很久一样。

比如,醒来后在同个屋檐下;比如,一起吃早饭;又比如现在……他们两个都在衣帽间里穿外套。

"戴围巾。"许汀白穿上西装外套后,看到镜子里她脖子上空空的,提醒了句。

林清乐昨天就没戴围巾，而于亭亭快递过来的衣物里显然也忘了放围巾。

"没有围巾。不过不用了，很快就到公司了，不冷。"

许汀白不赞同地看了她一眼，从柜子里抽了条围巾出来，然后把她拉到身前，一圈圈给她围上了。

灰黑色羊绒围巾，跟她今天的衣服还挺搭。

"戴好，别感冒了。"

林清乐整了下围巾，偷偷闻了闻，有点香香的。

她翘了嘴角："哦……"

"昨晚后来有睡着吗？"许汀白戴领带时，突然问了一句。

他问得很不经意，林清乐却差点被自己的口水呛死。

"昨，昨晚吗……睡了！"

许汀白："睡得好吗？"

"挺好。"

许汀白："嗯，那就好。"

林清乐看着全身镜里身型修长、衣服架子似的许汀白，小声地问："你呢，睡得好吗？"

许汀白一顿，看了她一眼。

林清乐："不好？那要不我不在这儿睡了。"

许汀白戴好领带，笑了笑，从身后抱住了林清乐："你不在这儿睡，我更睡不好。"

林清乐："哪会……"

许汀白下颌贴在她脸颊处，声音轻浅："真的，你别走，我睡得挺好的。而且一起生活这件事，总得先适应适应。"

林清乐："……"

手机响了，许汀白一只手去拿手机，另一只手还保持着绕过她的右肩搭在她左肩上的姿势，把她扣得死死的。

"许总，我已经在楼下了。"手机那头，杰森说道。

许汀白："等会儿送林经理去公司。"

昨天接收过林清乐衣物包裹的杰森十分冷静："好的。"

许汀白挂了电话。

林清乐待他放下了手机，道："放开我，我去上班了。"

许汀白："晚上去接你下班。"

"我会很晚的。"

"我也不见得很早，客户那边结束了去接你。"

"哦……"

林清乐从他臂弯里出来，拿上包就想走，结果衣服被人一扯，又被拉了回去。

"干吗？"

许汀白低眸看着她："就这么走了？"

林清乐看了他两眼，他似笑非笑，眼里的意思十分明显。林清乐轻咳了声，犹豫一秒，扑上去对着他的脸就是一个用力的亲亲。

"给你点颜色！走了！"

女朋友从自己手底下溜走了，许汀白看着她的背影，抬手摸了下脸颊。指腹上沾了点口红。

许汀白轻声笑了，心里软得一塌糊涂。

还真是给了点颜色。

林清乐从电梯里出来时，心情异常好，即便知道去了公司又是一堆工作。

"副经理。"杰森已经在电梯口等着了，见她下来，连忙迎了上去。

林清乐："早上好。"

"早上好，早饭吃了吗？"

林清乐："哦，我吃过了。"

杰森："好的，那我们现在出发。"

"嗯，麻烦你了。"

"不会。"

林清乐和杰森一起走过大厅，随意一瞥，突然看到一个眼熟的身影。她停下了脚步，有些意外地看着大厅里站着的那个女孩。

"以斯？"

那女孩听到有人叫她，抬起了头，等看到是林清乐后，连忙走了过来："清乐姐？你怎么在这儿呢？"

"啊……我男朋友在这儿。"林清乐道，"你怎么在这里？"

这姑娘就是和夏泉在同一个音乐中心上课，喜欢夏泉的那个姑娘。

"我等夏泉啊，今天要去弹琴，我等他一起去。"

林清乐点头："你住这附近？"

"没呢。"杨以斯道，"我家离这儿有点距离，我打车过来的。"

林清乐愣了下："特地打车过来？"

"对啊，我想跟他一起去上课。"

小姑娘眼里的喜欢简直毫无遮掩，林清乐从前不知道于亭亭说的那种"你以前看许汀白的眼神简直就是在叫嚣你有多喜欢他"到底是什么眼神，现在看到杨以斯，她突然有点明白过来了。

"姐姐，你男朋友住这儿，不会是夏泉的哥哥吧？"

"啊？不是不是。"

杨以斯："这样啊，因为之前夏泉跟我说他哥哥喜欢你，我还以为是呢……"

林清乐："没，他开玩笑的，别听他瞎说。"

"哦……"

"那，我还要上班，先走了。"

"嗯！"

林清乐和杰森走出大厅，坐进车里后，她看到电梯门打开，夏泉和导盲犬阳阳出来了。

那小姑娘眼睛一亮，笑嘻嘻地凑了上去。夏泉眉头轻拧，似乎很意外她竟然在这里等他……但那姑娘不知道说了什么，夏泉脸上又有些绷不住了。

是矛盾，但也是快乐的。

林清乐收回了视线，轻笑了下……或许，有快乐就好吧。

策划案修改的工作紧急，接下来的两天林清乐忙得焦头烂额。

这两晚，她依然是在许汀白家睡的，只是一天比一天下班迟，回去后基本上倒头就能睡。

是的，后来可以倒头就睡，可能是第一晚过后，她对房间里许汀白的气息习惯了些。

第三天，提交策划案给到上级。

邮件发过去的时候，整个部门都有些提心吊胆，生怕晚点开会又和前几天一样，在其他部门的眼皮子底下，被老板说得一文不值。

这个脸他们都丢不起了。

但好在，下午开大会的时候，许汀白和夏谭那边都对新方案表示满意。

"太好了太好了，总算不用再加班了，果然还是副经理出手才知有没有！"同事季超超说道。

林清乐："大家共同努力的结果，别都归到我身上。"

"嘿嘿，那还是你厉害嘛！"

林清乐玩笑道："干吗，拍我马屁啊，拍了你的工资也不是我说了算。"

"哎哟人家只是说实话！"季超超道，"夏总还好，许总是真难应付，这次一改就过，很不容易了好不好。"

林清乐自然知道许汀白不好对付，但……这几天下来，这个策划案都是在他眼皮子底下出来的，他本人都在边上把关，怎么可能不过？

不过这话她自然不会说出来，Boss陪她加班赶工作，这似乎也不像话。

"哎？你这个围巾是……"季超超突然盯着林清乐放在桌子一旁的围巾问道。

林清乐顺着她的视线看去，看到了前两天许汀白给她用的围巾。因为这几天她都住在他家，这条围巾便一直是她在用。

"围巾？怎么了？"

季超超突然眼睛发亮地看着她，小声道："喵，你有男朋友了？！"

林清乐一愣："啊？"

"这条是男款啊，我之前在店里看过的！"

"我，我就不能买男款吗……"

季超超嘿嘿一笑："那你多少钱买的？"

林清乐一噎。

"你看！你不知道了吧！是九千五一条！"季超超幽幽道，"这是你男朋友的,对吧?"

"……"

季超超:"清乐你瞒得挺好啊,咱们公司的人都不知道你有男朋友呢,之前还有别的同事想帮你牵线来着。"

林清乐轻咳了声:"因为刚在一起没多久。"

"这样啊,哪个公司?做什么的?"

林清乐睨了她一眼:"干吗,这么八卦,现在还上班呢。"

"哎哟,就是好奇嘛。"

林清乐支吾了声:"就……普通人,以后介绍,现在先不聊了。"

"好吧好吧。"季超超看她没有聊下去的意思也就不勉强了,说,"那我们泡杯咖啡去吧,累死了。"

刚开了一场大会,林清乐也有点倦意:"嗯,走吧。"

两人一起往休闲区去,泡咖啡的时候,遇到了 HR 钱小静,工作不急,三人就在小桌边摸了会儿鱼。

"刚才看到大老板来了。"钱小静说道。

"大老板?谁?"

"咱许总的小姨,知道不,Aurora 的创始人之一苏寒景。"

林清乐抬起脸,有些意外。

季超超:"久闻大名,之前只在新闻上看见过,她怎么来了啊,而且也没人告知。"

"不是来突袭的,就是来看看咱许总的吧,但你也知道,她人都出现在公司了,各位总监还不得赶紧接待一下,刚才一行人去了许总办公室。"

季超超对这种职场女王很是好奇:"等会儿去蹲一蹲,能碰上面吗你说。"

钱小静:"你敢蹲就一定蹲得到。"

季超超:"苏总也很严肃吧,大概跟许总很相似……"

钱小静:"刚才我正好撞见,看起来确实很严肃,身居高位的人嘛,肯定是有距离感的。而且你想她一个女人,当年要杀出一片血路让别人服气,坐到现在的位置,那手腕也是很了不得的。"

"嗯……也是。"

咖啡喝完后，短暂的八卦结束，三人起身准备回工位。

三人从休闲区出来，前面有一些人突然站着没动，季超超往前探了探："干吗呢，集中在这儿？"

钱小静眼尖，看到几个眼熟的总监："我天，你刚不是说要蹲苏总吗，我看你蹲到了。"

季超超瞪眼，用口型说"不是吧"。

钱小静连忙拉过两人往前去，站到了原先那些人边上，小声道："这不巧了吗，苏总来了。"

也被强行拖到一旁当围观群众的林清乐往前面看了眼，果然，一众西装革履的人簇拥着一个黑衣女人走了过来，旁边的人一边走一边跟女人说话，显然是在给她介绍些什么。

而许汀白也在那个女人身边随行，偶尔会说一两句。

"公司内部装修都还不错，比视频里更好看。"

"是的苏总，这边是我们公司的休闲区，供应免费的饮品和零食，上班期间累了的话，大家都会到这里来休息一下。平时公司有客人来访交谈，我们也会在这个区域进行。"

"嗯。"

一行人过来了，他们这边站着的人看他们走近，纷纷打招呼。

原本也就是上级莅临，他们站定打个招呼就能走，但没想到苏寒景跟他们远远点了下头后，突然停了下来，目光定定地看着他们这群人。

林清乐本来还是低眸的，但边上一片安静让她有些奇怪，于是一抬眼，就跟苏寒景的视线撞了个正着。

林清乐："……"

大概是苏寒景的视线太直接了，所有人都知道她在看谁，所以边上的人目光也纷纷落到她的身上。

林清乐正色，感到一丝不安。

怎……怎么了吗？

"清乐？！"

就在林清乐忐忑的时候，突然见到原本一脸严肃的苏寒景露出了一个惊喜的表情,她在所有人的注视下,几步上前给了她一个大大的拥抱。

"我没认错吧,是她吧?"苏寒景说着还回头看了许汀白一眼。

方才这边站着很多员工,许汀白跟苏寒景进来的时候没有注意,所以一时间没看见林清乐在这儿,这会儿他也愣了下。

"肯定没认错,过年那会儿我都在汀白手机上看过你的照片了。"苏寒景也没等许汀白点头,很是开心地看着林清乐,"哦对了,你怎么在这儿呢?等汀白下班?"

这块区域外客和员工都可以进来,苏寒景从没听许汀白说过他喜欢的女孩在自家公司,所以也没往那个方向想,只当她是来等许汀白的。

然而她这么开开心心地问完后,林清乐完全石化了。不仅因为苏寒景突然的"热情",更因为边上一众同事吃惊到要瞪出来的眼睛。

"苏总您好。"林清乐强行稳住心神,语气干巴巴地道,"我叫林清乐,策划部的……副经理。"

苏寒景愣了下,诧异地回头看向许汀白。

许汀白轻咳了声,走上前来:"你这么热情做什么,也不怕吓着人。"

苏寒景反应过来,收敛了笑容,对林清乐道:"抱歉啊清乐,之前在国外那会儿就老听他提起你,我想见你很久了。"

"没事没事,您不用抱歉。"林清乐一边说一边忍不住看向许汀白,那眼神,显然是在求救。

许汀白知道自家女朋友现在应该是窘得要命,他眼里溢出了一点笑意,很好心地决定先帮她把小姨带走。

"你不是逛别的地方吗,快点看,她还要回去上班,没空跟你在这儿瞎聊。"

苏寒景瞪了他一眼,然后又一脸柔和地对林清乐道:"还要上班呢,那快去吧,啊!"

林清乐赶紧点头:"那,苏总再见。"

苏寒景一脸慈爱地看着她:"好,晚点见。"

周围除了许汀白和苏寒景的声音,再没其他人出声,在场的人压根就没想到自己这么轻易地就吃到了这么大的一个瓜！

苏总在许总手机里看到了林清乐的照片？许总竟然把林清乐的照片放在手机里！

还有什么"在国外老是提起你"……

苏总方才那激动劲儿，简直类似于"母亲"见"儿媳"！

众人的视线从许汀白身上挪到林清乐身上，几轮之后，被震得灵魂出窍。

他们眼里不近女色的大老板，原来心里早就有了这么一个人，而且，还是他们公司的！

林清乐在数道灼人的视线中赶紧走向电梯，她按下按钮后，紧紧盯着跳动的数字。

快点快点快点……

"清乐！"

季超超和钱小静已经一左一右跟上来了，林清乐目不斜视："回去上班了。"

季超超咽了口口水："所以你办公桌上那条围巾，是许总的！"

林清乐："嗯。"

"说好的普通人呢！"季超超扶额，"真的是，太普通了！"

"所以刚才我没听错，我真的没听错吧。"钱小静揪着林清乐的衣袖，按捺着激动，"你跟许总，你们是那种关系！我的天……你藏得可真好啊。"

季超超："是啊，公司里都没人知道这事。"

钱小静晃了晃脑袋："不不不，现在有人知道了，而且相信我……不久后，大家就都知道了。"

是啊，方才在现场的，各个部门的人都有。

林清乐吐了口气，没辙了："这不重要……你们也别说了。"

钱小静："这哪不重要啊，那可是许汀白。难怪那什么赵小姐追他，他一眼都不看，难怪之前我瞧你们好像很熟悉。哎对了，当时你还说你们只是同学关系呢，搞了半天，你们早就……"

"不是！那时真没有。"

钱小静："所以是后来才在一起的？！"

"这……"

叮——

电梯到了,林清乐赶紧走了进去:"这事以后再说,现在是上班时间!"

钱小静和季超超都跟了进去:"不管怎么样,咱公司所有单身女孩都要心碎了。"

公司八卦这种事,真想要传,可以迅速地传到每个人的耳朵里。

下班时间都还没到,公司各个部门私下小群一传十、十传百,消息已经传遍了全公司。

"听说了吗,许总有女朋友,是策划部的副经理林清乐!"

"听说了!震惊!也没见这俩人有多少交集啊?"

"在场人员传达苏总的意思,应该是!他们早早就认识了。"

"对对对,苏总还说以前在国外许总就把人挂嘴边了。"

"呜呜呜呜哭了,老板名草有主了!"

"想不出那个画面……许总这样的人,竟然心里还牵挂着一姑娘啊!"

"别说,策划部那副经理是真的漂亮,上回酒会艳压群芳,难怪许总喜欢。"

"我记得我们部门当时有好几个男生想去认识一下来着,哈哈哈还好没去!不然工作不保啊!"

"……"

别的部门八卦一片,策划部里其实也暗流涌动,只是毕竟林清乐本人在这儿,他们面上都不敢有太激烈的讨论。

林清乐坐在工位上,这会儿也冷静下来了。

她不想让大家知道,是因为怕大家太过关注她和许汀白,但如果真的被知道了,她也没必要遮遮掩掩。

反正……工作是工作,感情是感情,平日里她和许汀白在工作上的交集确实是不多的。

叮——

手机里跳出来一条信息。

许汀白:"没事?"

林清乐："什么事？"

许汀白："小姨今天来得突然，没告诉过我。我之前也没说你在公司上班，所以她突然见到你，有些激动。"

林清乐："也没事……反正大家就知道了嘛。"

许汀白："也是，你是老板娘这件事，他们早晚得知道。"

林清乐看到那三个字，轻弯了下嘴角："那你今天得陪你小姨吧。"

许汀白："晚上一起吃个饭，下班后来停车场。"

林清乐："我也要去？"

许汀白："小姨想见你。"

林清乐顿时紧张起来，虽然说……今天在那边见到苏寒景的时候发现，她跟自己想象中的不太一样，但毕竟是许汀白的长辈，突然说要一起吃个饭，让她有种见家长的感觉。

林清乐："可我什么都没准备！"

许汀白："不用。"

林清乐："怎么不用？"

许汀白："林经理，我已经是你的了，你不用再给长辈行贿。"

林清乐："……"

晚上六点，下班时间。

林清乐收拾了下，背着包包去坐电梯，下班时间人多，门开后，林清乐走了进去，站在小角落里。

电梯里十分安静，她看了眼电梯门。这门是有些反光的，隐约能看到其他人的眼神。

不出所料，电梯里的人，眼神都似有若无地往她身上瞥。

林清乐尴尬地蹭了下鼻子，低眸去看手机……

好不容易挨到地下二层后，电梯一开，她立马往外走。

许汀白的车位是固定的，所以她径直往那个方向去，看到车后，直接拉开车门坐了进去。

"呼……"坐下后，林清乐舒了口气。

已经在车里等了她一会儿的许汀白问："怎么了？"

林清乐看了他一眼,道:"许总魅力大,我跟你在一起的事这么快就传遍了,刚才坐电梯的时候简直如芒在背。"

许汀白探过身来给她系安全带:"是你魅力大。"

"比不上你。"

"这还跟我客气。"许汀白系好安全带后没坐回去,就近亲了她一口。

林清乐慌道:"我刚涂的口红!"

许汀白不语,看着她笑。

林清乐伸出拇指擦了擦他沾上口红的唇,又赶紧从包里拿出口红:"妆还是刚才补的呢,你别给我弄掉了。"

许汀白:"不涂也好看。"

"我才不听你的……"说完她又看了他一眼,"快开车呀,跟你小姨吃饭别迟到了。"

许汀白意犹未尽地坐了回去:"知道了。"

和苏寒景的晚餐地点定在一家私厨,他们到了之后,没过多久苏寒景也来了。

林清乐连忙站了起来:"苏总。"

苏寒景笑着让她坐:"叫什么苏总,你跟着汀白叫我小姨就好了,都是一家人。"

林清乐轻点了下头,有些不好意思。

"菜点了吗?"

许汀白:"让他们上今天的特色菜了。"

"好。"苏寒景说着又看向林清乐,"果然真人比照片更好看。"

"谢谢苏……小姨。"林清乐看向许汀白,问,"不过,我有什么照片在你手机上吗?"

许汀白:"你大学拍毕业照时的一些照片。"

林清乐很少拍照,也基本不发朋友圈,所以她的照片是很少的。但大学毕业穿学士服那会儿,确实被室友拉着拍了好多……

"你从哪儿弄到的?"她记得她朋友圈里也没有。

许汀白:"回国后派人去找你,当时传回来那些照片。"

"哦……"

"他为了找你花了不少工夫呢！"苏寒景道，"这小子多喜欢你，我和他姨夫可都知道。"

林清乐看向许汀白，后者在桌下拉住了她的手。

苏寒景："现在你们能在一起我也很高兴，总算是了了我的一桩心事。我之前还真怕汀白追不到你，这样的话，我可不知道他这脾性，这辈子能跟谁在一起。"

林清乐勾了勾唇："他脾性挺好的……"

"那大概只是对你。"苏寒景意味深长地道，"对其他小姑娘可没那么有耐心，你不要他，最后可没人要他了。"

许汀白靠着椅背，有些漫不经心地道："嗯，小姨你这话说得倒是挺对。"

"可不！我还不了解你。"

三人聊着聊着，菜也上了。

这家私厨老板是许汀白的朋友，他们吃了一会儿后，老板进来打了个招呼。

"你们先吃，我出去一下。"方才老板说陈柯他们今天正好也在这儿吃饭，都是朋友，许汀白便出去和他们碰一下面。

许汀白和老板走后，包间里只剩下林清乐和苏寒景。

林清乐之前还是很紧张的，但她发现苏寒景的性格真的跟大家想象中的差很多，她并不像外表那样冷峻严肃，反而聊天的时候常笑，让人觉得特别舒服。

"清乐，你们能在一起，我真的特别高兴。其实最开始啊，我也不知道他心里一直挂念着你。那会儿他沉默寡言不怎么说话，我还一度认为他心理出了问题。"

林清乐一愣："在国外那段时间，他怎么过来的？"

"开始的一年多，他基本上都是在医院和家来回，眼部手术做完之后视力模糊不清，很长一段时间都需要消炎抗菌，那段时间很难熬也很痛苦，我看着都心疼，可是他呢，一声都不吭……后来啊，视力终于慢慢恢复。可以看清东西后，他跟我说他想上学。"苏寒景道，"当时我其实是不同意的,毕竟也不着急对吧,我想着等他休养一段时间再说,以后上学也没关系。可是呢,他很坚持。"

"后来我拗不过他,给他请了老师,因为他的情况实在特殊,落下太多课没法直接安排进学校。不过,汀白真是我见过最聪明的孩子了,他学东西特别快,而且特别勤奋。我们都没有逼他要他赶紧跟上,可是他一直在逼自己。后来见他没日没夜地学习,我实在心疼,就问他为什么……"

林清乐握紧了杯子。

"他说他学好了就可以早点帮我们,但最重要的是,他想快点变好,回国找一个人。"苏寒景叹了口气,"我那时才知道,原来这孩子心里一直记挂着你。"

林清乐低眸,她一直认为许汀白聪明,所有事都做得优秀是理所当然。她想着他可以很快赶上来,可以很快变优秀……可是她忘记了,再优秀的人掉队那么多年,也要用很多很多的努力才能赶上。

"其实他原本可以更早回来的,但两年前我们公司出了点问题,他当时为了我和我丈夫才继续留下,帮助公司渡过难关。公司稳定后,他便着手准备 Aurora 入驻中国的事宜……清乐,他一直在拼命靠近你,也一直在为了你而努力。"

"汀白那孩子,真的很喜欢你。"

CHAPTER 17
跟我回家吧

和苏寒景吃完饭已经晚上九点了,司机来接她去酒店,许汀白便送林清乐回家。

林清乐今天要回自己家,这是之前就说好的,因为住在他那儿几天,很多换洗的衣服和私人用品都需要回来处理一下。

许汀白送她到小区楼下,将车停好:"今天真的不住我那儿了?"

"都到家了,你还问这个。"

许汀白十分不情愿,但他也知道之前两人已经说好了:"好吧。"

林清乐点了点头,去开车门。其实,她现在心情有些复杂,今天苏寒景说的话印刻在了她的脑子里,而那些,许汀白从来没有跟她提过。

车门打开,但她还没下车衣服就被拉住了,回头,见许汀白目光森森:"真的要下车?"

林清乐失笑,这人怎么回事,一会儿一个意思。

许汀白拧眉,又松了手:"行,你走吧。"

他看向前方,侧脸微绷,心情不太好的模样。

林清乐看着看着,心便软了。

这样一个人啊……

"许汀白。"

"怎么?"

"今天周五,于亭亭去找她男朋友了,晓倪也回她父母家了。"

许汀白愣了下,转头看她,一时没反应过来她什么意思。

林清乐笑了笑,说:"我的意思是,不然,你跟我回家吧……"

这是许汀白第二次来林清乐住的地方,进门后,房间里没开灯,于亭亭和董晓倪果然没在家。

林清乐给他拿了拖鞋,又给他倒了杯温水。

"你在客厅看会儿电视,我这几天都没回来,收拾一下。"林清乐说。

许汀白:"好。"

林清乐回了自己的房间,把之前带去许汀白家的衣服都放回了衣柜里,于亭亭那天拿得估计也很匆忙,她的衣柜里凌乱一片。

收拾完衣柜后,她又整理了下自己的床。

"要我帮忙吗?"许汀白靠在房间门口。

林清乐回头:"不用的。"

许汀白看了眼她的床,一米五宽度的款。

林清乐随着他的视线也看了眼,有些窘:"床跟你家的比起来是小了点……如果你不适应,回去也行?"

她方才在车上突然让他跟她回家,是一时兴起,都没考虑好后续怎么办。

但许汀白人都到这里了,怎么可能愿意回去?

"够睡了,车开来开去很累,不回去了。"

林清乐想想也是:"那好,那你先洗澡,我给你拿浴巾。"

"嗯。"

林清乐去卫生间的柜子里翻了翻,突然发现,新的浴巾上周被她拆出来用了,她家……没有新的浴巾。

"怎么了?"许汀白走了进来。

"没有新浴巾,唔……我给你买去。"

说着便想往外走,许汀白一把把人又抓了回来,他唇角轻牵,说:"买什么新的,用这条不就行了。"

许汀白指了下旁边挂着的，林清乐抬眸，耳朵有些烫："这个我上周用过一次。"

"你用很多次我也能用。"许汀白道，"怎么，嫌弃？"

"我嫌弃什么……现在又不是我用。"

许汀白俯身，捏了下她绯红的耳朵："哦，那我就用这条。"

林清乐一缩，连忙捂住了自己的耳朵："随你！"

浴室门关上，不久，里面传出哗啦哗啦的水声。

时间也不早了，林清乐没干等着，拿上睡衣去外头的浴室洗了个澡。洗完出来后，她把脏衣服都放进了洗衣机里，之后回身，突然僵住了。

许汀白也不知道什么时候站在了房间门口，双手抱胸，悠闲地靠在那儿看着她。

但这都不是重点，重点是他刚洗完澡，衣服没穿，只是腰间横着她的……粉色浴巾。林清乐猝然站直了，愣愣地盯着他看。

许汀白的腿是真的长，而且很直，小腿结实有力，腿型完美到让很多女生都汗颜。

上半身就更……毕竟连一点儿遮掩都没有，肌理明显，没一丝多余的肉。

"你……冷不冷啊？"林清乐脸都要红透了，好半天才问出这一句。

许汀白："不冷，不过就算冷你这儿也没什么衣服能给我穿。"

林清乐僵僵地点了下头，眼睛都不知道往哪儿放了："那你赶紧上床，盖被子吧！"

"我知道，但我不是在等你吗……"许汀白问，"你好了吗？"

林清乐把许汀白带回家，自然心里已经默许他跟自己一起睡觉了，其实她也一直不排斥的。

但现在看到这个画面，她突然心颤了，这……真的一起睡吗？

她能睡得着？！

"嗯……还没好，我还要……整理一下客厅！"林清乐连忙把视线挪开，要去收拾茶几上的东西，然而，茶几很干净。于亭亭和董晓倪也没弄什么乱七八糟的东西在这里，她都没有什么可收拾的。

"明天再收拾吧。"许汀白走过来，把她拉了起来。

他将她抱在怀里,贴着她道:"困了,睡觉吧。"

背后是温热的,她身上薄薄的一层真丝睡衣,根本抵挡不住那个热量。

林清乐轻呼了一口气,腿都要软了,几乎是被他拖着回的房间。

门被他反手关上后,她直接被他勾进了被窝里。

林清乐和他面对面,额头都要碰上了:"这个床……两个人睡显得特别小。"

许汀白淡淡道:"还好,我们靠近一点睡就不小了。"

林清乐连忙道:"但我睡相不太好。"

"那我抱好你,免得你睡着睡着,睡到地上去了。"说着,许汀白还真揽了她的腰,将她牢牢贴在他身上。

靠得很近,呼吸和温度都交缠在了一起。林清乐抑制住狂乱的心跳,抬眸看他。

房间灯还开着,所以她能清楚地看见他的眼神,一瞬不瞬,瞳色分明是浅淡的,却让她看出了一股炙热的味道。

其实,她好像还挺喜欢他这样的眼神的,热烈、欣喜,这样的许汀白才像一个有情感和情绪的人。

林清乐想起苏寒景所说的他在国外生活时的样子,虽只是寥寥数语,但她能想象出他那时的状态。

孤僻、冷漠……那时候,未来都是未知的,其实,他也很害怕吧。

林清乐想到这儿有些难受:"今天小姨跟我说了很多。"

许汀白:"说什么了?"

"说你在国外的一些事……之前,我不该怪你。"

许汀白眉头轻拧:"你没做错什么,是我的问题。"

林清乐摇摇头:"才不是……"

他总说是他的问题,但其实,她自己也有很多问题。林清乐在心中微叹,伸手抚上他的脸颊,靠近,吻了下他的唇:"还好都过去了。"

许汀白的身子蓦地僵住,短暂一秒后,他反客为主,凑上去吻住了她:"嗯……都过去了,现在好就好。"

他呢喃着,再次堵住了她的唇……

经过头几次后，他似乎更加知道怎么去和她接吻了。翻身而上一阵激吻后，缓缓地，移到了耳朵。

如他所料，她果然立刻开始挣扎。

"别……"

许汀白却是轻笑了下，没听她的。她越羞越退，他越想逗弄。而林清乐躲又躲不过，只能由着自己细密发颤。

她受不了这样，说是痒但也不是，是种很奇怪的感觉，像过电一般蹿至四肢百骸，整个人都要软成一摊……

一床被子之隔，外面的温度和里面简直是两个世界。

后来迷离间，她只意识到他的手不安分地覆到了……

林清乐一愣，抬眸："许汀白……"

他看着她，紧了紧嗓子。

他僵着没有动，但他这样……她觉得更奇怪啊。

林清乐撇过了头，人都要被烫化了。

"你干吗啊？"

"能碰吗？"他哑着声问她。

你不是已经碰了吗……

林清乐支吾一声，没说出拒绝的话，脸红得要滴血一般。而这样沉默的结果就是，她感觉到他不客气地抓了一把。

"……"

许汀白也紧张得冒汗，与此同时，脑子里只剩一个念头：好软。

上一回在他家时他没敢过火，所以当时体会并不深刻。这一次没了任何遮挡，简单直接，那滋味简直欲罢不能。所以一次尝试过后，肆无忌惮的作祟便开始了，并且越发不知收敛。

林清乐被揉得不知东南西北，人都有些蒙了。

"你故意的？"良久后，他在她耳边问。

林清乐："什么？"

"故意让我难受是不是？"

说着惩罚似的捏了她一下，林清乐吃痛，挣扎着去推搡他，可碰撞间，却又被他的热情吓得不敢动。

林清乐突然明白他在说什么了。

她让他来这里过夜，同睡一张床，却丝毫没想过，箭在弦上但什么准备都没有的情况。

"我……我只是想让你在这儿睡，我才没故意……"

许汀白闷闷"嗯"了声："那怎么办？"

"什么怎么办？"

"我扛不住了。"

林清乐感觉自己脑门在冒烟，结巴着道："那……那你去解决一下？"

许汀白却没去，他俯视着她，眼睛都要红了。

林清乐："去？"

"不去。"许汀白握住了她的手腕，声音又沉又哑，缓缓道："你帮我。"

被子里的一方世界，空气稀薄，热度滚烫，一片凌乱。

这一夜对林清乐而言，是无措而迷茫的。而那样的许汀白对她而言也是完全陌生的，他的表情、声音……一切的一切，都让她心跳失常。

好在，最后在一片狼藉中，声色总算渐渐停歇。

可马上就相拥而眠似乎不太现实……经过方才的心惊肉跳，没人能立刻睡着。

而且没过多久，身后那人显然又蠢蠢欲动。

"你再这样……我去她们房间睡了。"林清乐声若蚊呐。

许汀白抱紧了她，无奈又上火："我控制不了。"

林清乐："那怎么办？"

刚尝了点甜头的许汀白轻捏着她的手指，半哄半求："再来一次就睡，行吗？"

"……"

这晚有人心满意足地睡过去了，也有人手腕都快酸废了。

第二天，没有设闹钟的两人都睡到了很晚。

林清乐还是被敲门声惊醒的。

"清乐，你醒了没，中午要不要在家吃？"门外突然传来敲门声和董晓倪的喊声，林清乐睁开眼，一下子就清醒了。

Chapter 17 跟我回家吧

她看了看边上的人,又看了看横在自己腰间的手,慌道:"我……我还没起!"

董晓倪听到声音,停止了敲门:"哦,都要十点了,要不要把你的外卖一起叫了。"

"你不用管我!我等会儿再说。"

"好吧。"

董晓倪从她房间门口离开了。

林清乐揉了下眼睛,她亲爱的室友不是应该周日才回来吗!

"是有点饿了。"突然,身边抱着她的人淡淡开了口。

林清乐转头看去,见许汀白也睁了眼,显然是被刚才的拍门声吵醒了。

林清乐还是第一次在醒来的时候看到身边有个男人,她十分不适应地道:"你饿了啊,那起床吧。"

许汀白"嗯"了声:"外面不是于亭亭?"

林清乐:"是另外一个室友,你好像还没见过。"

"董晓倪。"

"对……"林清乐道,"我都不知道她今天会回来,不然,昨晚不会让你过来的。"

许汀白在她腰间揉了一把:"怎么,害羞?"

更害羞的事她昨晚都做了……

林清乐拎开他的手,清醒的白天想起旖旎的夜晚,整个人都要烧起来了:"我才没有,快点了……起床。"

她从床上跳下去,跌跌撞撞进了浴室。

许汀白轻笑了声,掀开被子下了床。

林清乐正准备刷牙呢,突然从镜子里看到一个没穿衣服的人走了进来,她的眼睛立刻往天花板瞟:"你……不穿衣服啊?"

许汀白:"洗个澡。"

"那我出去。"

许汀白似笑非笑地看了她一眼:"昨晚都给你看光了,现在出去是不是晚了点。"

林清乐:"……"

许汀白走进了淋浴间。

水声渐起,林清乐快速刷了几下,随便洗了把脸就出去了。

"呼……"帮他把浴室门关上后,林清乐坐在床边,轻舒了口气。

一大早就看到许汀白这个状态……她生怕多看两眼自己要流鼻血了。不对不对,即便不看,想想昨天她都要流鼻血!

被窝还是暖的,林清乐回头看了眼有些凌乱的床,突然想起了什么。

昨天两人折腾了一通后就睡了,压根没精力处理什么床单,但现在一想,昨天虽然也擦了……但痕迹还是留下了。

她没经验,那会儿在他的引导下依然手足无措……

林清乐想起昨晚的情况,起身,红着脸把被套和床单都卸了下来。等她套新床单的时候,许汀白也已经洗完澡穿上衣服出来了。

许汀白看着地上的床单,自然明白怎么回事了,他走上前拉过被子一角:"我帮你。"

"哦……"

两人安静地把被子弄好,床下的床单、被单裹成一团,似乎在陈述着两人昨晚干了什么。

林清乐略感不好意思,随便扯了个话题:"吃点东西吧,叫外卖行不行?"

许汀白看出她的不自在,笑了下,说:"随便,什么都行。"

"哦。"

林清乐坐在床上,拿出手机开始点外卖。许汀白则开门走了出去,去厨房倒水喝。

另外一边,董晓倪正在房间里收拾东西,听到外面有声响,就从自己房间出来了:"清乐,我就叫了寿司,咱们再叫点别的……"

声音戛然而止,董晓倪看着厨房里那个高大的男人身影,愣住了。

许汀白闻声回头:"她在房间。"

董晓倪呆呆地盯着他看:"你是……"

许汀白走上前:"你好,我是许汀白。"

董晓倪眨巴着眼睛:"啊,你好你好,我叫董晓倪。"

果然！名不虚传！于亭亭那家伙没有骗人！真是大帅哥！

"晓倪，我叫了'御都皇'的菜，那个……一起吃。"林清乐猛然想起外头还有室友在，急急追了出来。

董晓倪："好啊……"

"嗯，那我多点一些。"

董晓倪点头，朝许汀白干笑了下，疾步走到林清乐边上："我看看你点的什么！"

说着，把她拉到一边，确定许汀白听不见了，才快速道："好啊，趁我们不在把男人带回来了！鞋子我都没看见，我刚才还以为屋里就你一个人。"

林清乐："我怎么趁你们不在了！他的鞋我就放鞋柜里了，又不是故意藏。"

"啧，不要狡辩！今天还是基地有事我回来拿东西，要不然我可就错过了！"董晓倪挑了挑眉，道，"林清乐同学，够野的哦！"

林清乐一噎："你在说什么，昨天是因为，因为……"

"找不到借口就不要找了，因为什么一点儿都不重要。"董晓倪拍拍她的肩，"带男朋友回来睡嘛，应该的，我也懂的。"

董晓倪这个"睡"字说得意味深长。

林清乐想说点什么，但好像又没啥可说的！因为昨晚……也差不多了。

"这事亭亭不知道吧？"

"我没说……"

"也是，她要是知道了，今天怎么可能不在家，按她的性子，一定快马加鞭回来围观。"董晓倪装模作样地拿过她的手机看菜单，又忍不住偷偷回头看厨房里的那个男人，"是真帅，你赚了你赚了。"

林清乐："……"

半个多小时后，饭菜都到了。

林清乐今天要跟董晓倪一起去导盲犬基地，许汀白则还有事要去处理，所以吃完饭后，他们便各自出门了。

周一，工作日。

经过一个周末的发酵，公司的人已经全部知道了老板和策划部副经理的八卦，林清乐站在楼下等电梯时，受到众多侧目。

"副经理早！"

"清乐，早啊。"

这时，正好同部门的季超超等人过来，林清乐回头看向他们，松了口气："早啊。"

"早餐吃了吗？"

"还没呢。"

"哦，那一起吃吧。"

"行。"

三人在餐厅的楼层下了电梯，待林清乐走后，里头才有其他部门的几人小声交流。

"刚才那个就是许总女朋友啊，真的蛮漂亮的。"

"是啊，哎……你说她年纪这么轻，一进公司就是副经理，许总有没有帮忙？"

"你可别说，林清乐的能力还真不错，之前就听我们总监夸过。"

"也是哈，许总这种人怎么可能开后门？"

"林清乐A大毕业的，之前还在一家很厉害的广告公司待过，现在在这个位置绰绰有余啦。你可别拿年纪说事，那我们许总还不够年轻啊！"

"嘶……那都好厉害。"

"可能这叫强强联手？弱鸡我们许总才看不上呢！"

公司里议论的声音很多，有些也传到了林清乐的耳朵里，不过她忙于工作，并不太想管大家对于这件事是什么看法。

晚上下班时间，同事们陆陆续续开始收拾，准备走了。

"今天晚上有人要去吃火锅吗？"季超超起身，提议道。

"有有有，我要去。"

"算我一个！"

季超超："还有吗？清乐，你要不要去？"

林清乐看了眼手机，今天于亭亭和董晓倪估计不在家吃饭，许汀白没发消息应该也是忙的。于是她合上电脑,点头:"我去啊——"

"下班了是吗?"林清乐刚答应完,一个声音就穿插了进来。接着,众人便看到拐角处一个熟悉的身影走了进来。

原本还有些吵闹的部门一下子安静了下来,众人面面相觑,没人再敢说话。

林清乐见到来人也愣了下,因为这还是许汀白第一次在他们部门人都在的情况下到办公室来!

林清乐:"下班了。"

许汀白目不斜视,走到林清乐边上:"那走吧。"

林清乐迟疑了下,看向同事:"我以为你忙,所以我刚才答应跟他们一起去吃火锅来着。"

许汀白看向离得最近的季超超:"她要跟你们去吃火锅?"

季超超还是头一回面对许汀白问话,立正站好,正色道:"没有啊,我们不吃火锅!"

林清乐:"啊?"

季超超看了眼边上的同事:"我突然不想吃火锅了,你们呢?"

同事们——

"不吃了不吃了,我赶着回家跟我妈吃饭。"

"那我也不吃了,上火!"

"对对对!"

季超超连连点头,朝许汀白笑了笑:"许总,您跟我们副经理去吃饭吧,你们去你们去。"

林清乐:"你刚才不是还说……"

季超超:"我先下班啦!许总再见,大家再见。"

"超超!等我一下!一起!"

"……"

部门的人没一会儿就走光了,林清乐看着溜得飞快的同事们,纳闷:"许汀白先生,你是有多吓人啊!"

许汀白看了她一眼:"什么?"

林清乐:"你一来,人都跑光了。"

许汀白淡淡道:"我又没怎么。"

"那更能说明你的可怕程度,什么都没做就让人家那么害怕。"

许汀白拉着她站起来:"哦,你也害怕吗?"

"我?我才不怕你……"

"那就行了,只要你看见我不跑就够了。"许汀白看了眼时间,"对了,陈柯和夏谭今天喊我去,你跟我一起?"

"去哪儿?"

"麦克斯。"许汀白道,"就坐一会儿,你不舒服的话我们早点走。"

"哦……没关系啊,都是你朋友,我不会不舒服。"

许汀白目光柔和:"好。"

麦克斯便是之前他们重逢的那个酒吧,看样子,他的朋友经常去这个地方。

林清乐来过两次,对这里并不算陌生。

"许汀白!这儿呢!"

还是在二楼的位置,林清乐跟许汀白一同上去的时候,看到远远地有人朝他们打招呼。

许汀白拉着她走过去,到了卡座后,林清乐才发现今晚人有些多,除了夏谭和陈柯是熟悉的面孔,其他男男女女她都不认识。

"许总是……有女朋友了?"林清乐坐下后,听到对面坐着的一个女人问了句。

"这不显而易见吗?"夏谭对着许汀白抬了抬下巴,"喂,你刚也没说跟清乐一起来啊,啧,我算是看出来了,今天是故意来显摆的吧。"

许汀白给林清乐倒了杯果汁,抬眸看了他一眼:"不行?"

夏谭摊手:"行行行,也不能我一个人吃狗粮,大家一起吃呗。"

陈柯:"之前就听夏谭说你跟这姑娘在一起了,真没想到我们许总也有难过美人关的一天。"

"可不是嘛,瞧他从前一副女人别靠近我的样子,我都要以为他不喜欢女人呢。"

"哈哈哈哈——"

许汀白拿起酒杯,扫了眼笑得不行的友人们:"说完了没,喝不喝?"

"喝喝喝，来来，咱们一起恭喜许总脱离单身生活。"

许汀白给林清乐单独叫了点东西吃，他跟夏谭他们聊事情喝酒，林清乐便坐在一旁吃饭。过了一会儿后，陈柯在另外一桌遇到几个熟人，招呼许汀白和夏谭过去。

"你坐着接着吃，我过去一趟，回来我们就回家。"许汀白跟她交代了声。

林清乐："没事，你忙你的，不用管我。"

"等我。"

"嗯。"

许汀白起身过去了，林清乐跟在场的其他人都不熟，便搁下了筷子，坐在那儿看着楼下正在表演的乐队。

"你叫清乐是吗？"

就在这时，同桌的一个齐耳短发女人跟她搭了话。

林清乐点头。

短发女人："那些男人一到酒吧就玩自己的去了，咱们也玩咱们的，来，我敬你一杯。"

林清乐拿起眼前的果汁："谢谢。"

短发女人笑了下："第一次见面，都是朋友，喝一点吧。"

林清乐并不是不能喝酒，只是许汀白刚才给她拿了果汁，她也就接过了。而现在对面是许汀白的朋友，她也不好多做推辞。

"行。"

短发女人给她推过去一杯，蓝色的，小小杯，看着很漂亮："蓝莓味的，很好喝。"

林清乐接过，短发女人跟她碰了一下："没想到最后许汀白还是名草有主了，当初上大学那会儿，不少女孩子追他都追不到呢！"

林清乐："你是他同学？"

"对啊。"短发女人道，"我们这儿好几个都是同一所学校的，哦，子爱也是啊，不过她今天没来。"

林清乐听到赵子爱的名字，微顿。

"干了。"

林清乐笑了笑，喝了。酒确实是蓝莓味的，酒精味有点浓，但挺好喝。

"这酒是酒吧新上的，味道不错吧。"

林清乐："嗯。"

短发女孩又给她推了一杯过来："你可是带走了我们的男神，太羡慕你了。"

"是啊是啊，清乐，跟我们说说，到底怎么样才能追到他啊？"另一个女孩接道。

林清乐捏着手里新的一杯"蓝莓酒"："我也不知道。"

"哎？你不会还搞什么秘密吧。"

林清乐放下酒杯，说："真的……"

"别啊，说说嘛，让我学一下。等你们分手了，我用用。"

短发女孩笑着瞪了说话那人一眼："啧，说什么呢！"

"啊？哈哈哈我就开下玩笑嘛，这不是好奇吗。而且知道了，到时候告诉子爱去，让她死个明白。"

"这倒是有点道理。"短发女孩看向林清乐，"你可是从我们家子爱手里抢了人，其实说一下也不过分啦。"

眼前几个女孩子看起来好像都在好好说话，可言外之意，又并不是。

而且，她们跟赵子爱或多或少都有关系，至少……是站在她那边多一些。

兴许是酒精有了点作用，林清乐在几个女孩或好奇或敌意的眼神中，说："我真的不知道怎么追，我没追过，是他追我的。"

"啊？"

林清乐拿起新的一杯，和有些怔愣的短发女孩碰了下："而且我不是抢了赵子爱的人，因为许汀白一直也不是她的人。"

短发女孩："……"

卡座里瞬间没有人说话了，就在这时，楼下也换了摇滚乐，很有激情，音乐声能盖过所有人的说话声。

正好，她也不想跟她们说话了。

林清乐拿起一杯蓝色的酒，又喝了下去，唔……这真的好喝。

但林清乐不说，其他人可没闲着，对面的几个女孩拿出手机，在群里疯狂聊天：

"她刚是在拽什么？"

"许汀白那性子会追人，骗鬼呢！"

"就是炫耀呗，上次子爱就被这女的气死了。"

"听说这女的是许汀白公司的人。"

"真的假的？近水楼台？"

"长得是有点姿色，但能在一起多久啊，许汀白那性子你们不知道吗，就没怎么见他对女的笑过。"

几个人聊得热火朝天，林清乐独自看着表演，越看头越晕，但不是醉酒难受得晕，而是微醺，有些亢奋。

她揉了揉太阳穴，看了眼那酒，这么好喝的酒，竟然也会上头哇。

"都坐着干吗呢，继续喝呀！"短发女孩放下了手机，给林清乐又推了一杯，"来，我跟你喝。"

林清乐摆摆手："你们喝就好，我酒量很一般。"

短发女孩轻笑了下："那不行，今天你可是主角啊，当然要跟你喝了。"

"但是……"

"放心啦，你才喝多少，哪会醉。"

"她酒量确实不行，我来吧。"许汀白不知什么时候回来了，他在林清乐边上坐下，把那杯酒接过来喝了下去。

短发女孩愣了下，笑得有些勉强："许汀白，你还会英雄救美啊。"

许汀白放下酒杯，没多说什么，因为他看到林清乐的眼神有些怪："喝酒了？"

林清乐立刻往后挪："没。"

许汀白直接把她拉了过来，倾身在她唇边吻了下，之后说道："还没喝，这不是酒味吗？"

林清乐掩口："你是狗吗……还闻。"

许汀白掐了把她的脸蛋，眼里含了笑："谁让你骗我。"

"我就喝了一点点……"虽然，脑子是开始有点晕晕乎乎的了。

"一点是多少？"

"一点就是一点。"林清乐轻哼了声，撇过头去看底下的乐队，"你管我……"

她喝酒特别容易看出来，脸颊发红，眼神亮亮的，却又带着点迷茫。说话更是明显，又娇又甜，尾音都像带着小钩子。

许汀白看得心痒痒，轻掐着脸又把她的头扭过来："你看我能不能管你……回家吧。"

林清乐："这么快就走了啊？这个乐队等会儿还有个歌要唱。"

许汀白把她从沙发上拉起来，哄道："好了，想听下次再过来，你现在还是别在这儿坐着比较好。"

"我现在怎么了？"

"你说呢？"

……

许汀白跟友人打了个招呼便带着林清乐走了，从始至终，他跟她说说笑笑，把在座其他人忽视了个彻底。

待人走远后，卡座上，一个女人才后知后觉地拿起手机，说道："我去，早知道录一下刚才许汀白的样子，发给子爱看。"

短发女孩道："想气死她啊。"

"就让她跟我们一起震惊一下啊！刚才那是许汀白？你们谁说他不会笑的？"

"什么不会笑？"夏谭和陈柯回来了，"说谁，汀白？"

"对啊，刚才看他对他女朋友啊，不要笑得太开心……"

夏谭："那可不得笑嘛，心心念念都快十年了。"

"什么？！十年？"

夏谭幽幽道："不知道了吧，清乐可是他打小就放在心尖上的人，现在好不容易追到手，那还不得笑开花啊。"

许汀白带着林清乐下了楼，结果这人好像亢奋得很，一下子看这儿一下子看那儿，愣是不往门口方向走。

"回不回家了？还看？"

林清乐倚靠在柱子边望着台上："难怪大家喜欢来酒吧玩，听听歌喝喝酒，确实蛮惬意的嘛。"

许汀白笑了下："感慨什么……又不是什么特别的事。走了。"

"懒得走，有点累了。"林清乐晃了晃脑袋，突然朝他伸出手，"不然，你背我回家好啦！"

林清乐平日里很少会要求他做什么，所以这种小撒娇很不常见。许汀白见她这样，命都能给她了，还说什么背不背的。

他立刻转了过去，俯身："上来。"

林清乐嬉笑着趴了上去："你背稳点，别把我摔了！"

"你这小身板，想背不稳都难。"

"是吗，那……出发！"

还真是容易醉。

许汀白无声地笑了下，背着她穿过来来往往的人，慢慢走到了外面。

"以后我不在，不要随便跟别人喝酒。"

林清乐趴在他肩上，盯着他的喉结看，他说话的时候，这里一动一动的。

"可那都是你的朋友，难不成还会害我啊！"

"有些女孩子我也不是很熟，跟着陈柯他们一起来的。"

"嗯？那几个女孩子不是你的好朋友吗？"

"好朋友？"许汀白笑了下，"我要是有这么多女性好友，你不吃醋？"

林清乐沉默了半晌，突然伸手按在了他的喉结上："吃的！她们不仅仅当你是朋友！所以你当然不许有那么多女生朋友了！"

许汀白侧眸睨了她一眼，声色微沉："松手。"

林清乐不肯，嘟囔道："你听见没？"

许汀白："我跟她们都不熟，只是从前同校过。"

"真的？"

"嗯。"

林清乐因为她们方才在酒吧时说的话有些不舒服，现在听到许汀白这么说，心里自然高兴了很多。于是凑近他的脖子，更起劲地玩他的喉结。

许汀白被她摸得心浮气躁，偏偏这人还没有停下的意思……

"啊!"

林清乐玩得正高兴呢,眼前的人突然低头,咬在了她的虎口上。

林清乐惊叫了声,缩了回来:"许汀白你真的是狗吗!"

许汀白看了她一眼:"说了松手。"

"那你再说一遍啊,干吗咬人!"

"我就是轻轻咬你一下……"

"那是轻轻咬啊,你明明是重重地咬,像这样!"林清乐扒拉着他的肩膀,凑上去学着他的样子,咬在他的脖子上。她咬得毫无章法,在他脖子上瞎钻瞎蹭。

许汀白偏过了头,整个人都有些绷住了。

"别闹了。"

林清乐见他拿自己一点办法都没有,且眼前的耳朵肉眼可见地红了,更是嚣张。

她不再折腾他的脖子,而是盯着那个红红的耳朵,上去就是一口。

"……"许汀白一震,险些松了手。

"你耳朵红了……"林清乐松开,在他耳边轻轻说道。

许汀白深吸了一口气:"你再玩,我把你丢下去了。"

林清乐哪里会信他这种话,而且对她而言这就是激将啊:"我才不信。"说着,又凑上去咬人。

她咬得也不重,可就是因为不重,所以才让人难耐。

简直比直接重咬还磨人。

车子就在不远处,许汀白加快了脚步背着她过去。到车旁后,他拉开副驾驶,把在他背上玩得开心的某人直接拉下来塞到位置上。

他的动作有些急躁,林清乐被他这么一甩,人都有点蒙了。

接着,她看到车门被他甩上,然后他面色沉沉地坐了进来,发动了车子。

一路上,许汀白一言不发,看脸色……林清乐觉得自己可能惹到他了。

"你生气了吗?"酒精助长了她的气焰,但看许汀白好像真不高兴了,林清乐厌得又很快。

林清乐:"许汀白……你是不是生气了啊?我咬疼你了吗?"

许汀白:"别说话。"

"……"

车子行驶在宽阔的马路上,许汀白目视前方,半秒都没放在她身上。

林清乐摸了摸脸颊,喝了酒后这里开始发烫……她手动给自己降温,降了一会儿后,又转头去看他。

他好像真的生气了,刚才她一定是咬疼他了。可是,她也没有那么用力啊,她就是逗逗他而已,干吗还真生气?

林清乐想着想着,还有点小委屈。

这就不理她了啊。

车很快开到了许汀白家的小区,在地下停车场停下后,他下了车,过来给她开了车门。

林清乐从车里出来,看了看四周,有些怵怵的:"你不送我回去吗?"

许汀白冷哼了声:"你还想回去?"

之前因为酒精而亢奋的脑子渐渐冷静下来,她现在有些晕晕的:"你不是生气了,不理我了吗?那你干吗不送我回去,我要回去,我……"

许汀白拉过她的手,一下就把人往电梯的方向拽。

"喂……"

电梯门开了,许汀白拉着林清乐走了进去。

林清乐去扯他的手:"你松开啊——"

"有监控。"许汀白突然道。

林清乐不明所以,有监控怎么了,她又没做什么坏事!

"那你也要松开……"

然而,许汀白看着前方,扣着她手腕的手跟什么钢造的钳子似的,压根就弄不开。

叮——

电梯很快到达顶层,林清乐被拉了出去,电梯门关上后,许汀白总算松了手。

林清乐抬眸瞪他:"许汀白你……嗯?!"

他什么话都没说,捧着她的脸就吻了下来,又冲又急,瞬间撬开了她的牙关。

太突然了，林清乐都没反应过来，他的气息就已经席卷了她的口腔。本来就因为喝了酒晕晕乎乎的，现在被这么压着，人是更晕了。

"唔……哈……"

他重重地吻了她一阵，她被他舌尖的横冲直撞弄得两腿发软，狠扯了下他的手，才终于让他抽离了些。

林清乐逮住这点机会，大口大口地呼吸。

"刚才不是挺能咬，现在怎么不继续了。"许汀白轻轻掐住她的下巴，沉声问。

林清乐有些迷蒙的眼睛里，有一片淡淡的水光，很亮，委屈又诱人。

"咬了你你不是不高兴吗……"她轻喘着说道。

许汀白："没不高兴。"

"那你刚才不说话？"

"林清乐，喝了点酒就为所欲为？你是不是也要我跟你一样，逮着你在酒吧门口就亲？"

林清乐："……"

他轻叹了口气，低声道："知不知道很难忍？"

林清乐盯着许汀白，大脑缓慢开始运转，渐渐有些明白过来了，连带着他方才在电梯里说"有监控"是什么意思也知道了。

"你自己开的头，那我回来后继续，不过分吧？"

林清乐的心骤跳，下一秒，他直接将她拦腰抱了起来……

连房间灯都来不及开，林清乐就被放在了床上。她下意识地往上爬，但他动作更快，单手掐住了她的腰，俯身下去把人压得结结实实。

他的下巴磕在她的肩颈处，吐出的热气让她浑身发麻。

不过，他们之前也是这样混乱过、暧昧过的，所以林清乐这会儿虽然完全被许汀白支配，但也没有多少害怕。

拥抱，亲吻……她接受着，情动着，最后也任由他的吻一路游走，纵容自己在黑暗中为他神魂颠倒。

直到衣衫在迷乱中不知怎么就褪了个干净，一直未触碰的那一步就在眼前。

"唔……你要，干什么？"

许汀白的眼神完全沉沦，被心底那点冲动侵占了个彻底："可以吗，我想……可以吗？"

他说得艰难，忍得更是艰难。

林清乐对于这件事说到底没有抵触，因为他们本是相爱之人，她只是有些紧张而已，而且，之前没做到这一步，是因为——

"不是，没有那个吗？"

"有。"许汀白把头埋在她脖子里，低低道，"那次后……买了。"

林清乐咽了口口水，这下是真紧张了，人都绷了起来。

"不可以，是吗？"他问。

"不，不是……"

许汀白瞬间抬头看她，眼睛都亮了，仿佛乖巧久了、圈养久了的猛兽突然有了自由，凶狠和喜悦齐齐露了出来，就等着一个时机，把自己的猎物直接咬死！

林清乐心惊胆战地闭了眼，听到声响结束，感觉到他近了。

蓄势待发时，她突然伸手攥住了他，慌得声音都抖了："你你……你会的……吧？"

许汀白沉默了两秒："……嗯。"

林清乐后来想，这晚也是有酒精的作用，不然，她哪里起得了这个头。

当然，她也没有后悔撩拨的人。她唯一后悔的是，临开始前她要多此一举问人家一句"会不会"。

没吃过猪肉，男人也绝对见过猪跑。

怎么可能……不会。

而她问了这么一句，似乎有点伤了某人的尊严。以至于后来他真的变着法地欺负人，她连一点反抗的能力都没有……

翌日清晨，闹钟准时地响了起来。

林清乐迷迷糊糊地睁开了眼睛，感觉眼皮压了十层楼。

她的手从被窝里伸出去，身上光溜溜的。

摸到手机把闹钟关掉后，她呜咽了声，好困好痛苦……不想起床。

然而虽然心里这么想，但作为一个打工人，挣扎过后，还是得从床上爬起来。

"再睡一会儿。"身边的人也是被她的闹钟吵醒的，掐着她的腰把人又拽回了怀里。

两人毫无阻隔地贴在一起，又暖又舒服，林清乐默默红了脸："不行……"

"不困吗？"

"困啊。"林清乐说到这里有点怨念，昨天也不知道是谁，折腾到那么晚，她现在完全是睡眠不足的状态。

"那就再睡一会儿。"

林清乐："可再睡就要迟到了。"

许汀白摸了摸她的脑袋："没事，准了。"

"准什么准，你又不是人事……"

"我说话还没有人事好用吗？"许汀白声色淡淡，也是没睡醒的状态。

林清乐反身戳了戳他的脸："我才不要你说什么，我是正经人，不走后门。快点，放开我……"

林清乐坚持，许汀白也只好松了手，跟着她一起坐了起来。

林清乐从床上爬起来后，那种腰酸背痛被碾压过的感觉明显压了过来，她眉头皱了下，忍住了，弯腰去捡昨晚被丢在地上的衣服。

她捡的时候死活没松开盖着的被子，显然在遮挡什么，然而遮了前面却露了后面。许汀白侧眸间看到一片白皙的后背，还有昨晚没忍住，留下的红迹。

一大早见到这种画面，心潮难免再次暗涌。许汀白贴了上去，不死心地又问了一遍："真要去上班了？"

"真的！你别动我……"

许汀白叹了口气，揽着她舍不得松开。

这还是他人生第一次，产生了这么强烈的……厌班情绪。

最后，林清乐终于脱离了某些人黏黏糊糊的"纠缠"，从床上爬了起来。

而起床走出房间后，许汀白总算也恢复了正常，西装一穿，方才在床边还抱着她不肯放手的那股劲便藏得严严实实。

"你不用这么早去公司吧？"车上，林清乐问道。

许汀白:"陪你。"

杰森还在前面开车,林清乐瞪了他一眼,示意他说话注意点:"我又不是不认识路。"

许汀白笑了下:"嗯,你认识,但可能我还是怕你走丢吧。"

林清乐:"……"

车开到公司,林清乐下车后,许汀白也跟着下来了。

正值上班时间,两人走进公司大厅时已经有很多人在了。在边上人有意无意的注视下,两人站在电梯前等电梯。

"你干吗在这儿等?"林清乐小声问了句,许汀白明明可以去坐另外一边高层专用梯的。

"你跟我一起去那边?"

"不去。"

"哦,那就这样。"

"……"

电梯到了,许汀白走了进去,林清乐没办法,只好也强行淡定地跟了进去。

门关上,电梯开始上升。

"我要去吃早餐。"林清乐说。

许汀白:"嗯,我也去。"

林清乐看了他一眼:"你不在办公室吃吗?"

许汀白:"你要去吗?"

林清乐:"麻烦,我不去。"

许汀白:"那就一起在餐厅吃吧。"

"哦。"

电梯里有很多人,可这会儿却安静得只剩他们两人的声音。因为实在是太明显了,林清乐讲了这两句后就不想再说话了。

叮——

到了餐厅的楼层,她赶紧走出电梯:"你去找个位置吧,要吃什么我帮你拿。"

许汀白慢悠悠地跟在她身后:"这么多你端不了,你去找位置,我去拿餐。"

"早餐能重到哪去啊!"

许汀白抬手揉了下她的后脑勺:"行了,快去坐。"

"好吧……那我要喝一杯豆浆,一个奶黄包,一个荷包蛋。"林清乐看了眼玻璃橱窗里的早餐,"唔……这个糯米饭看着也不错……算了算了,太多了,糯米饭我就不要了,就刚刚我说的那些就行。"

许汀白:"好,知道了。"

许汀白去点早餐了,林清乐晃了一圈,找到一个位置坐了下来,一边等许汀白一边刷微博。

"清乐你在呢,早啊。"钱小静和季超超端着早餐,原本正找位置呢,看到林清乐后,自然而然地放下东西坐了下来。

"哎?你早餐呢?吃什么呢?"季超超看她面前空空如也,问了句。

"还没来。"

"啊?谁给你拿?"

季超超话音刚落,就见桌上突然出现了一个早餐盘。她愣了下,抬眸看去,只见自家老板淡定地坐了下来。

季超超:"……"

钱小静:"……"

两人齐齐僵住,虽然知道眼前这两位在一起了,但真的见到他们在一起做什么,还是有种很神奇的感觉。

"许……许总好。"季超超回过神,赶紧道。

钱小静连忙跟上:"许总早上好!"

许汀白把林清乐要的早餐一一放在她的面前,对两人点了下头。

季超超和钱小静对视了眼,晕……不知道跟林清乐一起吃早餐的是老板啊!现在走还来不来得及!

"那个,这是我们部门同事季超超,这是人事部的钱小静。"公司人实在多,林清乐怕许汀白不知道,提前介绍了下。

许汀白确实不认识,待她说完,跟对面两人道:"你们好。"

"许总好！"钱小静和季超超顿时紧张得不行，饭都不敢吃了。

林清乐咬了口包子，看向两人："你们干吗不动，吃饭呀。"

"啊？哦哦！"两人赶紧低头。

碗筷轻轻碰撞，钱小静和季超超安静如鸡。

"呼……嘶。"林清乐喝了口豆浆，突然又放下。

许汀白放下了筷子："烫到了？"

林清乐掩口："嗯，今天的豆浆好烫啊。"

许汀白："刚出来的，那你先喝我的果汁吧。"

许汀白把自己刚刚喝过几口的推给她，林清乐赶紧接过喝了一口，呼……舒服了。

放下果汁，林清乐看到许汀白把糯米饭也推到她面前："嗯？你怎么拿这个了，我刚不是说我吃不了那么多，不用了吗？"

许汀白："不是想吃吗，吃两口，你吃不完给我吃。"

林清乐眼睛一亮："可以吗？好啊！"

公司的早餐很好吃，每次她都要选半天才行，拿多了，又怕自己吃不完。现在这样正正好，可以吃一点解馋。

一顿早饭后，林清乐想吃的都吃到了，心满意足。

而许汀白见她不再动糯米饭了，便把碗挪过来就着她没吃完的继续吃。

"夏谭有事找，我先去他办公室。"吃完后，许汀白说道。

林清乐："嗯嗯，那你先走吧。"

"好。"许汀白起身，手也自然而然地伸过来捏了下她的脸，毫无避讳，"中午一起吃饭。"

"不一定，我有事忙。"

许汀白眉头微挑："那晚上总行吧。"

"嗯……好。"

"到时候来接你。"许汀白笑了下，走了。

林清乐把最后一口豆浆喝了，看向对面两位："吃完了吗？要走吗？"

许汀白不在，季超超和钱小静总算松了一大口气。

钱小静："哎哟。吓死我了吓死我了，我这还是第一次和领导一起吃饭！"

"我也蒙了好吗……"季超超眼睛发光，"不过清乐，真是活久见系列！原来许总谈起恋爱是这样的啊！"

"怎样……"

季超超："呜呜呜，就很暖，而且刚才还笑了，好温柔！"

钱小静："对啊，跟平时路上碰到的状态完全不一样。清乐，还是你牛。"

季超超："哎，什么时候能给我一个这样的真命天子啊。"

钱小静："少想，想要这样的得从小培养起，就跟我们清乐一样。"

林清乐一噎，还培养……

他小时候可完全不是这样的。

凶着呢。

季超超："不过就算有许总这样的，我大概也很难hold住，像他这样的人，小时候身边一定都是优秀的人，我这种小透明哪能引起他的注意！"

钱小静："那倒是。"

……

两人嘻嘻哈哈地说着话，林清乐被他们一说，也想起了许汀白的少年时期。

她们应该都不会想到，那时的许汀白身边其实空无一人吧……

哦不对，严格来说，还是有一个的，比如那个叫燕戴容的女孩。

关于燕戴容这个人，已经是很久远的历史了，林清乐压根没想过跟这个人还能见面。

所以后来有一天突然在公司里碰到燕戴容，她真的十分惊讶。

那天，林清乐在临中午的时候去了休闲区喝咖啡，就在往窗边方向去的时候，她看到了坐在靠窗位置的燕戴容。

跟郁嘉佑一样，她这样的人并不是容易让人遗忘的类型。所以第一眼看到她的时候，林清乐便想起来了。

一站一坐，两人突然这么碰上，一时都没说话。

"林清乐。"最后是燕戴容先开了口,她在这里看到她,并没有多少意外。

林清乐:"好巧,你怎么在这儿?"

燕戴容说:"是挺巧,不过我知道你在这个公司。我今天来这儿是代表我们公司聊合作项目的。我同事还在楼上,我在这里等他。"

林清乐:"那,你怎么知道我在这个公司?"

"有什么好奇怪的,我也知道许汀白在这儿。"燕戴容喝了口咖啡,示意了下她前面的位置,"坐一会儿?"

林清乐没有拒绝,在她对面坐了下来。

"你们公司是?"

燕戴容给她递了张名片,林清乐看了眼,她知道这个公司,一家做新材料产业的新公司。不过她没想到的是,燕戴容竟然去了一家新公司,而不是待在她自己家的企业。

燕戴容:"许汀白呢,今天不在?"

林清乐看了她一眼:"在办公室吧。"

"哦。"燕戴容点了下头,说,"那个,我就随便问问,你可别以为我对他还有什么意思。"

林清乐愣了下,笑:"我没这么想。"

燕戴容也跟着笑了下:"但你要这么想也不奇怪啊,毕竟我以前可跟你差不多疯。哦,不对……看样子还是比不过你,我可不能像你一样,傻乎乎地等这么多年。"

林清乐抿了口咖啡:"这没什么好比较的……不过,等这么多年,也很值不是吗?"

燕戴容脸上的表情微微一僵,随即轻笑了下:"是,是挺值的,不过也就是对你来说值得,毕竟他喜欢你,对别人来说可就不一样了。"

林清乐没接话,只随口问道:"你现在还好吗?"

"还不错。"燕戴容摸了下肚子,"孩子都三个月了。"

林清乐愣了愣,这下是真的有些意外,她看向燕戴容明明还很平坦的腹部:"你已经结婚了?"

"是啊,去年。年末那会儿你们班不是开同学会吗,我还是听我表哥说起,才知道你和许汀白现在的情况。"

"原来是这样。"

时间能带走很多东西,久别重逢,年幼时的很多事都成了不太详细的记忆,对曾经讨厌的人也没有什么残留的厌恶,只剩下平和了。

嗡——

手机震动。

林清乐看了眼,是许汀白发来消息,问她在哪里。

她回复:"休闲区。"

许汀白:"过来吃饭。"

林清乐:"有点事,你先吃。"

回复完后,她放下手机,看向正在说话的燕戴容,她发现长大后的燕戴容似乎比小时候能说多了,说自己怀孕的事,说他们两家公司之间的合作项目,也说自己过去的一些事。

林清乐没想到她会突然跟自己聊起这些,但看燕戴容说得挺起劲,也就礼貌地听着,没有离开。

"林清乐。"过了一会儿后,突然有人叫她。

林清乐侧眸看去,这才发现许汀白下来了:"你怎么来了,我不是说你先吃吗?"

许汀白走了过来:"我来看看你,中午不吃饭,待在这里能有什么事?"

"我,也没什么事,就是碰见了熟人⋯⋯"

"许汀白,好久不见啊。"燕戴容说。

许汀白走近后,也看到了她所谓的熟人,他脸上并没什么波澜,朝燕戴容轻点了下头:"你好。"

燕戴容支着脑袋,对他这句招呼觉得很好笑也很讽刺:"哈?你不会忘了我是谁吧?"

许汀白神色淡淡:"没,好久不见。"

燕戴容眸色微敛。

"好了,那就吃饭去。"林清乐见场面略有些尴尬,便起身对燕戴容说,"那我先走了。"

燕戴容点了下头。

林清乐起身走向许汀白，突然又听身后的燕戴容说："林清乐，什么时候要跟许汀白分手了，告诉我一声。"

林清乐诧异地回头看她。

燕戴容看了许汀白一眼，故意道："到时候我告诉我表哥，他可是对你心心念念，你要是单身了，他可就开心了。"

林清乐："呃……应该，不会。"

燕戴容轻哼了声，眼里对许汀白的挑衅十分明显："谁知道呢，反正我的名片也给你了，有机会联系。"

林清乐见许汀白脸色顿黑，连忙拉着人离开："那个，再见啊。"

两人离开了，燕戴容的视线从他们的背影上收回，望向窗外，脸色和神情都淡了下来。

这是时隔这么多年后，她第一次见到许汀白……

燕戴容自嘲地笑了下。

都这么久了啊，看到这个人，心里竟隐约还有不甘的情绪。

早知道，今天就不来了。

林清乐拉着许汀白走到电梯前，她看了眼他的脸色，说："她开玩笑的，你应该听得出来吧。"

许汀白："她是不是开玩笑我不知道，但那个郁嘉佑对你还有意思倒是真的。"

林清乐："不是……哪里啊。而且，就算有，那我们也从来没联系过！真的！"

见他没吭声，林清乐连忙道："我发誓我发誓，我就喜欢你。"

许汀白侧眸看了她一会儿，嘴角微扬："发誓挺快，算你诚恳。"

"那当然。"林清乐道，"不过你说巧不巧，燕戴容的公司跟咱们公司竟然有合作，她今天和她同事就是代表他们公司过来的。"

"哦。"

"你不惊讶吗？这么久没见的人，突然见到还是有点感慨吧。"

"没有。"

林清乐睨了他一眼："你刚才的态度不是很好啊，你心里还是很不喜欢她吗？"

林清乐觉得能理解，毕竟燕戴容从前也给许汀白带来了许多麻烦和伤害。

许汀白淡淡道："为什么要喜欢，当初在学校散播你的谣言、害你被所有人非议的可是她。"

林清乐愣了下，搞了半天，他刚才那样的态度不是因为自己，而是因为她？

"啊……你还记着这个事呢。"

许汀白："你的事，我能不记得？"

"那件事也过去蛮久了。"林清乐心里暖洋洋的，打趣道，"许总，没想到你为了我，这么小肚鸡肠啊！"

电梯到了，许汀白牵着她走了进去："嗯，你的事，我就是斤斤计较。"

CHAPTER 18
我都答应你

后来一段时间，林清乐再也没有在公司里见过燕戴容。

之后有一回在公司外面的咖啡店倒是碰上了，那会儿她的肚子已经隐隐有点意思，只是那次两人除了点头示意，便再没其他交流。

这天，又是一个周六。

中午吃完饭后，林清乐打车去了一家商场，她今天在这儿约了一个人。

"小泉。"林清乐下车后走到门口，看到大门边站着一个男孩子，他安静地站在原地，旁边乖乖坐着导盲犬。

夏泉听到声音，脸上有了笑容："姐姐，你来了。"

林清乐："怎么就你一个人在这儿？"

夏泉："我让陈叔回去了。"

陈叔是平日里载夏泉出门的司机，林清乐点点头："那好，我们进去吧。"

"嗯。"

今天来这儿，主要是因为杨以斯下周过生日，夏泉想亲自给她买礼物，可是他看不见，更不知道女生喜欢什么，这才联系了林清乐，想让她帮忙。

林清乐当然不会拒绝，所以周末就跟夏泉约了在商场见。

"你有没有什么想法，往哪个方向选礼物？"林清乐问。

夏泉："我不知道……姐姐，你觉得买什么好？"

"这个嘛……"

"哎,等下!"就在要进商场门口时,保安上前拦了人,"你好,我们这儿不能带宠物进入。"

林清乐:"哦,不好意思,这个不是宠物,是导盲犬。"

保安看了眼夏泉,这才注意到他看不见:"导盲犬?"

林清乐:"对,导盲犬法规上是允许进入公共场合的。"

保安上上下下又打量了两人几眼,显然还没遇到过这种情况。

林清乐见此对夏泉说:"阳阳的工作证。"

夏泉:"哦哦!"

夏泉忙从挎包里拿出证件,林清乐接过给保安看了下:"这是它的工作证。"

保安看了看,有些好奇地望向狗狗:"哦……这样,那、那你们进吧。"

林清乐收起证件放回夏泉的包里:"好,谢谢您了。"

通过保安那关后,夏泉轻呼了一口气,他有了导盲犬之后虽然可以自由出行,但这些场所他平日里基本不会来。

夏泉:"我以为那保安不会让我进。"

"不会的,放心。"林清乐说,"以后其他地方有拦着的,你直接拿证件。"

"嗯。"

之后,两人在商场里走了一圈,每路过一家店铺,林清乐都会跟他说里头卖的是什么。走过一家首饰店时,夏泉停了下来:"姐姐,你帮我看看这家吧。"

"可以啊。"

林清乐带着夏泉进去,店员迎了上来,看到夏泉和阳阳的时候,她显然愣了一下,不过她看出阳阳是只导盲犬,便没有阻拦,招呼两人进来。

"请问是想送给谁呢?"店员问道。

夏泉说:"送给一个女孩,十八岁……"

"那我们这儿有很多适合年轻姑娘的手链,我给你们拿出来看看。"

夏泉:"请问,有特别一点的款式吗?"

"有呀，最近我们新推出了一款可以刻字的手链哦，就是这个。"店员拿出来给林清乐看。

林清乐接过，手链确实很精致，刻字的话是刻在里圈，不从手上拿下来看不见的那种。

夏泉："姐姐，怎么样？好看吗？"

林清乐试戴了下："嗯，很好看。"

夏泉："那你觉得……以斯会喜欢吗？"

"那肯定呀，你送的生日礼物，怎么可能不喜欢？"

夏泉抿唇笑了下："那我相信你，就这个吧！"

店门喜笑颜开："好，这款价格是……"

店员在跟夏泉说项链的细节，林清乐手机响了，便走出去接。

"喂？"

对面那人是许汀白："在哪儿？"

"我在商场。"

"你在那儿干什么？"

林清乐道："我啊，在跟一个小鲜肉逛街呀？"

"小鲜肉？"许汀白淡淡道，"多鲜？"

"反正比你鲜！"

许汀白皱眉："地址。"

"干吗？"

许汀白轻哼了声："过去看看到底多鲜。"

林清乐闷笑一声："哎呀好啦，还真要来啊，我是跟小泉。"

"他在跟你逛商场？"

"对啊，他要给以斯买礼物，让我过来帮他。"

"哦，那我去找你们。"

"我们都买好要回去了，你不用来。"林清乐道，"在家等着吧，反正我等会儿也要送小泉回去的。"

手链刻字需要时间，得过几天才能快递过来。

于是付完钱后，夏泉和林清乐便走出了商场。

"姐姐,我不想打车,想试一下自己坐公交回去,可以吗?"

林清乐:"啊?人很多,你会不会不方便?"

"我之前一直想坐,但哥哥不许。可我还是想试试,以斯平时都会坐地铁和公交的。"夏泉道,"她说生日那天想跟我一起出来玩,要是到那天我连交通工具都不会坐,不是很尴尬吗?"

林清乐不知道两人之前发生了什么,但夏泉对自己的情感不再那么排斥了,她觉得很欣慰。

"可以,那我陪你试一下。"

"好啊!"

商场里面就通到地铁,林清乐教夏泉怎么操作手机,怎么指挥阳阳。因为阳阳之前受过这方面的训练,所以有了指令后,他轻松地带着夏泉进了地铁。

夏泉还是第一次坐地铁,过程很顺利,从地铁站出来后,他特别高兴。

"坐完地铁还要坐公交,从这里到你们那个小区再坐四站公交就可以了,我们在站台等会儿。"

"嗯!"

两人在原地等了十分钟后,途经小区的那辆公交过来了。

林清乐招了下手:"阳阳,车来了,带小泉上车。"

公交车在前面停下了,阳阳引领着小泉往车门走。

"哎哎,等下,狗不能上车。"夏泉刚和阳阳踏上车,司机师傅便立刻出声阻止。

夏泉愣了下,连忙去拿工作证:"师傅,这是导盲犬,可以上交通工具。"

司机师傅五十来岁,对法规不太了解,但看到有工作证递过来,有些新鲜地看了眼。

林清乐站在夏泉身后,也在等着。

司机师傅:"还有工作证呢,那这个……"

"爷爷我怕!"公交车前部的位置上坐着一个四五岁的小孩,小孩看到狗,哭着往他边上的老人怀里钻。

那老人看孙子一哭,顿时道:"怎么回事,怎么让狗上来,这么大只怎么能上来呢！"

夏泉表情微僵。

林清乐见此，连忙上前解释道："你好，这狗不是一般的狗，它是……"

"什么不是一般的狗！不管什么狗它都是狗，你们这些年轻人有没有素质！别在这里磨蹭啊，我孙子还要去补习班呢！"

林清乐不是没经历过这样的事，之前训练导盲犬的时候，她就有过被拒载的情况，但那时因自己只是模拟盲人，所以后来就没有坚持坐车。

但现在，看到夏泉明显低落且无措的模样，她真没法像之前一样，就这么离开。

她深吸了口气："大爷，您看见这是位盲人了吗，另外这只是导盲犬，它很安全的。"

"你说安全就安全啊，万一它咬人怎么办？！"

林清乐："它训练过，不会咬人的。这样吧，如果您孙子还是害怕，我们可以去后面坐，离你们远点。"

林清乐拉住夏泉的胳膊，要往后走。

结果那孩子哭得更大声了，老人立刻起身，把人拦住了："你这小姑娘有没有点道德！带这么大只狗上来吓唬谁呢！看我孙子哭的！你说你，看不见就不要出门了，还坐车呢，给社会添什么麻烦！"

夏泉颤了颤，嘴唇紧抿，一言未发。

林清乐难以置信地看着眼前的老人，气得直抖！

而后面坐着的客人纷纷看向他们，有些是看热闹，有些则露出了不耐烦的神色。

林清乐看了眼夏泉，心口一抽一抽地难受，凭什么盲人不能出门，凭什么不能坐公交车，国家都没这个规定，这个人凭什么这么说！

"谁说这样就不能出门了？我们就是要坐车！你让开。"林清乐是气极了，拦开眼前的老人。

她这一拦并没有使劲，但那老人却好像是被她用力推了似的，坐在了地上。

"哎哟你还推我！你这个年轻人真是无法无天了啊！我是因为我孙子害怕，也是因为这狗就不能带！你非上来，还推我！"

"你？我没有——"

司机一脸为难，车这会儿卡在这里也不是办法，他回头道："小姑娘，不然你还是先下车吧，我这车还得开。"

"师傅，我给您看证件了！"

"可这狗的证件……不然你们坐下一趟，下一趟好不好？"

林清乐："……"

老人无赖般的指责声、孩子的哭闹声、司机师傅的劝导声……耳边嘈杂一片。

夏泉拉了下林清乐的手臂，低声道："姐姐，算了，我不坐了。"

林清乐回头看着夏泉，少年眼神空洞，揪着她手臂的手有些发抖："小泉……"

"没事，走吧。"夏泉回头，"阳阳，我们下车。"

老人还在哀号自己被推，林清乐看着夏泉的背影，心瞬间凉了下来。

"如您所愿，我们下车。您不用装了，起来吧。"

老人："什么装？！你说谁装呢！你推了我还这么没礼貌，还有没有王法了——"

车门关上了，老人闹腾的声音被隔绝在里头。

林清乐站在站台前，听到公交车缓缓发动离去的声音，她没有回头，只是盯着眼前沉默的少年。

少年摸索着，坐在了站台的座椅上，摸了摸阳阳的头。

阳阳的状态也不太好，被车里人这么排斥，情绪显得有些低迷，但它比之前林清乐带过的小悠状态要好些，上次小悠回到基地可是被安慰了好几天才恢复过来。

林清乐深吸了口气，调整了下情绪安抚道："小泉，不是所有公交车都这样的，我们之前有带过导盲犬上过很多交通工具，都是可以……"

"姐姐，我们这种人出行真的会给别人带来很多麻烦对不对？"夏泉打断了她。

林清乐一怔："不是的……"

"以后，还是不坐了。"

林清乐："真的是偶尔，他们只是缺乏这方面的认知，其实……"

"还是不要了，如果这会儿在我身边的是以斯，她一定会吓着的。我……我也会觉得难堪。"夏泉淡淡笑了下，"还好今天是姐姐你在，我才没多少压力。"

林清乐张了张口想说什么，可鼻子酸酸的，又不知道怎么安慰。

这时，手机响了。

林清乐看了眼，是许汀白："小泉，我接个电话，你先在这儿坐着。"

"嗯。"

林清乐起身，走远了些才接起电话。

"等好久了，怎么还没回来？"许汀白的声音从听筒那边传了过来。

林清乐听到他的声音，方才在夏泉身边的淡定顿时维持不住了："许汀白，你来接我们吧……"

她的声音闷闷的，带着很明显的委屈。

许汀白一怔："怎么了？你们在哪儿？"

"在十二路口的公交车站这里。"

许汀白："等我，我马上来！"

"嗯……"

这里离夏泉家小区不算远，驾车也不过十几分钟。

许汀白很快就到了，将车子停在站台前。

林清乐帮着夏泉和阳阳上了后座，自己则坐进了副驾驶。

许汀白看两人都没事，松了口气。只是很明显的，两个人的情绪都很低落。

林清乐见许汀白想问，便用嘴型道：等会儿说。

许汀白点头，没多问，开车回了家。

把小泉送回家后，两人返回了许汀白的屋子。

刚进门，林清乐就扎进了许汀白的怀抱。许汀白微怔，但很快把她搂在了怀里。

"刚才到底怎么了？"

林清乐紧紧抱着他的腰，闷闷道："我好生气……"

"你说,我听着。"

林清乐埋在他胸口,沉默了好半天才把今天在公交车上的事说了一遍。

"小泉就是想跟正常人一样,生日那天可以和以斯一起出去玩,他只是想学一下怎么坐车,可是就这样都做不到。"林清乐说,"我看他被那人那么说时无措的样子,我很难过!还有阳阳,它是只导盲犬,不是宠物狗,为什么不让上!"

许汀白摸了摸她的脑袋:"那老人确实霸道。"

"是啊……我都说了我们坐后面,不影响他们,可是他还是不肯,还那么说小泉。"

许汀白轻叹:"有关导盲犬的常识普及率太低了,很多年纪大的人根本就不知道有这么一回事。"

"嗯……我知道,可是当时那情况,我真的忍不住生气。"

"是,我明白。"许汀白问道,"那你自己没事吗,他说你推了他,他有没有对你怎么样?"

"没,后来我就下车了,没管他……"林清乐抬头看他,"我是没事,我以前也遇到过这种情况,就是今天让小泉遇上了,他听到那些话,肯定很受伤。"

怀里的人眼睛都红了,许汀白心疼得要死,十分后悔自己当时打电话给她的时候没有坚持过去接他们。

如果他当时也在的话,情况就不会是这样。

许汀白拧眉,安抚道:"我等会儿告诉夏谭,让他去看小泉的情绪,你别担心,没事的。至于那件事,我想想办法。"

"想什么办法?"

"导盲犬的事,归根结底是因为大家对它的认知太少了。"

"嗯……"

"这事我来解决,你别难受。"许汀白捧住她的脸蛋揉了揉,又问道,"你刚才在外面,是哭了吗?"

林清乐吸了吸鼻子:"没哭,我才没哭。"

"那眼睛这么红?"

林清乐撇过头:"那也不是哭啊。"

许汀白心疼地在她唇上轻吻了下:"还好不是哭了,不然……"

"不然什么?"

"不然我就去揪那老头过来,给你道歉。"

林清乐盯了他两秒,忍不住笑了下:"还揪过来道歉呢……你别被人家倒打一耙说你欺负老人就不错了。"

"你觉得我那么容易让人倒打一耙?"

林清乐轻哼了声:"难道不是吗?"

许汀白敲了下她的额头:"这世上能倒打我一耙的只有你,别人,想都别想。"

国内的视障人士很多,但导盲犬却十分稀少,董晓倪他们基地去年成功培育出的导盲犬也才二十一只。连首都这样的大城市都是如此,其他地方就更不用说了。

所以很多人不了解导盲犬林清乐也能理解,但她希望在自己解释过后,大家能给盲人和狗狗一个机会,而不是用很粗暴的方式来拒绝他们。

那天的事后,林清乐也跟基地那边反馈了,董晓倪说以后会慢慢好起来的,除此之外,他们也没办法。

因为这事,林清乐心情一直不太好。而许汀白隔天因为公事出差,她没了宣泄口,就更加郁闷了。

这天中午,她和季超超去餐厅吃饭。

"清乐!"钱小静原本坐在另一桌,看到她们,噌噌地端着餐盘过来了,"清乐你前两天是不是去坐公交车了啊?"

林清乐愣了下:"公交车?怎么了?"

钱小静压低了声道:"你在公交车上,和一个老头……吵架啦?"

林清乐默了两秒:"你怎么知道?"

"所以这真的是你吗?我当然知道了,我刚才在网上刷到你了。"

"……"

季超超:"什么网上,我看看?"

钱小静连忙把手机拿出来进了微博,又点进一个社会博主的微博里:

"你看这个视频。"

林清乐果然看到了自己。

视频一开始,就是自己怒视着那个老头,非要拉着小泉去坐车,老人拦住了她,她挡开了。

拍摄视频的人应该是边上的乘客,从他那个角度,看不出她是不是用了力,只能看出她把老人推倒了。

那老人坐在地上,惨兮兮地开始闹:"哎哟你还推我!你这个年轻人真是无法无天了啊!我是因为我孙子害怕,也是因为这狗就不能带!你非上来,还推我!"

视频拍摄环境很嘈杂,什么声音都有。最后,是司机师傅的声音传来,好声好气地让她下车,她全程愤怒脸……视频到此就没有了。

林清乐捏着手机的手骤然发紧,她看了下底下的评论,这个博主粉丝不多,视频是昨晚发的。但是因今早被其他大V转载了,所以转发人数和评论人数都过了万。

"现在的年轻人也太没素质了吧,老人家不让她带狗上来,她就这态度?"

"在首都,公交车就是禁止犬类乘车的。"

"有一说一,这个小姐姐长得真漂亮哈哈哈……"

"这素质想必没读过书,一看就是个纯花瓶的类型!"

"那小孩都哭成那样了,他爷爷也是为了孙子。"

"这时候那些爱狗人士怎么不出现了?"

"那爷爷没事吧,这女的怎么这么恶心啊!"

"……"

视频不长,手机镜头对着的始终只是她和老人,想必拍摄的人就是看到他们矛盾激化后,临时拿出手机来拍的,他甚至都没去拍狗,就专注于两人吵架了。

而糟糕的是,这段视频中她也没提到导盲犬。

林清乐看到那些评论,脸色黑了下来。

季超超:"这……这怎么回事,清乐,这不可能是你啊。"

钱小静:"我也说……"

林清乐什么性子，他们这些相处过的人自然知道，她怎么可能对老人家这么不客气呢！

"是我，但视频不完整。"林清乐说。

"啊？到底怎么回事？"

"他说的狗，是导盲犬。"

林清乐和季超超、钱小静好解释，可对已经给她安了罪名的网友却没那么容易解释。而且网友的速度非一般的快，才到下午，林清乐的私人信息就被挖出来了。

评论里关于林清乐是Aurora Home部门副经理的爆料被顶上了热门。

"Aurora留着这种人干吗？我看解雇了算了！"

"就是，这么个大公司也不看看员工的人品。"

"欺负老人算什么呀……"

"竟然不出来道歉吗？躲着当乌龟啊！"

"……"

下班了，经受了一整个下午网友的抨击和其他部门同事异样的眼光，林清乐的情绪并不是很好。

她从电梯走出来后，想自己一个人吃点什么，但出了公司突然觉得没什么胃口了。于是她走进公司附近一家咖啡店，点了杯咖啡。

"哎哎，好像是这个人。"不远处，两个穿着校服的学生嘀嘀咕咕。

"真的真的，Aurora不是就在这边上嘛，听说那女的就是Aurora的员工。"

"你快手机拍一下！"

"嗯嗯！"

"真是巧哦，这都给我们撞上，这人好不要脸啊，还有心情来喝咖啡。"

"就是……"

另外一边，林清乐的咖啡也好了，她接了过来，转身便要走。

她往门口走的时候余光看到有人迎面走来，她稍微侧了侧身想要避开，然而那人却奇怪得很，径直撞了上来。

"啊。"咖啡直接被撞了出来，泼在了衣服上，也淋了一手。很烫，林清乐的手背顿时就红了。

"哎呀，撞到你了啊？对不起哦。"穿着校服的学生随口道。

林清乐吃痛，但看她是个学生，应该也不是故意的，便没想计较什么："没事。"

可要走时，那人却道："小姐姐，你可得好好跟我学一下，弄倒了别人一定要说对不起哦。"

林清乐拧眉："你说什么？"

女学生："我是说，你非要带狗上公交车就算了，还推人家老爷爷，推了之后也不道歉，真不要脸。"

林清乐顿时反应过来，这学生是在搞什么伸张正义的行为，刚想说句什么，突然有人疾声道："林清乐！"

是熟悉的声音，林清乐怎么都没想到这会儿能在这里听到。

她诧异地转头看去，果然见许汀白走了过来，他很快拉起了她的手："疼不疼？"

林清乐缩了下手："还好……你怎么回来了，不是出差吗？"

许汀白："提早结束了，刚到公司门口，看到你就过来了。"

林清乐："我没事。"

"这还没事，跟我走！"

"喂——"那学生看到许汀白走进来时就愣住了，看着这情况，估计是这恶毒女人的男朋友，她轻哼了声，"哥哥，你是她男朋友啊？眼光可不太好哦，你看今天的新闻了吗，这个人……"

"滚。"许汀白侧眸，眼神极为锋利。

那女生顿时僵住了，眼前这人虽然没说别的，可是她直觉，她要是再说点什么，这男的不会再因为她是个小姑娘而跟她客气。

她往后退了一步，一时间没敢吭声。

许汀白冷冷地看了她一眼，拉起林清乐走了出去。

"嗤……白瞎了一张脸，没眼光。"那学生轻哼了一声，招呼自己同学过来，"哎，刚刚拍到了吗？"

"有，拍着呢。"

"传传传，搞到网上去，咱们这也是为老爷爷报仇了。"学生嘚瑟地笑了下，"而且她男朋友都拍到了，长得这么好看，点击率肯定高啦。"

"哈哈哈，也是哦。"

许汀白沉着脸把林清乐带回了办公室，杰森进来送冰袋后，默默退了出去。

"嘶……好冰啊。"

许汀白："别动。"

林清乐撇了撇嘴："疼……"

"现在知道疼了，你做事前能不能先跟我商量一下？"

林清乐愣了下，惊讶地看着他："我……做什么了？"

许汀白冷哼了声："你现在在做什么，你以为我不知道？"

"……"

许汀白语气冷冰冰的，可冰敷的动作却十分温柔小心："网上骂声一片，全在指责你，这事我已经知道了。我回来之后也打过电话给导盲犬基地那边，董晓倪说是你让她先别发他们基地为你解释的微博。"

"啊……你打过电话啊。"

"网上的人都在骂你，什么难听的话都有，你却故意不解释，甚至连同事也没解释吧。"

林清乐："没，小静和超超知道的。"

"除了她们之外呢？"

"是没解释。"林清乐看着自己发红的手，眉头轻蹙，"热度不够啊……我要让这件事被更多的人知道，现在骂我无所谓，能把我骂上热搜，那最好了。"

"你……"

"这件事需要热度，我要在讨论度达到顶峰的时候解释，这样导盲犬才能更好地出现在公众视野中。如果这个新闻让大家了解到导盲犬这个事，那很值得。"

许汀白沉默半晌，冷笑了一声："呵，不愧是干广告的，不愧是我们公司的王牌策划，遇到这种事先想的是热度和效应，林清乐，你很行啊。"

林清乐一噎："也不是特别行啦……这不是常规操作吗！你别生气，

我没跟你说这个是因为我以为你还在出差,不想打扰你。我不跟同事解释是因为我的信息会那么快流出去,肯定有内部人士爆料。"

许汀白自是知道她在想什么,在打电话给董晓倪的时候他就看出苗头了。可是他还是很不爽:"骂你你无所谓,那这个呢?"

许汀白抬了下她的手:"伤到了也无所谓?"

林清乐有点窘了:"这件事……意外,我也没想到会碰上,不严重,我没事。"

"你没事我有事。"

"……"

许汀白脸色很黑,就因为这事她才被烫了这么一手,鬼知道他心里是什么滋味。

"还疼吗?"

林清乐看他面色不善,压根不敢说疼:"不疼了……真不疼了,你别生气。"她歪着脑袋看他,"许汀白?哎呀你别生气啦,我真的不疼了,冰敷好有用!"

"……"

林清乐:"我以后一定事先就跟你说,好吗?我不会瞒着你的,真的,别生气,别丧着脸,来,笑一个。"

她伸出另一只手的手指,向上戳了下他的嘴角。

许汀白伸手把她的手捏住了,林清乐讨饶地对他笑了笑。

许汀白叹了口气,完全拿她没办法:"我不想看他们骂你,明天就发澄清。基地和公司两边都会发,至于那辆公交车上的老人和司机,我会让人联系。"

"明天?"林清乐为难道,"那个时候热度够不够啊……还不知道能不能上热搜。"

"那就买。"

"啊?"

许汀白道:"买个热搜,澄清的公告也买个热搜,这样更有保障。"

林清乐眨巴着眼睛:"要这样吗?"

"你的手都被烫了,不这样能值得?"

"蛮贵……"

许汀白冷冷地瞪了她一眼。

林清乐连忙做了个封口的动作："哦！不贵，不贵……许总有钱。"

当晚林清乐哄了好久，许汀白的脸色才好了些。

第二天一早，闹钟开始工作。林清乐昨天被某人折腾得很累，眼睛都睁不开，只能伸出手乱摸一通。

"我来。"背后的人一阵动静，把闹钟给关了。

林清乐"咕哝"了声，窝在被子里舍不得起。许汀白关了闹钟后重新躺了回来，把她抱在怀里。

"我得起来……"

许汀白"嗯"了声，手却没松开。

林清乐在他怀里挣扎了下："好困，都怪你……"

许汀白嘴角微扬，在她后颈上蹭了蹭，香香的，提神醒脑。

"怪我什么？"他故意道。

林清乐："谁让你昨天不让我睡的。"

"我让你睡了。"

"几点让我睡的？"

许汀白说起这个事不占理，只好道："那下次不这样。"

"真的？"

"真的……以后，第二天不上班的话再玩，怎么样？"

"谁……谁跟你玩。"林清乐后肘往后一撞，从他怀里溜了出来，"我先看下微博。"

她从床上坐起来，拿过手机打开了微博。

上了！

她在微博热门第二的位置看到了——# 女子带狗上车欺负老人 #

这词条真的很让人上火！

许汀白起身倚到她身边，看到热搜后皱了皱眉："晚点澄清的公告都会发出去，别担心。"

林清乐自然一点儿都不担心，这件事是她非要这么做的，要被劝慰"别担心"的应该是她身边这个男人才对,昨晚他因为这个生气,可把她收拾惨了。

林清乐点进了词条,但她没去看那些评论,毕竟那些网友骂起人来,她也扛不住。但往下滑时,她却看到热门里有个新视频被推了出来。

是一个不知名网友发的,转发竟然上千了。林清乐看到这个视频里的人是她自己,于是点了进去。

竟然是昨晚在咖啡店被那学生撞了的视频,当时竟然有人在拍?

是了……那学生是故意的,有人在暗中拍摄也不奇怪。

原本林清乐看到这个也不是很在意,但看到视频后面,发现许汀白出现的那一段也在其中时,她有些不淡定了。

她皱了眉,立刻点开了评论。

"该!支持博主!教她做人!"

"在哪儿遇上的啊?早知道去围观了!"

"这是她男朋友?!男朋友好帅啊!"

"这男的肯定被骗了!"

"帅哥快跑啊!你女朋友贼坏!"

"上次那视频前因后果都不知道吧……这么去堵人家真的好吗?"

"圣母心的人就不要出来了,那视频看得还不够明白?"

"这男的估计也不是什么好东西,现在的人就是空有一张好皮囊。"

"有病吧!干吗说你啊!"林清乐的火气噌一下就上来了,"你等下!我打电话给晓倪问问她澄清公告写完了没,发,现在就发!"

许汀白就在边上,自然也看到那些网友的评论了,他无奈地笑了下,就这,比骂她的那些好听多了。骂自己的她倒是能接受,怎么骂到他身上就爆了?

许汀白:"林清乐,你昨天不是还说最后热一热,中午再发澄清?"

"差不了这一时半会儿,骂我可以骂你不行,现在就让他们发澄清。"

许汀白:"怎么我不行?就当跟你一起被骂一下,共患难。"

"共什么患难,万一晚点你就让人扒出来身份呢,你是Aurora的老板,绝对不行。"

"就因为是老板,所以等再发酵一点再说,热度说不定还会更大。"

林清乐自然知道这个道理,可是这件事说到底都是因她而起,她是这场闹剧中必不可少的主角,没办法才这样。但是许汀白不必要,她也不想看到他被人骂,她就是看不了。

"不用了,热度够了。你现在让公司那边的人准备一下,可以上了。"

说完她立刻打电话给董晓倪交代,打完后,发现许汀白沉着脸没动。

林清乐:"干吗?你怎么不打电话?"

许汀白冷哼了声:"现在看着那些言论不舒服了?那我昨天也很不舒服,明白吗?"

林清乐愣了下,懂了。

昨天一箩筐的人在骂她,她却不让他有所动作,所以他就一直在生气。现在好了,刚轮到他,她就立马做出行动。

林清乐嘿嘿一笑:"那没办法呀,谁让你是许汀白呢……"

"呵。"

林清乐轻咳了声,哄人的劲儿又上来了:"谁……谁让你是我的宝贝呢,我小时候就见不得你被欺负,现在更不行了。"

许汀白瞥了她一眼,没吭声。

林清乐:"哎呀你快点啦,快打电话,别又开始生气啊,昨天我可都哄过了。"

许汀白不动,林清乐连忙越过他去拿他的手机:"快,打电话。"

许汀白接过手机,趁她趴着,把她的身子按在腿上不让她起来,林清乐扑腾了下:"喂——"

许汀白的掌心按在她的腰后,牢牢固定住。

"许汀白……"

"喂。"他打出了电话。

林清乐一愣,立马噤声了。

许汀白看了她一眼,缓缓道:"把准备好的东西发出去,对,全部,包括车内录像……嗯,现在就可以……那件事准备得怎么样了?好,谈妥就行,尽快……"

电话对面那人应该是杰森，许汀白跟他说了一会儿后，挂了电话。

林清乐横趴在他腿上，回过头问："怎么样？杰森怎么说？"

许汀白："准备好了。"

"那太好了！"林清乐，"快快，放开我，我要起来。"

许汀白没放开，反而俯身咬住了她的耳朵，林清乐剧烈地颤了下："啊！你别啊……"

她最怕痒、最敏感的部位就是耳朵，他现在专挑这里下手，百试不爽。

"啊啊啊啊……许汀白！"

"以后还让不让我生气了？"

"我……嗯！不了！"

"最好是。"

许汀白逗弄着她，最后却是自己按捺不住，直接把她卷进了被窝里。

"还上班呢……"

"来得及。"

"来不及！"

最后，林清乐是踩着点到公司的，素着张脸，妆都没来得及化。

而她到公司后，那些公告也都发出去了。导盲犬基地的微博陈述了前因后果，也将阳阳的照片发了出去。

Aurora 官方微博转发了基地的微博，并且表示相信员工林清乐的为人。

这两条微博发出后，网上一片哗然。如果说这会儿围观者们还是半信半疑，那到中午，公交车公司那边放出当天的车内录像后，网络的舆论风向便完完全全地转变了。

录像中完整地拍到了狗狗、盲人还有事情的经过——

"早说过视频太短看不到事情的全貌了，可惜当初说了也没人信。"

"竟然是导盲犬！那就是完全可以上车的啊，没有拦的理由！"

"看录像的话，这个小姐姐是解释了，但乘客完全不听也不接受，非要赶人下去！"

"那个盲人小帅哥好可怜哦！"

"搞了半天是老的碰瓷，无语，还说什么盲人出门麻烦社会？照你这么说，老人也很麻烦 ok？"

"这个角度看这姑娘确实只是稍微推了一下,那老人就自己坐地上了。"

"导盲犬可以上交通工具！望周知！！！"

"之前让小姐姐出来道歉的人呢？该道歉的是你们！"

……

因为这件事涉及导盲犬的问题，全国各个导盲犬基地和国内很多有影响力的社会组织看到这个新闻后都响应了，纷纷转发，希望大家多多关注国内的盲人。

很快，导盲犬便上了热搜。

这个热搜上的时候，已经是下班时间了。林清乐看着微博热搜中那个关于导盲犬和盲人的话题，心里既是欣慰也松了口气。虽然离导盲犬被社会关注和认可的目标还有很长的路要走，但目前至少是前进了一步。

不过林清乐一直以为也就是前进了一步而已，直到——

一周后。

"哎哎哎！你们猜我刚才来的时候看到什么了？"季超超一进办公室，就大声道。

"什么啊，又大惊小怪的。"

"我从家里过来不是需要坐地铁和公交车吗，我竟然看到地铁和公交上都有导盲犬的广告，而且右下方还是我们 Aurora 的 logo！你说我们公司什么时候搞这个了！太神奇了吧！"季超超一边说一边把手机拿出来，"我刚才拍了照片，传群里给你们看看。"

"好啊好啊！"

林清乐听到季超超这么说也很惊讶，最近几天她住在许汀白家，没坐交通工具，也不知道这事。

她连忙点开季超超发在群里的照片，照片分别拍的是地铁上下扶梯边上的广告墙，还有公交车和公交站台整个外包装广告位。

图片是一只导盲犬领着一个盲人在行走，边上用大字写着：我是你的眼。

小字处更有详细的关于导盲犬可以上交通工具的法规细则……

"清乐，这是许总让人弄的对不对？大手笔啊，太豪了吧！"

林清乐也是蒙的，许汀白并没有告诉过她这件事，但是看右下角的公司 logo，又不可能不是许汀白做的。

"我也不知道。"

"你怎么会不知道啊，这件事许总没跟你说？"

"没有啊……"

季超超瞪眼，但想了下又一脸了然道："哦，我懂了……"

林清乐："你懂什么了？"

季超超艳羡道："上次你和导盲犬的那个新闻事件啊，你这么帮狗狗，许总就这么着着你呗！爱屋及乌！对不对！"

确实，这样的方式更能让司机和乘客了解到关于导盲犬的问题，不管男女老少，只要是需要坐交通工具的，最近几天都能被科普。

原来，他之前说的"交给他"是这个意思。

这些广告位和广告物料都需要提前准备，所以，很可能她和小泉那件事发生的当天他就已经着手了，只是一直没告诉她。

林清乐："我出去一下！"

"啊？去哪儿啊？"

林清乐没来得及回，火急火燎地跑到电梯旁，按了电梯。

她看了眼时间，还有十分钟才上班。

叮——

电梯到了，林清乐跨了进去，毫不犹豫地按了顶层。

"林副经理？怎么了吗？"杰森看到她出来，有丝意外。

林清乐："他在忙吗？"

杰森："没呢，许总的会议半个小时后才开始。"

"好的，谢谢。"

林清乐径直朝办公室走去，到门口后，直接推门进去。

许汀白正站在桌边喝咖啡，看到她突然进来，放下了咖啡杯："这会儿怎么上来了，什么东西掉我这儿了？"

林清乐没说话，几步上前，噌一下突然跳到了他身上。

许汀白愣了一瞬，立马稳稳地接住了她："你……"

啵唧——！

清脆的一声，林清乐在许汀白脸上用力地亲了一口。

许汀白缓缓眨了下眼睛，被她突如其来的主动弄得猝不及防。

林清乐抱着他的脖子，眼睛发光："许汀白，你真的太好太聪明了！"

许汀白："嗯？"

"地铁和公交车的广告是你让人放的，对不对？"

许汀白眉稍微挑："我说你怎么了，原来是为了这事。"

"这事很重要啊！这样的话，会有更多的人知道导盲犬，那以后像小泉这样的视障人士带着导盲犬，要坐车什么的就没有问题了！"

许汀白："这么开心？"

"当然。"林清乐道，"你什么时候弄的？怎么也不告诉我一声？"

"那天看你和小泉那么沮丧，就想这么做了。"许汀白抱着她在沙发上坐下，说，"这件事其实任重道远，不过，Aurora以后会关注导盲犬这块儿，给导盲犬基地那边提供资金支持。"

"真的？"

"嗯，我们公司本来就在做公益项目，现在，就是把导盲犬这块儿也归进来而已。"

啵唧——！又是清脆的一声。

许汀白眯了眯眼："你今天是不想下去上班了是不是？"

林清乐："没有啊！我就是觉得许总你太好了。嗯……我先替晓倪他们谢谢许总！谢谢公司！"

"就这么谢？是不是太随意了？"

"那要怎么谢？"林清乐异常亢奋，"你说，我都答应你！"

许汀白轻笑了下："这是你自己说的，别反悔。"

几天前，公交车事件刚曝出的时候，林清乐在咖啡店被泼的那个视频也广为流传。后来真相大白，上传视频的博主被网友骂了一通，这个视频就没有人再传了。

但现在，公共交通工具全线投放了导盲犬广告后，不知这个视频怎么突然又被人挖了出来。

"还有人不知道视频里这个男的是 Aurora 的中国区总裁吗？！这几天我们城市所有新添的导盲犬公益广告全是 Aurora 出资的！"

"真的假的？这男的……很年轻啊！"

"千真万确！可自行百度百科。"

"Aurora 不是家居公司？怎么搞这类型的广告？"

"公益性质的！上次那个被误会的小姐姐不是导盲犬基地的志愿者嘛，小姐姐因为导盲犬的事上了不好的新闻，也是因为很多年纪大些的人不了解导盲犬，所以啊，Aurora 这算是大型科普现场。"

"我去，所以是为了女朋友？！还这么帅！眼红了！"

"什么大型科普现场，这明明是大型撒狗粮现场吧！"

"内部人员表示……全公司都知道我们老板和林经理甜得不行。"

"啊啊啊啊这是什么偶像剧剧情啊！"

微博上关于两人的粉红爱情泡泡讨论得最热烈的时候，许汀白和林清乐刚同导盲犬基地的工作人员吃完饭，正准备驱车回家。

不论是关注度还是资金，许汀白这次给基地帮了巨大的忙，董晓倪是说什么都要请许汀白吃饭当面感谢的，所以才有了今天这局。

这会儿吃完饭，已经晚上七点多了。

林清乐坐上副驾驶后，拿出手机看了眼，方才一直在吃饭聊天没注意手机，现在才发现手机里有很多微信消息。

好多还是以前的同学发来的——

"清乐，那个导盲犬基地我能去看看吗？我也想捐款。"

"恭喜啊！你跟许汀白也太好了吧！"

"我说你怎么整个大学都不谈恋爱呢，原来一切为了现在！"

"老同学，又在热搜上看到你啦，哈哈哈哈……"

……

林清乐看到"热搜"两个字，一个激灵。

那件事不是过去了吗，怎么还有热搜？

她赶紧点进微博，热搜上，"#首都公共交通工具全线铺设导盲犬广告#"这个词条排位很靠前，但点进这个词条后却发现，真正把这个新闻带上热搜的，是她和许汀白的事。

林清乐浏览了一圈网友的评论，有些哭笑不得。

"怎么了？"许汀白看她盯手机盯得起劲，问了句。

林清乐把手机屏幕递到他前面："许总，你又买热搜了？"

"我？没有。"许汀白接过她的手机看了一会儿，说，"我真的没买。"

林清乐摸了摸鼻子，嘟囔了声："那我们又不是明星，怎么还说起我和你谈恋爱的事来了……"

许汀白："嗯……可能长得好看。"

林清乐瞥了他一眼："你在夸自己吗？"

"我在夸你，林副经理。"

林清乐睨了他一眼："我看是因为你跟 Aurora 这层关系……不过，也算好事！相当于我们的导盲犬又上了一次热搜，还是免费的。"

许汀白："哦，那算我的功劳吗，再记一笔。"

"什么叫再？"

许汀白看了她一眼："忘了？上次在我办公室你可说了，要谢我，我说什么你都答应。"

林清乐愣了一下，想起来了："对……那你现在说吧，我听着呢。"

许汀白握着方向盘，没发动车子，指尖有一下没一下地轻敲着，似在考虑。

林清乐："干吗？你说呀。"

许汀白侧眸看她，眼神里隐隐有些深意。过了一会儿，他突然倾身过来，在她耳边说了句什么。

林清乐耳朵顿红，嗔怒着瞪了他一眼。

许汀白坐了回去，幽幽道："是你说，什么都可以的。"

"我……"

"这就是答应了。"许汀白嘴角微扬，道："那现在先去趟超市吧。"

"干什么？"

"家里没零食了，给你买一点，还有就是……那个也没了，要补货。"

林清乐："……"

许汀白开车去了离家最近的一家超市,进去后,他拿了辆推车,林清乐则在边上跟着。

"你别买太多了。"林清乐看他没什么节制地往车里丢东西,提醒了句。

许汀白:"挑的都是你喜欢吃的。"

"那也不要买太多,我又吃不完。"

许汀白有些诧异地看了她一眼:"你确定吃不完吗?家里的零食可都空了。"

林清乐一噎,伸手捏了他一把:"你也有吃!又不是我一个人吃的!"

"嘶……"许汀白吃疼,一把把人抓到怀里来,"我都是捡你吃剩下的吃。"

"胡说,别搞得我好像虐待你一样。"林清乐气得去掰他的手,可许汀白不依不饶,手臂圈着她的脖子,就这么托着她走。

"好好好,不是虐待,是我心甘情愿。"

林清乐艰难地靠着他:"所以你就是也吃了,对吧?"

"对。"

"哼……哎呀,放开我。"

许汀白仗着身高优势,拎小鸡似的圈着她。林清乐走得不舒服,死活要逃脱出来,可他就偏偏不放,两人挣扎来挣扎去,在货架前扭成一团。

"唔!"就在这时,走道上拐进来两个年轻姑娘,突然看到前面一对情侣黏黏糊糊,都愣了愣。

林清乐看到来人了,拍了许汀白一下,许汀白这才慢悠悠地松开了手臂,脸上又恢复了平静。

"哎?这是不是今天视频里那个小姐姐啊?"那俩姑娘路过后,突然嘀咕了句。

"是!真的是,那个就是她男朋友!"

"啊啊好巧。"

"嗯嗯!"

两个姑娘说话声不算小,林清乐没走远,自然听见了,她回头看了两人一眼,那两人见她回头,下意识地抬手打了个招呼。

林清乐愣了一下,也跟着抬了下手。

"你们是 Aurora 的那个……导盲犬,不是不是,你就是热搜上的那个姐姐嘛,对不对!"那姑娘见林清乐跟自己打了招呼,紧张得都结巴了。

林清乐有些不好意思,但还是点了头:"你好。"

"啊!姐姐好!"两个姑娘推推搡搡地过来了,"那个,我们都看到新闻了,我和我朋友都给基地捐款了,还约定暑假申请去做导盲犬基地的义工呢!"

"真的吗,那谢谢你们了。"

"没有没有,我们也就是帮小忙,因为都很喜欢狗狗嘛。"那姑娘看了许汀白一眼,原本也想跟他说什么,但看后者面色淡淡,和方才笑容满面的样子简直是两个人,突然又不敢说什么了。于是她又望向林清乐,"哥哥姐姐才是真正帮助盲人和导盲犬的人……"

"只要有心都一样。"

"嗯……也对!"

林清乐没想到逛个超市竟然能碰到认识他们的人,果然,热搜的宣传效果真的很强大。

"笑什么?"许汀白看了眼边上的人,问道。

林清乐:"觉得很欣慰呀,现在有更多的人关注到晓倪他们做的事了。"

许汀白揉了下她的头:"嗯。"

"好啦,买得差不多了,回去吧。"

"好。"

两人一起走到收银台,巧的是,他们身后跟上来排队的竟然就是刚才遇上的女生,林清乐忙抬手挥了挥。

两个女孩也笑着回应她。

"要哪个?"林清乐刚放下手,突然听许汀白问了句。

林清乐回头看他:"什么?"

许汀白从收银台边的货架上拿了两盒东西:"要哪个,这个,还是这个?"

林清乐看向他手里拿的东西,等看清是什么后,脑子轰的一声,脸都要红炸了。

而那两个姑娘听到他说话,也下意识地看了过去,看到眼前的帅哥拿着什么时,两人都愣了下,然后立刻装作没看见,望向别处。

人不可貌相!要这么刺激吗!!!

林清乐见身后那俩姑娘要笑不笑的模样,窘得要命,低着头从齿缝中挤出两个字:"不要……"

许汀白面色淡淡:"不能不要。"

林清乐揪着他的衣摆,讨饶似的拉了拉。

别拿着了!

然而许汀白不明所以,只当她是单纯害羞了,唇角微微一弯,都放进了购物车里:"那就都要。"

"……"

接下来,林清乐再没好意思回头看那两个姑娘,结完账后,扭头就走了。

"走这么快干什么?"许汀白提着东西跟在后面。

林清乐不理他。

等到了停车场,她才回头道:"你干吗呢刚才,人家还在后面看着呢,你就拿那个……"

"谁?"

林清乐:"就,刚才跟我们说话的两个女孩子啊!"

"哦,是吗?"

"多不好意思!"

许汀白想了一下:"我看她们两个年纪也不小了,能懂。"

林清乐:"这不是重点……"

许汀白幽幽一笑:"那重点是,我们来这儿最需要买的就是这个,不能因为别人看着就不买。"

"……"

CHAPTER 19
和我结婚吧

回到家后,林清乐把袋子里的零食一股脑儿都倒了出来,而零食堆里,那两盒特殊用品十分突兀。她默默拿了出来,搁在了一旁。

许汀白回来后就回房间去了,林清乐收拾好零食,又瞥了眼那两盒东西,趁着许汀白不在这儿,拿起来看了眼。

"至尊超薄型……螺纹持久型……"林清乐愣愣呢喃,"这……这还有区别?"

"我也不知道,等会儿都试试?"

不远处突然传来许汀白的声音,林清乐吓得立刻放下了盒子:"你怎么走路没声音!"

"是你太专注了。"许汀白走上前来,把那两盒都拿了起来,"走吧。"

"干吗?"

许汀白俯身,看着她缓缓道:"浴缸水放好了,可以泡了。"

林清乐支吾了声:"你自己先……"

许汀白眉梢微挑,拉着她的手臂把她提了起来:"之前怎么答应我的,谢礼之一就是一起泡澡。"

"……"

她才不信只是泡澡那么简单!

然而她哪里拗得过许汀白,他三两下就把她拎进了浴室。

浴缸水还在流。

其实,林清乐盯这个浴缸很久了,之前就想泡,可她每次说想泡澡,他都说要一起。

浴缸是挺大的,但两个人一起还是有点挤了吧!而且灯光明晃晃的,太清晰了……林清乐一想到那个画面就有些无所适从,所以每次都说自己不泡了。

没想到,他竟然一直记着,还用谢礼来说事……

"要我帮你脱衣服?"许汀白低眸看着她,眼里烧起了不可言喻的欲望,热烈得惊人。

林清乐看得心惊肉跳,知道这下是跑不掉了,认命地低头:"我自己来。"

"好,你自己来。"

说完,他就真的不动了,看着她一件一件脱。

两人并不是第一次了,可林清乐在这方面脸皮薄得很,在他直勾勾的视线下宽衣解带,耳根子滚烫。

浴缸的热水开始蒸腾雾气,空气中似被蒙上了一层轻纱,许汀白低眸,看到她低头时白皙细嫩的后脖颈,也看到她半遮半掩、令人心潮涌动的娇俏起伏。

"你,你怎么不脱啊……"林清乐伸手在腰侧要褪下最后一点遮掩时,突然发现许汀白还穿着衬衫西裤,一点要解扣子的意思都没有。

"要我帮你吗?"她抬眸看他,学着他方才说这话时的样子。

雾气更浓了,她的眼角似漾起了水波,淡粉色的唇轻张,可以看到里面一点水润的舌尖。

许汀白眉头轻蹙,下颌线微绷。

"嗯,你来。"他的声音有些紧了。

林清乐没再继续剥自己,点了下头,伸手去解他衬衣的纽扣,一颗,两颗……才刚碰上第三颗,她突然被他拦腰抱起,直接跨进了巨大的浴缸里。

她诧异地抬眸看他:"你的衣服……"

林清乐话都还没说完，就被压进了水里。许汀白的衬衫瞬间浸透，水面漫过脖颈，他的吻毫不克制地落了下来……

水波涌动，多余的水不断溢出，砸在浴室的瓷砖地上。

地面湿透了，然而，漫漫长夜，一切才刚开始……

自公益广告和热搜的事之后，导盲犬基地收到了来自全国各地企业和私人的资金捐助，而且还吸引了许多喜欢狗狗的人加入他们的队伍当中。

除此之外，还有个出人意料的事，因为公益广告的高讨论度，Aurora店面两个月以来的客流量和成交额成倍地往上翻。

Aurora在国内的知名度和群众喜爱度不断提高，一个月后，因为新型智能核心器的研发成功，Aurora准备召开一个新品发布会。

发布会当天，林清乐等策划部的人都在现场布置，招待来往人员。

"副经理，所有记者都已经到位，各个企业的特派人员和邀请嘉宾已经陆续进场了。"

林清乐点头："许总呢？"

"许总还在后台。"

"好，我去看看，你们注意下现场。"

"知道了。"林清乐把现场交给手底下的人，自己则去后台找许汀白。

许汀白是今天的主讲人，所以等会儿会由他来跟记者和嘉宾介绍他们公司开发的新型全屋智能系统。

到了休息室外，她敲了下门。

杰森来开了门，林清乐往里看了眼，里面除了杰森，还有设计部和研发部的核心人员，许汀白坐在椅子上，正在跟几人说着什么。

许汀白看到敲门的是她，朝她勾了下手："进来。"

林清乐："许总，你这边准备得怎么样，外面记者已经到了。"

每次在工作状态中，自家女朋友就是这副正经严肃的模样。许汀白看着她的样子，无声地笑了下："其他人也到齐了吗？"

"还在进场，大概还有十分钟。"

"好，知道了，我这边没什么问题。"

"行。"林清乐说，"那我就在外面等你。"

"不用，你过来。"许汀白跟屋里其他人道，"其他也没什么要说的了，你们出去吧。"

"好的，许总。"屋里的人纷纷退了出去。

待门关上后，林清乐才走向许汀白。许汀白今天穿了身暗蓝色的西装，这是她今天早上给他挑的，领带也是她亲手给他系上的。

"感冒好点没？"许汀白拉过她的手腕，稍微一拽就把人拉到了自己腿上，"声音还有点哑，不舒服就不要在外面忙了。"

"我本来就是轻微感冒，已经好了。声音哑才不是因为感冒，是因为呛水了好吗……"林清乐瞪了他一眼，有些幽怨。自从那次浴缸"泡澡"之后，他就好像喜欢上了，每次都揪着她一起。

昨晚又是一通扑腾，后来他实在是没了分寸，下手重了。她整个人被压在水里，之后就呛了水，今早起来，声音就哑哑的！

许汀白听到林清乐这么说心里立刻愧疚起来，昨天确实有点失控……险些伤了她。

"对不起。"许汀白拧眉道。

见许汀白真的担忧，林清乐又舍不得，捧着他的脸说："也没那么严重，你干吗这么严肃地说对不起啊。"

许汀白不语。

"好啦真没事，你可别这个脸色出去啊，开心点。"林清乐捧着他的脸左右看了看，"哎呀，我们许总真好看，你说，怎么没有人邀请你出道啊？"

她岔开话题开始哄人，许汀白淡淡笑了下，配合着道："是吗？"

"是啊，我觉得你这张脸很适合去当偶像！"

许汀白两手轻轻搭在她的腰上，任由她在自己脸上造次："当个糊到没人理的偶像吗？"

"怎么会，怎么可能没人理，我送你去培训一下，学学唱歌学学跳舞，你行的！"

许汀白："不行，我有你。"

"啊？"

许汀白揉了揉她的后脑勺："我有个女朋友，怎么当偶像？"

"啊，对哦，网上都说偶像不能谈恋爱……唉，好吧，那你要是出道了，我只能在后面默默跟随，隐藏身份……"林清乐说着，假模假样地悲伤了起来。

许汀白在她腰上一捏："做不到。"

"怎么做不到？"

"有这么漂亮的女朋友，忍不住想炫耀。"

林清乐扑哧一声："你说的也不是没道理啊……行吧，那你只能当个没人气的偶像了，就只有我这么一个粉丝的那种！"

"嗯……也够了。"许汀白说着，倾身便想去亲她。

林清乐立刻往后仰，又准确无误地把手盖在他的唇上："还有三分钟，许总你需要出发了。"

许汀白道："亲一下又不需要三分钟。"

林清乐："你想带着我的口红去见记者啊！"

许汀白眉梢微挑，去拉她的手，大有"也不是不行"的样子。

林清乐连忙从他腿上跳下来："许汀白！"

许汀白抓了个空，只好起身："知道了，马上出去。"

"早该出去了……"

现场人已经到齐了，林清乐到外面后，在工作人员的位置上站着。

到点后，许汀白出场了。

林清乐还是第一回看许汀白在这种场合做类似演讲一样的事，虽然以前开会的时候也会看他和底下人说话，但今天到底还是不一样。

镜头下，他认真严谨又淡定自如的模样，竟让她没来由地心脏乱跳。

"……红外控制系统，智能安防系统，还有各个操作简单的智能窗帘、智能地暖等都有我们的新型智能器支撑……全屋智能套选方案可以由我们Aurora专家针对性设计，别墅、平层都可以提供不同的方案……"

发布会一共进行了一个小时，在演讲介绍、产品PPT展示后，便是记者提问环节。

这个新型智能核心器的研发设计许汀白自己也有参与其中，所以不论哪方面的问题他都能对答如流，毫无疏漏。

林清乐看着台上那个仿佛会发光的男人，轻抿了下唇。

她竟突然觉得有些庆幸，自己是小时候就遇上了他……

"许总，关于产品的问题我看大家也问得差不多了，我想问一个关于贵公司公益项目的问题。"有个记者说道。

许汀白点头："你说。"

"我们都知道，Aurora 一直都有参与一些公益项目，但按照英国总公司和其他分公司的情况看，都是针对贫困地区捐款和沙漠绿化这两项的。但国内公司却有些不同，您对发展导盲犬公益项目这块投入了大量资金。网上说，您是为了您的女朋友才这么做的，这是真的吗？"

边上的同事听到这个问题，似笑非笑地看了林清乐一眼。

林清乐轻咳了声，表情有些不自然。

许汀白的视线也落到了林清乐身上，短暂停留后，他又看向那个记者："是。因为我女朋友是导盲犬基地的志愿者，她从大学时就开始关注导盲犬和盲人，一直在那边做无偿服务，我想帮她，也想帮所有需要导盲犬的盲人。"

记者艳羡道："那您可真是个心地善良的人，而且许总您对您女朋友也太好了，我替网友们表示羡慕。"

场内窃窃私语，是轻松的笑声。

许汀白也笑了下："心地善良的不是我，是她。另外，我对她的好，也不过是她对我的万分之一。"

提到这个，边上几个女记者就忍不住了："那您可以说一下吗？您和您女友是怎么认识，怎么在一起的呀！"

原本在这种场合提出这类八卦问题，许汀白完全可以不用回答，直接走人就行了，但他并没有离开，甚至神情比方才还柔和了许多。

"十六岁的时候，我也是个盲人。"

台下的人静了一瞬，顿时哗然。许汀白的曾经，除了公司高层几个跟他很亲近的人知道外，别人都不知晓。很多人都以为许汀白生来就是天之骄子，现在听到他说这个，自然皆是诧异。

许汀白："那时因为一些原因眼睛看不见，当时过得很困难，是她的出现才给了我一点活下去的希望。"

林清乐呆呆地看着台上的人，完全没想到他会突然说这个。

许汀白继续道："那时候，因为她我才觉得人生还有意义，也因为她，我才想着要努力，要变得更好。"

"哇……所以后来您就开始追她了是吗？"

"长大后重逢自然开始追她了。"许汀白望着林清乐的方向，眼里满是温柔的爱意，他浅浅一笑，说，"因为我知道，我不能没有她。"

许汀白眼神太直勾勾了，场下坐着的人也发现了，于是都随着他的视线转头看向在工作人员位置上站着的那个女人。

穿着正式的小西装和裙子，挂着工牌，长发披肩，长得十分漂亮……

"发布会到此结束，谢谢各位……"

台上那人最后说了什么林清乐都有些听不清了，她只看到他走了过来，缓缓靠近她。

然后，她的手便被他牵了起来。

"走吧，回家吃饭。"他轻声说了句，带着她往后台方向走。

身后的会场是什么情况她也不知道了，只能感觉到身边拉着她的那只手，很暖，也很安全。

"你干吗突然说那些啊？"临了，她还是忍不住问了句。

许汀白看了她一眼，笑道："不是说了吗，忍不住想炫耀。"

发布会结束后，许汀白不负众望又上了热搜，而林清乐也被朋友们的微信轰炸了一通。当天晚上，于亭亭在微博上看到视频后便给她打来了电话。

林清乐刚洗完澡，窝在沙发上听她唠叨。

"我的天，许汀白也太能说情话了吧，这还是我记忆中的那个许汀白？"电话里，于亭亭感慨万千，"不过说真的，他说情话比黄成旭那家伙真诚多了！我看得都感动！"

"是吗，以前你可不是这么说的，你不是说黄成旭靠说话的艺术就把你圈得死死的？"

于亭亭："以前我说黄成旭是情话大艺术家，现在我觉得他需要退位让贤，把这头衔让给许汀白！"

林清乐："谁要……"

于亭亭在电话那边哈哈大笑："哎，不过我说，都当着全国观众的面表白了，你们不结婚很难收场啊。"

林清乐："神经啊你！"

"我说真的，你们难道没考虑过结婚吗？"

林清乐："干吗说我们，你跟黄成旭不也没结婚？"

"那能比吗大姐！他现在需要好好打拼，反正等我们俩凑够首付了我就考虑踏入婚姻！"于亭亭道，"许汀白可不一样，你们两个现在发展都这么好，又甜甜蜜蜜的，完全可以结婚了呀。"

林清乐："这个……我没想过。"

"想！现在给我想起来！你看，跟许汀白结婚好处多多啊，就说没有婆婆这一点，真的太便宜你了！"

林清乐失笑："拜托，你能不能别想那么远。"

"我哪有啊，我跟你讲啊——"

推门声响起，是许汀白洗完澡出来了，林清乐道："哎呀不跟你瞎聊了，你无聊死了，挂了挂了。"

"喂——"

许汀白走了出来，他穿着居家的睡衣，坐下来后直接把自家女友抱到了怀里。他埋在她脖子里吸了一口，又有些不满足地蹭了蹭。

怀里的女人软软糯糯，又香香的，抱着实在舒服。

"刚刚跟谁聊天？"他随口问道。

林清乐："于亭亭，她看了你今天那个发布会……打电话过来了。"

许汀白下颌抵在她肩上："哦，你们刚才在说什么？"

"没说什么，就是她想入非非，说什么结婚啊之类的。"林清乐道，"她跟黄成旭在一起挺多年了都没结婚，突然催起我跟你，我们在一起还没到一年呢！"

许汀白顿了下，突然转头看她。

结婚……

林清乐："我就说她很无聊啊，说这个……"

"跟我结婚很无聊吗？"许汀白打断她。

林清乐"啊"了声："不是，我是说，她突然说这个很无聊，没说结婚无聊……"

"哦。"

林清乐回头看他，彼此对视。

林清乐："呃……怎么啦？"

许汀白凑过去亲了下她的脸："没什么。"

结婚不无聊，所以说，她是觉得有趣？

在许汀白家住过几次之后，林清乐回原先租的地方的时间越来越少，有时候回去住了那么一两天，就会被许汀白直接开车揪回来。

久而久之，吃够了狗粮的于亭亭和董晓倪便开始怂恿她搬到许汀白那儿去。

室友和男友齐齐发力，最后在某个周末，林清乐终于带着所有家当搬去了许汀白家，而自己原先的那间主卧，被眼馋已久的于亭亭占去了。

"不搬家我都不知道我东西有这么多……"林清乐看着客厅里的几大包行李，感叹道。

许汀白："放着吧，已经预约了人来收拾，晚上我们出门吃饭，庆祝一下。"

林清乐："庆祝？"

"主要是我庆祝。"许汀白笑了下，"庆祝你住到这儿来。"

"哦——"

许汀白看了眼时间："还有一个小时，我去换身衣服，等会儿出去吃饭。"

"我也要换身衣服，你帮我把这个行李拆开，我拿衣服。"

"好。"

两人把其中一件行李打开，许汀白帮她把衣服抱了出来，带去了衣帽间。就在这时，来整理东西的阿姨也到了。

林清乐原本还想跟阿姨交代一下具体哪个箱子是什么放在哪里，然而这时候手机却响了:"我接个电话,你帮我跟阿姨说下。"

许汀白:"好。"

林清乐走到一旁:"喂,总监。"

"下周一要提的那个年度营销推广策划案我觉得还有些问题,你现在在家吗,我们赶紧开个会,不然来不及修改。"

林清乐愣了下,没想到周末突然要加个班。但因为这个策划案是年度级的,她也不敢怠慢,连忙道:"好,我现在有空,我跟手底下的人说一下。"

"行,半个小时后。"

"好的。"

许汀白看她打完电话过来,问:"怎么了?"

林清乐露出一个很抱歉的表情:"突然要开会,那个……晚上晚点出去吃,行吗?"

许汀白:"开会?"

"嗯,总监刚打电话了,那,我先去开电脑了!"林清乐一溜烟跑进了书房。

许汀白:"……"

阿姨还在拆箱,许汀白推开书房门往里看了眼,林清乐已经坐在他的电脑前,开始工作了。

他默默关上门,又回到了客厅。

"许先生,这个小箱子里的东西都是书籍和文件,要放到书房去吗?"

"她现在在书房工作,就不用进去了,这个箱子我来解决。"

"好的。"阿姨点头,带着所有的衣服,先去了衣帽间。

书房里,林清乐和部门相关人员在开视频会议。她低头翻阅着手里的文件,正认真地听着经理的修改意见。

"像 App 这边推广的数据就不够完善,超超,你是负责这一块的,今年一年各个手机 App 的数据为什么不全部列出来,只弄了个大体的?"

季超超:"啊……因为之前不是说要简洁明了吗,所以……"

"要简洁明了不是说缺胳膊少腿,重点不能截。"

"好的,我现在重列,那先跟大家说一下具体的吧……"季超超赶忙整理了下文件,但抬眸刚想开始的时候,突然卡了一下,愣愣地看着镜头。

经理:"干吗呢?"

季超超看着屏幕里林清乐的那个视频框:"清乐……啊不是,没……我,我马上。"

季超超突然提了下林清乐,众人自然就看向了她的视频框。这么一看,才发现她身后突然出现了一个人,那人没说话,只是在收拾东西。

这个侧影……不是他们老板吗?

这下不止季超超,所有人都停住了。

林清乐正低着头看资料,发现大家都没吭声,自然地抬头看了眼,结果发现众人都意味深长地对着镜头。

"怎么了吗?"她刚问完,就意识到自己镜头后面多了个人。她方才一直戴着耳机,所以没听到许汀白进来了。

林清乐倏地回了头。

许汀白见她看过来,便说:"你这些书放这里可以吧?"

"哦。"

许汀白把书放到了书架上,看了眼她的屏幕,问:"怎么不继续?"

见他看向屏幕,众人反应过来,连忙问好。林清乐对着镜头指了下自己的耳机,示意众人他听不见。

许汀白见此,直接走了过来,摘了林清乐一个耳机戴在自己耳朵上,俯身看向镜头:"老成,还需要多久?"

成总监:"啊?半……半个小时吧。"

许汀白:"年度总结有很大问题?"

当然有问题!但是在老板面前成总监哪敢说是:"呃……还行,小问题,开个会一起修改一下就好了。"

许汀白"哦"了声,突然道:"周末加班开会可不是你的风格。"

而且也不是 Aurora 的风格。

成总监摸了摸鼻子:"咳……是。"

林清乐见成总监有些不好意思,轻推了许汀白一下:"那不是意外吗,要不然谁想周末加班,你快点出去,还想不想吃饭了?"

许汀白摘了耳机还给她,说:"餐厅订的时间都过了。"

这话不难听出委屈的味道,众人哪听过许汀白这个语气,一个个面上没什么,心里惊得不行!

林清乐轻咳了声,桌下的手轻捏了下他的腿,小声道:"等会儿去吃别的,我先开会。"

许汀白显然没有很高兴,但还是很听话地让开了:"你忙,我先帮你把行李收拾了。"

"哦……"

行李?收拾?副经理是跟许总同居了吗?

许总竟然亲自收拾行李!没想到啊,开个会竟然还捡到个大新闻!

底下的人八卦心起,成总监却是捏了把汗,见许汀白已经走了,才道:"清乐,你也不提前跟我说一声,要是知道你跟许总在一起,我怎么都不会这会儿开会。"

林清乐一噎:"这件事比较要紧,我也没想太多。"

成总监:"你要知道咱们公司可不兴加班这套,等会儿你可得跟许总说说,我们不是每次都这样的!"

季超超忍不住笑道:"总监,你别慌啦,许总应该不会有啥意见。"

"最好是……"

"有意见副经理兜一下嘛。"一位同事补充道。

其他人闷笑。

林清乐脸色有些红:"好了,我们抓紧时间……"

"好嘞!"

半个小时后,会议总算结束了,林清乐松了口气,合上了电脑。

"许汀白,我好了!"她从书房出来,一路小跑着到了客厅。

客厅里的某人躺在沙发上,正没精打采地看电视上的无聊综艺。

听到她的声音,他眉眼微抬,朝她勾了勾手。

林清乐噌噌地跑过去,蹲在沙发边:"阿姨走了吗?"

"整理好了,已经走了。"

"哦,那我们吃饭去吧。"

许汀白懒懒道:"几点了林副经理?"

林清乐正色:"报告许总!七点半!"

"很好,餐厅要关门了。"

"怎么可能,才七点半呢!"

"私厨,那家就是八点关门。"

林清乐:"啊……那,那你是生气了吗?这事你可别怪总监,我们部门可不是天天这么开会的,我们也是以员工为本的!"

许汀白"哦"了声,拍了下沙发。

林清乐坐了上去,许汀白把她放倒抱在身前:"我说什么了,这么快就替老成说话。"

"没有啊……"林清乐摸了摸他的腹部,"你饿了吗?"

许汀白眸子微垂,无声地看着她。

林清乐摸了一下觉得舒服,两手齐上:"饿了没啊,那个吃不到我们就去吃别的好啦。"

"我已经饿到不饿了,你呢?"

林清乐:"我本来就不太饿。"

"既然这样,那先做点别的,晚点出去吃。"说着,许汀白突然翻身而上。

林清乐的手瞬间僵在了他的腰上:"做……做什么别的啊?"

"你都这么表示了,我不得做点什么?"

林清乐有点蒙:"我表示什么了?"

"你隔着衣服瞎摸什么。"许汀白被弄得心浮气躁,低头缓缓道,"伸进来。"

林清乐摸不清许汀白是怎么想的,说好的吃饭呢,怎么她紧赶慢赶开完会,饭没吃上,突然就在沙发上闹上了。

不过她之后也想不了那么多,被他逮着在沙发上翻来覆去,思绪和衣服一起,掉了一地……

怨气消了后,许汀白心情愉悦,从边上抽过来一条毯子,把怀里光溜溜的人盖上了。

"现在有点饿了,出去吃饭吧。"

林清乐半趴在沙发上,软绵绵地裹紧了小毯子:"刚才就要出去吃了啊……我现在不想去了。"

"真不去了?"

"嗯。"

好累……

许汀白轻笑了下,掀起毯子一角往里钻:"你说的,那正好。"

什么正好?

刚这么想着,身后滚烫的人就贴了上来。

林清乐一怔,反身就去推他:"你!我,我不要……"

许汀白:"你说不想出去吃东西。"

"那我也没想……好吧我饿!我要吃!"

许汀白在她颈后蹭了蹭,低喃:"那等会儿再带你去吃,行吗?"

不行!

嗡嗡嗡——

就在这时,沙发下面扔着的衣服口袋里有手机震动,林清乐立马伸长了手去拿,捞上来后,发现是许汀白的手机在响。

"你的,接电话!"

许汀白看了眼屏幕,是夏谭,他收回视线:"不用接。"

"接一下,说不定有急事呢。"林清乐被他捏得心惊肉跳,她可不想再来一次了……于是为了防止他再动手动脚,林清乐直接按了接听键。

"喂,汀白。"夏谭的声音传了出来。

许汀白见手机都接通了,这下没法,只好拿过来:"干吗?"

语气不善。

夏谭愣了下,才道:"不是说清乐今天搬到你家了嘛,我刚才在外面忙,现在有空了。你们要不要一起过来吃个饭,庆祝一下啊。"

许汀白眉梢微皱,不耐烦:"不要——"

"要要要!我们马上到,在哪里啊?"林清乐凑上去说。

许汀白:"……"

夏谭:"哦,就在小区边上那个音乐餐吧,我朋友开的,正好今天来吃,那我等会儿给你们发地址啊。"

"好呀，马上去！"

电话挂了，林清乐把手机从他手里抽出来，嘚瑟道："你看，我们都答应人家了，只能去了。"

许汀白深吸了一口气，在她腰上捏了一把："回来收拾你。"

林清乐："晚上分房！"

许汀白幽幽一笑："想得倒美。"

分房是不可能分房的，自住进来之后，两人在家便是黏黏糊糊地腻在一起。

这天，周六。

房间里安安静静，没有闹钟的打扰，床上两人睡得起劲。

"是不是差不多了……"不知多久后，一声呢喃从被子里传出来。

"还好，再睡一会儿。"

"九点半了。"林清乐从被子里探出手伸了个懒腰，"昨天跟晓倪说好要去基地的，顺便十一点一起吃个饭。"

许汀白揽过她的腰："那还有一个半小时。"

"唔……过去还要时间呢。"林清乐圈住他的脖子，一条腿缠上去，整个人跟树懒一样半挂在他身上。

"那就半个小时后起来。"

林清乐半眯着眼睛，很惬意地趴在他胸口："哦……那你计时。"

"嗯。"

"数呀！"

许汀白："现在就开始数？"

林清乐食指轻点，在他胸口数数："对啊，一、二、三……唔！"

许汀白一个翻身把她压在身下："你往哪儿戳？"

林清乐捏住某人胸口："干吗，我还不能动了。"

"嘶……"许汀白扣住她的手腕不让她作祟，"皮痒了是吗？"

林清乐被他扣住动弹不得，说："你这个人好没道理，怎么你能弄我，我就不能动你，我偏要动……"

许汀白眉梢微挑:"那就看你有没有本事。来,挣脱开就让你玩。"

"你以为我不行是吗……"林清乐拼命地抽手,抽不出就直接拿脚去踹他,结果刚踹了一下,腿就被他的腿压得死死的了。

奋力挣扎一通无果后,林清乐脱力了:"许汀白,你欺负一个女孩子算什么本事?"

许汀白笑:"刚才你不是说你行的吗?"

林清乐轻哼了声,不认了:"我说什么了,我没说!你快点放开我。"

"放了你可别乱来。"

"谁乱来了。"

许汀白见她乖乖不动了,便松了手脚,结果他刚往边上躺,林清乐就猛地爬起来,两手并上在他胸口狠狠一捏,然后快速松开,拿过枕头挡在两人之间,把自己埋在了被子里。

"你有本事别用武力!你这样算什么英雄好汉!"闷闷的声音从被子里传来。

许汀白深吸了一口气,一下就把枕头抽开扔掉了:"我看你是真的皮痒了,行……今天饭不用去吃了。"

"喂……啊!"

时间一分一秒地走着,林清乐原本只是想跟他玩一玩振奋一下精神好起床,结果这倒好,起床失败就算了,还把自己搭了进去……

最后,等他们都收拾好从屋里出来,已经十一点了。林清乐只好跟董晓倪说自己吃饭赶不上了,晚点去。

十一点半,林清乐和许汀白到了导盲犬基地。

现在正是放假阶段,加上之前那些宣传后,最近基地里有很多大学生来做义工。两人从基地门口进去时,看到了很多年轻的面孔。

"清乐姐姐!"走到活动场时,一个穿着义工服的女孩跑了过来。

林清乐见着她有些意外:"以斯?你怎么在这儿?"

杨以斯:"我放假嘛,所以来做义工。"

林清乐:"没听小泉说啊……"

"没告诉他。"杨以斯说着看向她身边的男人,"这个就是你男朋友吧。"

林清乐点头:"他叫许汀白。"然后又跟许汀白介绍说,"这个女孩子就是我之前跟你提过的,夏泉的……好朋友,杨以斯。"

许汀白是知道这个女孩的,朝她点了下头。

"哥哥好,那个,我之前在网上看过你和姐姐的事,你那会儿在台上跟她表白的样子实在是太帅了!"

许汀白愣了下:"哦……谢谢。"

杨以斯嘿嘿一笑,拉住林清乐的手:"跟你借一下姐姐可以吗,我有话跟她说。"

许汀白:"那你们聊,我去找站长。"

"谢谢!"杨以斯,"姐姐,那我们走吧。"

许汀白走后,杨以斯拉着林清乐在一旁的石椅上坐下。

林清乐问:"你想跟我说什么?"

"其实也没什么……主要就是跟姐姐你道个别。"

"道别?去哪儿?"

杨以斯道:"这个假期过后,我要出国了,我申请到了交换生的名额,为期两年。因为路费很贵,我想之后的两年没有特别的事不会回来了。"

林清乐:"你……小泉知道吗?"

"嗯,我跟他说过了。"杨以斯说着低了头,"其实,我前段时间又跟他表白了,我说我想跟他在一起,但是,他拒绝我了。他说我什么都不知道,觉得一时喜欢就是喜欢了,以后肯定会后悔。"

林清乐眉头轻拧:"那你觉得呢?"

"我当然不认为我只是一时的,可是他不相信我啊。不过我后来想想……他不相信我也是正常的,我们现在年纪都不大,没办法为自己负责。"杨以斯笑了下,"所以啊,我决定出国了。本来被他拒绝我很难过的,可是那天听到了你和汀白哥的故事,我突然觉得,暂时的分开也不是不行。"

林清乐:"以斯,每个人的情况都不一样……"

"是不一样,可是喜欢是一样的呀,姐姐你以前有多喜欢汀白哥,我现在就有多喜欢小泉!我不在乎他是不是看不见,我真的不在乎。"杨以斯道,"我想证明我不会变,等哪一天我能为自己负责,也能为他负责了,我就会回来。到那时候我告诉他我依然喜欢他,他就没理由再拒绝我了吧。"

林清乐看着眼前女孩倔强的模样,微叹一声:"如果你真的决定好了,那就去做。"

"嗯!"

两人在那里坐着,聊了许多,但大部分是杨以斯在问问题,她在回答。

或许,杨以斯心里其实没有表面那么有底气,所以总是好奇她和许汀白年少时的事,想知道他们分开那么多年,到底是什么在支撑着两人。

"姐姐,你们这样不结婚可很难收场哦。"末了,杨以斯说,"你们要是不结婚,我都不相信爱情了。"

林清乐忍不住笑了,这人怎么跟于亭亭说的话一模一样啊。

"所以打算什么时候结婚啊?"

"目前……还没这个打算。"林清乐道,"我们两个工作都很忙。"

"这有啥,我就不信你们找不出时间结婚。"

林清乐想了想,说不定还真找不出,许汀白的工作量她不太清楚,但她这段时间以及之后很长一段时间都会很忙是真的。

两人聊完后,许汀白和董晓倪他们也出来了。

基地最近变化很大,基地的站长很热情地要带着他们去里面逛一圈。

于是,许汀白和站长在前面一边走一边聊,林清乐和董晓倪手挽着手在后面跟着。

突然,手机震动了下,林清乐拿出来看了眼,竟然是几百年都不会联系的黄成旭。

"清乐,有个忙想请你帮我一下。"

林清乐回复:"你说。"

"我下周末想跟于亭亭求婚,到时候你和晓倪能帮我把她带过来吗?"

林清乐愣了下,瞪目,迅速望向董晓倪:"你知道黄成旭跟我说什么了吗?"

"什么啊?"

"你看。"

董晓倪拿过她的手机看了眼:"我去……"

林清乐："他怎么这么突然？！"
董晓倪："这家伙有没有把握啊？"
林清乐："我问问他。"
"嗯。"
林清乐快速打字："你真的准备好了？"
黄成旭："嗯！你放心吧，我现在也找到了稳定的工作，至于房子，首付我爸妈那边也帮我准备了。所以，请你们帮帮忙！我真的很想娶她！"
董晓倪："看来是下定决心了。"
林清乐："那我怎么回啊？"
"当然还是得帮了，亭亭其实也很喜欢黄成旭的，而且结婚这事她接受还是拒绝都看她自己。"
"也是……"
林清乐给黄成旭回复道："需要帮你什么？"
黄成旭："到时候我会准备一个地方，你只要找个借口帮我把她带过来就行了，其他的不需要帮忙。"
林清乐："这样，行，具体的地址和时间你到时候告诉我。"
黄成旭："好！谢谢你了！"
把手机放回口袋，林清乐和董晓倪相视一笑。
"看来，很可能没多久就要准备一份红包了。"董晓倪道。
林清乐："是啊。"

瞒着于亭亭这事完全不难，林清乐和董晓倪一合计，便决定骗于亭亭说她们发现了一家很好吃的餐厅，周六三人一起去聚一下。
于亭亭爽快地答应了，于是周六中午，林清乐吃完饭便准备去她们家找两人会合。
"晚上回来吃饭吗？"许汀白看她在衣帽间里换衣服，站在边上问了句。
林清乐："回来吃饭是不太可能的，黄成旭求婚就在晚上，这件事结束估计就要七八点了。"
许汀白："哦，很远吗？"

林清乐:"还行,从于亭亭那儿开车过去应该要四十分钟左右吧。"

"那你那边结束了我去接你。"

林清乐想了想,估计到时候会跟他们喝酒:"行啊,我到时候给你打电话。"

"好。"

换完衣服化好妆后,林清乐下了楼,径直去了董晓倪她们家。

于亭亭今天完全被蒙在鼓里,林清乐到达后,先是不动声色地表现出一副只是来找她们玩的模样,然后差不多到点后,便和董晓倪一起怂恿着于亭亭去化妆。

晚上五点,整装完毕的三人上了车,终于要出发了。

林清乐开车前偷偷给黄成旭发了个消息,通知他她们要过去了,这才发动了车子。

"那地方你们怎么找到的啊,看着还不错,你们谁去过没?"于亭亭一边搜一边问道。

"没、没呢,就同事的推荐。"林清乐瞎编道。

于亭亭找到了很多网友拍的图片:"哦……高级餐厅啊,那我今天吃饭可得矜持点。"

前面红灯亮了。

林清乐降了速,踩了刹车停下来后,玩笑道:"行啊,今晚你怎么做作都行。"

今天林清乐担任的是司机的职务,原本一开始她是打车到她们家的,但出发前董晓倪说基地的车在楼下停着,直接开车过去方便些,于是她们就这么出发了。

"晓倪,上次你是不是说要买车来着?"等红灯时,于亭亭问了句。

董晓倪:"再看吧,我刚拿了驾照,周五那天把基地这辆车开回来,我就开三十码,慌死我了。"

林清乐:"多试试就会了,路这么宽你慌什么。"

董晓倪:"我总怕碰到别人的车嘛。"

"小心点就是了,哪那么容易碰……"

砰——

突然，前面传来碰撞声。

车内三人："……"

林清乐诧异地看向前面，什……什么情况？

两辆车撞上了？

她踩着刹车呢，怎么会碰到前面车的尾巴！

"真……碰了？"董晓倪蒙了。

于亭亭："我们的车动过吗？"

林清乐拧眉："没动，前面那车溜车了。"

于亭亭："我晕！董晓倪你个乌鸦嘴！刚才说什么碰车啊！"

董晓倪要无辜死了："我就随口一说……而且这不是我们碰别人，是别人碰我们啊。"

林清乐："冷静冷静，先别吵。"

前车停下，一个大叔从驾驶位上下来。他走过来后先是看了眼两车相撞的地方，再走到驾驶座边上，敲了敲窗户。

林清乐按下车窗："你好。"

大叔："怎么回事啊，你怎么开车的？"

林清乐愣了下："大叔，你溜车了，不是我撞的你。"

那大叔瞪眼："说什么呢，我停得好好的，明明是你撞上来的！"

于亭亭坐不住了，怒道："你这人怎么睁着眼睛说瞎话呢！我们三个可都看到了，是你的车撞过来的！"

大叔："胡说！我这技术，你开什么玩笑！"

林清乐看了董晓倪一眼，安抚说："没事，看下行车记录仪就知道了。"

董晓倪呆了呆，轻咳了一声，拉过林清乐小声道："我忘了跟你说了，基地这辆车的记录仪前两天坏了……"

"什么？！"

董晓倪看了眼窗外那臭脸大叔："应该有监控吧这附近……"

林清乐看了眼时间，调监控处理那也得一会儿，今天日子特殊，她们必须准时赶过去。

林清乐望向窗外的人:"大叔,我们真的没撞你,我……"

"你这什么意思啊!你一个女司机,开车技术肯定不好,明显就是你撞了我啊!"

林清乐本来还想和和气气跟他商量一下,但依这人的态度,显然不是好好商量就能解决的。

林清乐:"女司机怎么了?谁告诉你女司机开车就一定不好的?明明是您自己滑下来的,怎么还好意思来怪我呢?"

"哎,你这小姑娘,撞了我的车就不承认了啊,不想赔了是不是?!"

林清乐火气噌噌往上涨:"我没做错我赔什么……行了啊,您也不用多说,我们直接报警,报警行吧。"

"我怕你啊!"

"哦,那等警察来吧。"

林清乐沉着脸报了警,之后转头看向后座的董晓倪:"晓倪,我留下处理这件事,你跟亭亭先打车过去,位置都预约好了,不能迟到。"

林清乐着重强调了"不能迟到"四个字,董晓倪立马懂了:"那你行吗?"

林清乐:"放心,这事我能解决,你们快去。"

董晓倪:"好吧……那亭亭,我们先走。"

"啊?不用吧,不然我留下!你们俩去,餐厅不是清乐订的吗,她本人去比较好……"

董晓倪:"哪需要讲究这个,走走走,快点了,反正我们一起的,只要有人不迟到就行。"

董晓倪下了车,也拉着于亭亭下去了。

于亭亭扒住车座:"不然,不然这样!咱们赔钱,给他赔点算了,这样我们还能一起去。"

林清乐:"警都报了,我们得留人在这里等,再说我们也没做错什么,给他赔什么钱……行了行了,你们快去,我很快赶过来。"

于亭亭:"可是清乐……"

董晓倪:"哎呀快走了!"

警察来了后,又是挪车又是调解。

最后处理完整件事从派出所出来,天已经彻底黑了。

林清乐看了眼手表,估计她们都已经到那边了,而且这个点,婚可能都求完了。

林清乐叹了口气,准备给董晓倪打个电话问问情况,但电话没拨出去,许汀白的电话先进来了。

"你在哪儿?"

林清乐:"我,那个……我在江湾路派出所门口。"

"好,等我,马上到。"

"啊?"

"我在这条路上。"

"……"

许汀白还真在附近,她在门口站了五分钟,就看到他的车拐了进来。

"没事了?"

"没事啊……"

"那上车。"

"基地的车还在这儿。"

"没事,晚点我来处理。"

"哦。"林清乐拉开副驾驶那边的车门坐进去,"你怎么在这儿?"

"董晓倪打电话跟我说你们的车出事了,我过来看看。"

"这样……"

"到底什情况?"

"就一个大叔溜车了,撞上我们的车,还非让我们赔钱。我还奇怪呢,他怎么这么有底气,原来是知道那里没监控。"

"那最后怎么解决的?"

"后来发现边上一家小超市门口有监控,正好拍到了,调出来一看他就没声了。反正现在都解决好了,不过……"林清乐苦恼道,"可能要错过求婚了。"

许汀白:"我现在送你过去。"

"也行。"林清乐道,"赶不上求婚可以赶上吃饭嘛。"

"嗯。"

半个小时后,两人到了黄成旭说的地点。

求婚场地设置在顶楼的露天餐厅,林清乐之前还真听人说过这家餐厅,很有名,但人均消费也特别夸张。想来黄成旭这次是真的下了血本,竟然把整个餐厅都包下来了。

电梯坐到顶楼后,门开了。

"哇……"刚出门,林清乐就看到了细碎的小灯和一片花海,"黄成旭还挺浪漫的嘛。"

许汀白牵着她的手往里走:"好看吗?"

"好看!"

许汀白轻抿了下唇:"这里……夜景也很好看。"

"是吗!那等会儿我们坐边上吧,我想看看。"

"行。"

林清乐一边往里走一边张望,走了一会儿后她看了眼两人相握的手,又看了看许汀白:"你干吗呀?"

"嗯?"

林清乐笑:"你干吗握这么紧啊,我手都要麻了。"

许汀白愣了下,松开了些:"有吗?"

"有啊。"

"没注意……"许汀白轻咳了声,"快进去吧,他们应该在里面。"

林清乐:"嗯。"

曲径幽深的一条花香小道,林清乐没想到的是,走出去后,竟然豁然开朗……城市全景尽收眼底,星光满盈,还有蜡烛鲜花,美酒佳肴。一切布置整齐,浪漫精致得让人感觉仿佛走进了一个童话世界。

林清乐被眼前的场景惊艳到了,愣了好一会儿才说:"好漂亮啊……不过,怎么都没人,他们结束了吗?"

林清乐奇怪地转身看许汀白:"东西好像也没动过,这到底是求婚了还是没求婚?"

"没有。"许汀白说。

"啊?那怎么回事……"

许汀白走到她面前,轻吸了口气,竟然露出了一点紧张的神色:"因为,主角刚才还没来。"

"什么?"

许汀白低眸,缓缓从口袋里拿出了一个小盒子。他捏得很紧,指关节都因为用力而有些发白。

林清乐突然觉得有什么不对劲……而这种想法,在她看到他打开那个小盒子时得到了证实。

是戒指。

戒指?

"求婚的是我。"许汀白看着她,突然在她面前单膝跪下了。他眼里有温柔,有诚恳,却也有他很少会出现的紧张。

"要被求婚的,是你。"

"……"

林清乐看着眼前的人,完全僵在原地。耳边隆隆作响,是血液突然翻腾起来的声音。

她和董晓倪瞒了一周,不是为了黄成旭和于亭亭吗,怎么变成她了?

还是说……从头到尾真正被瞒着的,其实就是她啊。

"发什么呆呢,说话呀!"于亭亭、董晓倪她们不知什么时候冒出来了,还有许汀白的朋友们,竟然都在。

林清乐:"你们……"

董晓倪:"清乐我可是无辜的啊,我完全不知道,我也以为今天的主角是亭亭,要不是之前出了撞车那事,亭亭还不告诉我呢!"

于亭亭:"那是你演技不好,怕你在清乐面前露出马脚,才干脆连你一起瞒的!你刚才非把清乐放那儿,拉我过来,我没办法只好告诉你真相了啊!"

"哼!我哪演技不好了!"

"你就是……"

夏谭笑道:"哎哎哎,你们现在吵什么呢,是想要我们许总跪久一点吗?"

于亭亭:"哦对……清乐,快快快,说句话。"

边上一群好友兴奋地观望着。

林清乐喉咙发紧,心脏也跳得很快,那速度,完全把她跳蒙了。

原来是这样……

"你,你起来,不用这样。"她伸手去扶他。

许汀白却纹丝不动,浅声问:"我们……可以结婚吗?"

夜色笼罩,顶楼却是灯火通明。

一瞬间,世界都是安静的。

滴、滴、滴……不知是从哪个方向传来钟表走针的声音,一秒,两秒,三秒,仿佛在催促着什么。

林清乐看着跪着的男人,不知道为什么,感觉自己好像看到了曾经那个小小的男孩。

那时,他们还是同桌……

那时,那个小孩子朝她伸出了手……

也是从那时开始,她便只记着他,只念着他……

记忆像流星一样在脑中闪过,过去的那个小男孩和眼前这个男人重合,如故事的高潮,给了人深刻的一击。

林清乐缓缓红了眼……

他问,我们可以结婚吗?

怎么会不可以呢……

她这一生,面对他时,又哪会有什么不可以。

"林清乐……"

"那,你帮我戴戒指吧。"

男人微怔:"嗯?"

林清乐伸出了手,声音有些颤抖:"结婚呀,我答应了。"

【正文完】

番外一

宣示主权

许汀白在那个时间点求婚是完全出乎林清乐意料的,因为那段日子公司算是迈入了新的征程,而她也在争取岗位晋升当中,两人都一样忙。

不过他有这个表示,她当然不会觉得不行。所以求婚之后,安排完两方长辈见面,两人便直接领了证。

但后来因为实在抽不出空,林清乐便和许汀白商量着把婚礼往后推,等什么时候有那个时间了,再说办婚礼的事。

许汀白见林清乐坚持,便也由了她,把这件事往后面放。但那会儿,他实在没想到这么一放会放那么久。因为他也没料到,后来林清乐竟然会同意公司调去杭城一年的安排。

部门经理的岗位调动并不由许汀白操作,而是看部门总监的意思。

当时,杭城分公司需要总公司的人员支持,策划部这边最合适去的人就是林清乐。成总监是希望林清乐过去的,因为她能力足够,而且去了那边之后再回来,成总监便可以把现在的位置给她,自己去英国公司任职。

但那会儿,许汀白并不认为这是林清乐必须要走的路,因为即便她不去杭城分公司,总监的位置一样可以归她。

可之后林清乐自己却同意了公司的安排,去分公司待一年。

她决定要去的时候,许汀白生了很久的闷气,毕竟是要分隔两地整整一年,这对于他这个刚持结婚证上岗的人来说,简直是酷刑。

但气消了冷静下来,他便明白了她的心思。林清乐这人其实很倔强,喜欢用自己的实力说话。这么做,无外乎怕底下人不服,说她走捷径。

于是最后,他只能强忍着不舍,亲自把人送走了。

次年五月,距离林清乐来杭城分公司已经半年。

这天,因公司一个项目收尾,林清乐在办公室加班到晚上十点钟。

"经理。"有人敲了门。

林清乐抬眸看了眼来人:"季黎,你和小晴可以先走了。"

季黎把咖啡放在她桌上:"经理,你已经连续加班三天了,项目已经要结束了,今天要不早点回去吧。"

"你不用管我,你们两个先走。"

"好吧……那咖啡,你喝。"

林清乐朝他笑了下:"行,谢谢。"

季黎担忧地看了她一眼,退出了办公室。

刚一出来,刘晴便抓着他小声道:"怎么样?可以走吗?"

季黎:"嗯,我们俩的东西都过了,经理说可以走了。"

"Yes!"刘晴伸了个懒腰,"我这两天快累死了,我真的不行了,你说,经理怎么那么能扛啊!"

季黎往玻璃窗内望了一眼,里头那个女人眉头微蹙,非常专注,都这个点了,正常人都会有疲态,可她却眉眼精致,分毫看不出疲惫模样。

是个很厉害的女人。

可他记得一开始,大家看到这么年轻的姑娘空降到经理这个位置时,都是怀疑的。他也是,因为这女人只比他大了四岁,却已经是高他好多级的领导层了……

但后来,真的跟她一起工作后,他跟其他同事一样都被狠狠打了脸。因为这女人不仅聪明厉害,还很勤奋,似乎什么事都难不倒她……

"你也不是第一天认识经理了,她这样子很陌生吗?"季黎道。

刘晴:"唔……也是。不过,你说她这么努力干吗呢,她老公可是许汀白哎,我要是有这么厉害的另一半,我才不要当打工人呢!"

季黎眉头皱了下,没接话。

刘晴小声道:"所以我觉得啊,他们俩可能有点问题。"

"别胡说。"

"真的,你看,许总从来没到咱公司来看过经理吧,也没什么特殊的关照……更重要的是,前段日子我听人说,她调到这儿是因为跟许总闹翻才被发配的。"

"……"

"两人分隔两地这么久,你说他们会不会如传言所说,分啦?"

季黎心里咯噔一声:"行了,你说这个干什么,跟我们有什么关系。"

"哟,没关系吗?"刘晴嘿嘿一笑,玩笑道,"经理可是你女神哎,她要是跟老板已经分开了,你不开心?"

季黎一愣:"喂,你瞎说什么!"

刘晴意味深长地看了他一眼:"哈哈哈,我就开玩笑啦。好了,那我先回家了哦。"

"……"

刘晴哼着小曲,收拾好东西离开了。

季黎绷着脸,走向自己工位。但他想起刘晴的话,又忍不住往办公室里头看了一眼。

这会儿,里面那人大概是解决了什么,嘴角微扬,脸上有了一丝笑意。

夜色浓重,让人疲惫不堪……

可那样子的她,却依然美得让人心慌。

十点半,林清乐解决了手头所有的事,终于打算回家了。

但就在她要关上电脑时,许汀白来了电话。林清乐一惊,赶忙带上了耳机,一边收拾一边按了接听:"喂。"

"干吗呢?"

林清乐:"刚……刚洗完澡呢。"

她可不敢告诉许汀白这个点她还在公司,要不然肯定给他唠叨。

许汀白:"嗯,那这周末,我去找你。"

"这周末啊……应该不行了。"

许汀白:"怎么了?"

林清乐:"约了客户吃饭呢,不能陪你。"

许汀白:"林经理,这么忙?"

林清乐笑:"对啊,那能怎么办嘛,为了Aurora和许总,我要鞠躬尽瘁,死而后已呀。"

许汀白:"呵。"

林清乐笑:"没事啦,这周不行我们下周末见呗。不然这样吧,下周五我回去好不好?"

两人这半年来基本都是周末有空的时候飞去对方的城市,但有空的周末也不是很多,有时候是许汀白忙,有时候又是碰上林清乐有事。

许汀白:"不用了,你忙的话就我去找你吧。"

"下周末我不忙,我去见你。"说着,林清乐拿上包,走出了办公室。

耳机里,许汀白还在跟她说着话——

"你要回家了吗?"突然,耳机外传来一个声音。

林清乐转头看去,这才发现办公室竟然还有人。

林清乐:"啊……你,还在这儿啊。"

季黎微顿:"哦,突然发现有点事没做完,而且我怕你有事要交代我,所以就留下了。"

林清乐:"这样,没事,我已经好了,你赶紧回家吧。"

"行。"

"林清乐。"耳机里传来某些人浅淡却充满压迫感的声音,林清乐心口一紧,糟了,刚才还跟他说自己刚洗完澡呢!

林清乐赶紧往外走:"啊?我在呢……"

"跟我说谎,嗯?"

"那个……对不起嘛!"林清乐圆不过去,只好认怂,"我不是怕你说我吗,但是我发誓啊,我这是第一次,因为有重要的事所以才加班!"

"哦?是吗?"

"是的!真的!"

许汀白:"仗着我看不到你,三天两头糊弄我是吧!"

林清乐按了电梯:"哪有,我怎么敢糊弄你……"

林清乐还想解释些什么，余光看到季黎走了出来，在下属面前自然不好意思对着耳机跟许汀白撒娇，只好低声道："还有人呢，等会儿说啊……"

电梯上来了，林清乐和季黎一同走了进去。

"经理，这么晚了，我送你回去吧。"

林清乐："哦，不用，我开车来的。"

季黎愣了下，对，她怎么可能没开车……他是傻了吧，怎么一开口就是这话。

"好。"季黎看了她一眼，"不过以后经理你还是少加班吧，太晚不好，有什么事可以交给我们做。"

林清乐点了下头："行，是该交给你们做，你们这些年轻人啊，比较能熬夜。"

季黎轻笑了声，有些不好意思："你也没比我大多少……"

电梯到达负一层，林清乐朝季黎挥了下手："走了，开车注意安全。"

"好。"

林清乐说完便自己往停车的方向去了。

"刚才什么人？"林清乐开车门时，耳机里的人问了句。

这会儿边上没别人，林清乐也就没再端着正经的模样，放松下来："刚才啊，是部门里一个同事。"

"他是在等你下班？"

"啊？"林清乐停顿了下，突然感觉对面那人说话语气有点酸溜溜的，她忍不住笑道，"干吗，许总你是在吃醋吗？"

许汀白轻哼了声。

林清乐道："他是我手底下的人，我这上级加班没走，他估计也不敢走吧。"

"是吗？"

"当然是了，许汀白你胡思乱想什么呢，人家大学刚毕业，小着呢！"

许汀白幽幽道："你这话的意思是，年纪相仿的我就可以胡思乱想了？"

"我可没这么说！"

许汀白："嗯……林经理还真不给我省心。"

林清乐眉梢微挑："乱讲，说起不省心，你边上花花绿绿莺莺燕燕这么多，你才更不省心。"

"哪里那么多了，除了你，我身边有谁？"

林清乐偷着乐，故意道："是嘛！天高皇帝远，我可看不见。"

许汀白知道她是在故意逗他，但他也确实不经逗，说："那皇帝，你等着吧，我马上安排个时间过去给你看看。"

"不着急的。"林清乐笑道，"反正我会一直等着你的，爱妃！"

几天后，周六。

今天林清乐约了合作方谈事情，请对方去酒店吃饭。因为部门几个女生都不太能喝，同时林清乐也不希望带女孩子来这儿喝酒，所以这一趟，她带了三个男下属一起。

两方人坐着，又是喝酒又是聊天，耗了好长时间。但好在这三个小时也没白费，合作算是谈下来了。

晚上九点多，谈拢的两方人一起往外走。

等目送合作方上车离开后，林清乐脸上的笑容总算不用再维持了，伸手按了下太阳穴。

对面这些人太能扯了，她嘴巴都要说干了。

"经理，你没事吧？"季黎看她这神色，问了句。

林清乐摆摆手："我没事，倒是你们三个，没事吧？"

季黎摇摇头。

另一个下属道："季黎，你这家伙酒量是真好，你看小同，估计分不清东南西北了。"

林清乐看了眼扶着人站着的小同，说："我叫车，把你们先送回去。"

"不用不用，我没怎么醉，我叫辆车先把小同送回去，然后我自己回家。"

林清乐："你确定？"

"我确定，放心吧经理，记得晚点给我报销就行。"

林清乐轻笑一声："行，我知道了，那你们注意安全。"

"得嘞!"

车到了后,说话的两个下属坐进去,先离开了。

林清乐目送车辆远去,这才望向边上还剩下的一个人:"季黎,你是开车来的吧,我给你叫代驾。"

季里抿了下唇:"没事,我自己来。"

"还是我给你叫吧。"

两人这会儿就站在酒店门口,灯光明亮,所以此刻季黎也能清晰地看到林清乐的模样。她方才因为礼貌也喝了点酒,但她显然不是那种能喝的人,所以即便只喝了一点,脸颊也因为酒劲而散着红晕……

也许是因为酒精的作用,季黎突然觉得自己的胆子大了许多,这么直勾勾地盯着林清乐的侧脸看,心跳虽是乱了节奏,但也没有挪开目光。

看着看着他不禁想,之前在办公室里,刘晴说的话是真的吗?

她和那个男人,分了吗?

"经理。"

"嗯?"

"我……"

"林清乐。"突然,一个声音从前方传了过来,打断了他的话。

季黎愣了下,望向声音来处。

他看到一个男人站在那里,身姿挺拔,俊朗清冷,不怒自威。他心里咯噔一下,瞬间望向身边的女人。

快半年了吧,他眼中的林清乐一直是镇定自若、人淡如菊的状态,他觉得她年纪不大,但是性子很稳,因为不论发生什么她都能很快解决,让他们心服口服。

可是,他从来没有见过她现在这个模样。

她望着不远处那个男人,好像整个人都被点亮了,脸上瞬间展露出来的笑容真实又娇俏,完完全全褪掉了那股子女强人的味道,突然像个小孩……对,像小孩。

干净又纯粹。

"许汀白！你怎么在这儿啊！"她朝他跑了过去，脚上还踩着高跟呢，这会儿却如履平地，噌噌噌就到了那个男人面前。

季黎微微一怔，许汀白……对，是他。

他从来没见过许汀白，但是他听过，也在一些采访中看到过。

这时，不远处的男人看了过来，虽只是一眼，季黎却突然觉得局促起来，站在原地，一动没动。

"结束了吗？"许汀白摸了下林清乐的脸，柔声问道。

林清乐连连点头，天知道她这会儿在这里看到他有多开心，虽然之前说让他别来，但那也是因为她怕自己忙没时间陪他……其实，她心里还是很希望他来的。

"喝酒了？"许汀白眉头轻拧。

林清乐目不转睛："喝了一点点，但只是一点点，你放心，你不在我是不会醉的。"

许汀白看她确实是清醒的，笑了下："这么听话。"

"那可不。"林清乐道，"你还没说呢，怎么过来了，我不是说这个周六我有事，你不用来吗？"

许汀白："想你了。"

林清乐眨了眨眼睛，眼里的笑意都快溢出来了："哦！"

"那我们现在回去？"

"嗯！好呀。"林清乐挽住他的手便要走，突然又想起什么，回了头，"哦对了，还有个小朋友在这里……季黎。"

林清乐朝他招了下手。

季黎回过神，缓缓走到她面前："经理……"

"代驾已经给你叫好了，你等会儿到家了在群里说一声。"

季黎："好。"

"然后，这个是许汀白。"林清乐又对许汀白介绍道，"这是我们部门的人，他叫季黎。"

许汀白点了下头，看着他："你好。"

季黎："许总好。"

"嗯。"

林清乐："那，我们先走了，你注意安全。"

季黎："好。"

林清乐挽着许汀白走了。

季黎望着他们的背影，后背突然冒出一层薄薄的冷汗。刚才，许汀白分明什么都没说，但不知道是不是他的错觉，他觉得许汀白的眼神……没有丝毫友善。

两人开车回了林清乐在杭城的住处，进门后，许汀白似是不经意地问了句："刚才那个叫季黎的，就是那天你加班时等你的？"

林清乐："对啊，你怎么知道？"

"听出来了。"

"哦，怎么了？"

许汀白意味深长地看了她一眼："没什么。"

他家这位工作狂，估计什么都没感觉到。

许汀白勾了勾唇，也不想再说这事，搂过她就要亲。

林清乐往后仰了仰："等会儿……我还没洗澡呢，一身酒味。"

"没事。"许汀白扶住了她的后脑勺，低低道，"我着急。"

这么久没见，确实是着急了，以至于后半场他跟发泄一样地胡来……直到大半夜，才有消停的迹象。

末了，林清乐靠在许汀白肩头昏昏欲睡。迷迷糊糊中，突然听到耳边响起了一句："我们结婚了，对吧？"

"是啊……你干吗突然说这个？"

"没什么，总感觉别人不是很清楚。"

林清乐："谁不清楚？"

"我们分隔两地，外人很少见到我们在一起……"

"可是事实上，我们经常见呀。"林清乐有些奇怪道，"你什么时候这么在乎别人怎么看了？"

许汀白想到公司里竟然有人敢对她有想法，眼神冷了下来："有时候，也需要在乎在乎。"

"嗯？什么意思……"

"没什么意思，睡吧。"

林清乐困得要命，"哦"了一声，也没继续追问下去。

两人一起愉快地过了个周末，许汀白是周一下午的飞机，所以周一一早，林清乐也没吵醒他，自己去了公司。

但让她没想到的是，临中午午饭时，外头突然传来一阵喧闹声。她从办公室走出去，竟看到许汀白出现在这里。

他这个点不是该出发去机场了吗……怎么来这儿了？

关于许汀白这半年来从不来分公司一事，两人是有默契的。

一方面是林清乐要求的，她希望这边的人不要太看重她和许汀白的关系；另一方面是许汀白自己，按他的身份，到分公司来免不了要和这边的领导层一阵招呼，他嫌麻烦。

"许汀白？"林清乐诧异地看着他。

许汀白闻声望了过来，嘴边带着一抹笑："林经理忙完了？"

林清乐："你怎么来了？"

"当然是来看你啦，经理！"部门里有人答了句，"而且我们都跟着沾光了哦，许总带了好多好吃的呢！"

"对呀对呀，谢谢许总！"

"不用。"许汀白说着看了一旁的季黎一眼，"以后，好好工作就行。"

季黎一怔，慌乱地低了头。

许汀白笑了下，又说："那你们好好吃，我借一下你们经理，可以吧？"

"哈哈哈，当然当然！"

许汀白微微颔首，走上前拉过了林清乐的手："走吧，一起吃个饭。"

"啊……好。"

林清乐晕乎乎地被他带走了，待两人走后，整个策划部也炸开了锅。

"天哪！许总怎么来得这么低调，之前没听说他会过来啊。"

"因为只是为了看我们经理才来的，所以没说。"

"我去，本单身狗有被杀到。"

"我还是头一回见到他哎，本人更帅！"

"之前谁传的他们分开了啊,我瞧着许总那眼神……哪像分开的样子。"

"都是无聊的人瞎说的,这种事哪能信。"

"也对啊。"

……

那边的人讨论得热火朝天,刘晴看了眼完全无动于衷的季黎,靠近道:"许总买的东西很好吃,你怎么不吃?"

季黎:"等会儿吃。"

刘晴跟他最熟了,也是看得最清楚的,见此压低了声说道:"之前我情报有误才跟你说那些,那个……你别多想。"

季黎:"我多想什么了……"

刘晴:"嗯……什么都别想最好,许汀白的人可不是一般人能动的,不然怎么死都不知道。"

季黎深吸了一口气,他当然知道。

别人或许不清楚,但,他感觉出来了。

今天,是他给他的警告。

从公司出来的一路上,许汀白始终牵着林清乐的手。而两人这般样子,很难不引起公司里面旁人的侧目。

林清乐虽然心里因为他这会儿来找她吃饭而开心,但是被别人这么直勾勾地看着,还是觉得有点不好意思。

"不是下午的飞机吗,你还不去来得及吗?"林清乐问。

"改签到晚上了。"

"为什么?"

"来找你吃个午饭。"

"就为这个?"林清乐道,"以前我们都不在公司见的呀,怎么你这次过来了,而且还买了那么多吃的到我部门,这么突然……你想干吗呀?"

"没干吗。"许汀白侧眸看了她一眼,清浅一笑,"就想,重新宣示一下主权。"

番外二
许幸延

领完证一年半后,许汀白和林清乐终于补上了婚礼。婚礼完毕,两人又同时放了长假,出国度了一个蜜月。

婚礼和蜜月都是计划内的事,唯一没有想到的是,在这个蜜月里,林清乐意外怀上了孩子。

孩子的出现不在两人的预想中,但既然有了,他们也是很开心的。毕竟,这是他们两人孕育出来的小生命。

林清乐的孕期反应不是很大,但许汀白对她却是十分上心。大概是做了太多关于孕妇怀孕的功课,那段时间,他总是担惊受怕,几乎想要24小时待在林清乐的身边。

后来,孩子终于在十月份顺利出生了。

是个男孩,许汀白给他取名许幸延。

意为幸福的延续。

日复一日,许幸延渐渐长大。四五岁的时候,小不点眉眼渐渐清晰,已经有了点许汀白的模样。但是,也就只有长得跟许汀白像,性格方面,两人天差地别。

许幸延性子活泼,小小年纪嘴巴就很甜,能把身边的大人都哄得眉开眼笑。不过这种活泼有时候都到了调皮的程度,许汀白不在的时候,林清乐偶尔都管不住他。

这天,幼儿园放学,林清乐从公司出发,开了车去接儿子。

回到家后,五岁的许幸延坐在玩具堆里,奶里奶气地问:"妈妈,爸爸出差什么时候回来呀?"

"晚上就会回来。"

"太好了!那爸爸答应给我买的变形金刚也会带回来吧?"

"现在先别想着变形金刚。"林清乐在他前面蹲下,"宝宝,你就没有什么话要跟妈妈说?"

许幸延脑子精得很,一听林清乐这问题,心里就已经知道了一两分,他含糊道:"这个小火车都坏了,我不玩了。"

"坐下,我没让你走。"林清乐把岔开话题的小不点揪了回来,"你说吧,到底怎么回事,老师说你在学校连作业都不完成,你怎么能不做作业?"

果然是这个事。

许幸延:"什么作业……我不知道。"

"不知道?你还跟我说谎?"林清乐的眉头皱了起来,"美术课老师让你们画图,所有小朋友都认真画了,你为什么不画?还有数学课,算术题为什么都不写?"

许幸延面上有些心虚,但还是故作硬气地说:"我不知道有画画的作业,我也不知道有数学的作业。"

听他这么说,今天在老师那儿看完监控的林清乐怒火顿时上来了,他在课上明明都听到了的,只是没去做罢了,这会儿却说不知道。

其实,对这么小的孩子,她是可以让他选择自己喜欢做的事的,只要他能说出一丝缘由。但是,她绝对不允许自己的孩子说谎。

"所以你就是因为贪玩,因为懒不写作业是吗?"

许幸延被妈妈的话戳中心事,脸上有点挂不住:"不跟妈妈说话了,我要回房间!"

"你站住!"

小不点一溜烟就想跑,林清乐立刻起身把他揪了回来:"之前怎么告诉你的，不要说谎，你怎么还骗我？！"

许幸延心虚无措，小孩子脾气顿时上来了："我就是不写了！你不许抓着我，你再抓着我我就讨厌你了！"

"许幸延！"

"我讨厌你了！我不喜欢你了！"

林清乐愣住："你再说一遍？"

小不点又慌又急，不想承认自己做错事，于是张口便道："我不喜欢妈妈了！我说我不喜欢妈妈了！"

在林清乐发怔期间，小不点挣脱了她的手，气呼呼地跑进了自己的房间……

晚上六点，许汀白下了飞机，从机场回到了家里。

进门后家里安安静静的，跟平时喧闹的状况大有不同。他换了鞋，从玄关处走进去时，看到了坐在沙发上的林清乐。

"我回来了。"许汀白道。

沙发上坐着的人抬眸看了过来，但让他意外的是，她的眼睛竟是红的。

许汀白愣了下，很快走了过去："怎么了？"

"吃了吗？"林清乐避开他的视线，起身抱了他一下。

许汀白一心在她的情绪上，压根没回答她的话，直接捧着她的脸，把她转向自己："发生什么事了，哭了？"

"没有啊……"

"跟我还说谎？"

"真没哭。"林清乐想到方才儿子说的话，有些伤神道，"你说，我会不会对小延太严格？"

"什么？"许汀白拧眉，"那小子又闯祸了？"

"不算闯祸吧……"林清乐把今天在幼儿园老师跟她说的话，还有回来后的事跟许汀白说了一遍。

说完后，她很沮丧地道："我不知道怎么教小孩，我爸没有教过我。我妈教我的方式我也不喜欢，所以我不知道怎么教他，只是觉得对他好就好了……可他刚才说，他不喜欢我了，我就不知道要怎么办了……"

许汀白哪里看得了妻子这副样子，他自己平时捧着哄着，就怕她不高兴。可现在，那小子竟然敢这么惹他捧在手心的人，还让她红了眼？

许汀白："许幸延人呢？"

"刚刚跑房间去了。"

许汀白摸了下她的头，道："你在这儿坐着，我去找他。"

许汀白松开林清乐，径直去了儿子的房间。

敲门进去后，他看到自家儿子就站在墙边，显然他方才是在门后偷听到了什么。这会儿见到他进来，脸上很是慌张。

"爸，爸爸。"

许汀白低眸看着他："你今天在幼儿园都做什么了。"

"……"

许汀白蹲下，让自己的视线和他齐平："许幸延，平日里你爱玩些，我都不管。但是，该听话的时候就得听话明白吗？你觉得你在幼儿园不写作业、不听老师的话是对的吗？"

许幸延："我，我……"

"还有，你之前跟我说你以后想做什么，还记不记得。"

许幸延低着头，支吾了声："记得，我说我想跟你一样。"

小不点最崇拜的就是自己的爸爸了，天天念叨着以后要跟许汀白一样管理一个大公司，要做一个很优秀的人。

这事全家都知道。

许汀白点头："那你觉得，一个很优秀的人会不学习，只知道玩吗？"

许幸延摇摇头："……不会。"

"既然知道不会，为什么作业一点都不写？"

"我，我错了……"

许汀白对孩子不像林清乐那样宠着，所以许幸延平日里敢在妈妈面前闹，却不敢在爸爸面前折腾。这会儿见着许汀白回来了，还一副这么严肃的样子，吓都吓死了，哪敢像在林清乐面前一样逃避问题。

"爸爸，我知道错了。我以后听老师的话，我写作业……"

"还有呢？"

"还，还有……没有了。"

许汀白冷了脸："再想想。"

许幸延一个劲儿地想自己在幼儿园还做了什么错事，想了半天道："爸爸，真的没有了。"

许汀白起身，拉着他就往客厅走。

他把儿子拉到林清乐面前："刚才你对妈妈说的那些话知不知道妈妈多伤心？臭小子，没有人可以让她伤心，就算是你也不行，明不明白？"

小不点看着眼前的林清乐，也想起来了，啊……他刚才还说不喜欢妈妈了。

其实他也是后悔的，所以才躲在房门口偷听——他是喜欢妈妈的，特别特别喜欢，方才他就是生气了，胡乱一说。

而林清乐对自家儿子最是疼爱，上一秒还难过着呢，这一秒看到眼前的小不点无措的样子，心顿时软了，伸出手就想抱他。许汀白看出了她的意图，拦住了她的手，对着小孩道："道歉。"

许幸延低着头，大眼睛里积起了泪花："妈妈对不起……"

许汀白："还有。"

许幸延抽泣着，奶里奶气地道："我不该不写作业，不该说谎……也，也不该说不喜欢妈妈，妈妈，我最喜欢你了。"

林清乐看着他这样子心都化了，也管不了那么多了，直接倾身抱住他："妈妈也最喜欢你了。"

许幸延在她肩上蹭了蹭："妈妈我错了……以后不会了，真的。"

"嗯，我相信你！"

许汀白看着两人温情的场景，十分冷静地提醒道："许幸延，知道错了现在就去把作业都补上，补上后自己再反思一会儿。"

许幸延擦了把眼泪："哦……"

许汀白道："记住了，家里最大的是妈妈，她的话比我的话还有用，别每次等着我说你才肯听。还有，以后要是再敢欺负她，我先跟你没完。"

小不点懵懂地点了点头。

许汀白："行了，去吧。"

"嗯！"

小不点屁颠屁颠跑走了。

林清乐起身。

许汀白拉住了她:"去哪儿?"

"我去看他写……"

"让他自己来。"许汀白坐下,把人拥在了怀里,"你陪我就好了。"

"……哦。"

第二天是周六,补好作业的小不点今天格外乖巧,还自己在书房里看了好久的书。

对于这次不写作业,他也是后悔莫及。别说之前想要的变形金刚没着落了,爸爸也生了他很大的气,昨晚他乖乖把作业补上后送给他检查,他都没露出高兴的模样。

原来不写作业后果这么严重……这次祸是闯大了。

隔天,夏泉和杨以斯接了许幸延去家里,两人很疼许幸延,隔三岔五就带他玩。这一天,正巧夏谭也在夏泉他们这儿,于是临吃饭前,许幸延坐到了夏谭边上,拉了拉他的衣袖,示意他凑过来一点。

"干吗呢许少爷,神神秘秘的要说什么?"夏谭好笑地看着拽着自己的小不点。

许幸延道:"夏叔叔,上周出差,你跟我爸爸一起去的对不对?"

"是啊。"

"那,那你知不知道,他有没有给我买变形金刚啊?"

"你喜欢的那个限量款是吧,买了啊。怎么,你爸没给你?"

"买了啊!"许幸延眼睛一亮,但又很快沮丧道,"唔……那肯定是因为我前两天没写作业,爸爸特别生气,所以不给我了。"

夏谭乐道:"你这小子是多少作业没写啊,能惹他特别生气?"

"可能也不完全是作业。"

夏谭好奇道:"那是什么情况,你跟我说说。"

小不点支支吾吾、零零散散地说了好一会儿,这才把那天的事完整地表达了出来。夏谭听完眉头微挑:"难怪这么生气啊,敢情你不仅没写作业，还惹了你妈是吧？"

"我知道错了，我不是故意的。夏叔叔你帮帮我，要怎么样他才能把变形金刚给我呀。"

夏谭笑道："这可有点难哦，你可是踩了你爸的心肝。"

"啊？"

"惹谁都不要惹他老婆，偏偏你还让人家老婆红了眼，所以这事我还真帮不了你。"

许幸延的小脑袋顿时耷拉了下来。

夏谭拍拍他的后脑勺："但是你妈妈可以帮你啊，跟你妈说去，让她帮你哄哄你爸，替你说说情。"

"有用吗？"

"废话，你妈的话可比我的话有用多了。"夏谭摇摇头，叹道，"你傻不傻，家里就有人可以给你说情，你还跑这儿来。"

晚上，夏谭将许幸延送回了家。

小不点一回家就跑到了书房——

"妈妈。"

正在工作的林清乐看向他："嗯？回来啦。"

"嗯！夏叔叔送我回来的。"

"他人呢？"

"已经走了。"许幸延凑到她身边，"妈妈，你能不能去哄哄爸爸啊。"

这突然的一句话让林清乐愣了一下："啊？哄什么？"

"就哄哄他，让他别生气了。我知道错了，我以后一定不惹你，一定听你的话，我发誓！"

林清乐见他一脸认真举着三根手指的样子，有些哭笑不得："他哪里还在生你气了？"

"有的！我那天惹你哭了，他很生气，所以变形金刚也不给我了！就是那个限量版的！我喜欢好久了的！"

林清乐："我没哭呀……不是，你想要玩具，自己跟他说就好了。"

"夏谭叔叔说谁说话都不好使，就你说爸爸才会听。"小不点道，"妈妈,求求你了,你就说我以后肯定好好学习,也肯定把你当我们家最大的!"

林清乐被他这副模样逗得不行:"行了行了,别晃我了,等他回来我帮你问问。"

"嗯!"

当天许汀白工作比较忙,直到晚上九点多才到家。

林清乐洗完澡出来的时候听到开门的响声,一路小跑着去门口,见到许汀白的身影时,直接扑过去跳到了他身上。

她经常这么做,所以许汀白也很熟悉了,稳稳地把人接住:"是在等我吗?"

"对啊,今天怎么这么迟回来?"

"跟几个客户一起吃饭。"

"难怪身上有酒味。"

许汀白抱着她往屋里去:"喝了一点点,没喝多。"

林清乐在他脖间嗅了嗅:"真的吗?"

她身上还穿着睡衣,单薄到隔着布料都能清晰地感觉到肌肤的细腻和温度,而这种情况下,她还要在他脖颈间拱来拱去……许汀白眉头轻扬,没等走到客厅,就把人抵在了走道墙边。

林清乐:"……干吗呢?"

他抱着怀里的人,低头亲了下她的唇,声音有些低:"你干吗呢?"

林清乐揪着他的领带,小声道:"我没干吗呀。"

许汀白唇角微勾:"穿这样跳我身上来,不想干什么?"

林清乐:"我穿什么了?"

不就是睡衣吗?

这么想着,低眸间却看到睡裙因这个姿势全折叠到了大腿上……好吧,这么看着,似乎是不太像正经衣服。

林清乐轻咳了声,脸颊有些热。

许汀白静静地看了她几秒,忽然又低头碰上了她的唇。但这次不是亲一下,而是攻城陷地。

灼热的呼吸缠绕间,他直接抱着人去了沙发。林清乐坐在他的腿上,在他又要上前时,轻喘着掩住了他的口。

"等,等下,我还有事跟你说。"

许汀白声音低哑:"等会儿说。"

"等会儿我还有机会说吗……"林清乐道,"等下嘛,你先听我说。"

许汀白眉头轻蹙,目光森森,停住了。

林清乐:"就,你这两天对小延是不是态度不太好?"

许汀白:"我怎么对他态度不好了?"

"那他说你在生他气啊,还说之前说好的玩具也不给了。"

许汀白:"玩具确实没给,因为他表现不好,这是惩罚。至于生气,我有那么明显表现出来吗?"

"你自己不知道吗?"

"不知道。"许汀白想了想,又道,"可能有点?一想起这小子惹你难过,我就不高兴。"

林清乐:"喂,小孩子肯定都有调皮的一面,教育教育纠正他就好了,你还真上纲上线,跟自己的儿子生这么久的气呢。"

许汀白:"你现在就会替他说话。"

林清乐愣了下,失笑:"什么呀……他才几岁,许总,你又几岁了?"

许汀白搂过她,下巴轻抵在她肩膀上:"怎么,因为我年纪大了,所以你就不向着我了?"

林清乐一把捧住了他的脸蛋:"你这说的是哪儿跟哪儿啊。"

"说我老婆到底应该向着我还是向着儿子。"

"……"

这人怎么越长越幼稚了啊。

林清乐欲哭无泪,可想起今天儿子跟自己说的"要好好哄哄许汀白,替他说说情这事",顿时认真道:"我当然是向着你了。"

许汀白:"哦?是吗。"

"是啊,你是我的老公,儿子长大了,那就是别人家的老公了。"林清乐道,"所以!我当然向着你了。"

许汀白笑了下:"你可得记住今天说的话。"

"当然了。"林清乐道,"你看我都这么向着你了,你明天就别跟儿子生气了，他都知道错了。"

"哦。"

"那……你之前答应给他买的什么限量版变形金刚，要不也给他算了，他可想了很久了。"

许汀白微微眯了眯眼，道："看来今天是他求着你跟我说情，让你哄着我给他玩具。"

被看穿了。

林清乐也不遮遮掩掩了，干脆道："那你就说我哄得满不满意吧。"

"嗯……目前还不是很满意。"

"喂许汀白，那我还要怎么哄啊！"

"先注意你的称呼。"

"许总？许大帅哥？许老板？"

许汀白不为所动，直勾勾地看着她。

林清乐想了想，试探道："老公？"

日常生活中，她很少这么叫，不知道为什么，虽然结婚了，但还是觉得这个称呼让人不太好意思。

然而眼前的人却因为自己喊了这个称呼，眼神有些变了。

看来，这人对这个称谓挺喜欢的，于是林清乐凑上去，在他脸上亲了下，红着脸继续道："老公，这样哄行不行……啊！"

话还没说完，她整个人就腾空而起，被抱起来了。

她吓了一跳，赶紧搂住了许汀白的脖子。

"行。"许汀白抱着人往房间方向去，"再接再厉。"

"啊？"

"继续叫。"

"……"

第二天，许幸延小朋友迷迷糊糊醒来，掀开被子准备下床时，余光注意到一个大盒子放在床尾的方向。

他望了过去，等看清是什么后，眼睛顿时亮了。

"变形金刚！！！"他倏地冲过去，一把抱住那个大盒子，"是变形金刚！！！妈！妈！"

他两只手齐齐上阵，使出吃奶的劲儿把大盒子拖到房间门口，但是因为太重了，他还是放弃了，松了手，直接往外跑。

跑到客厅后，他看到在餐厅的位置，他爸和他妈正并排坐着吃早饭。

"一大早的，喊什么。"许汀白淡淡道。

许幸延脸上满是喜色，直接扑到了许汀白腿边："变形金刚在我房间！爸爸，你同意给我了吗？"

许汀白嘴角微扬，俯下身把小不点直接抱到了自己腿上："嗯。"

"谢谢爸爸！"

"谢我什么，谢你妈妈去吧。"许汀白看了身边的女人一眼，道，"她给你说的好话，要不然，你可拿不到。"

"谢谢妈妈！"小不点探过头在林清乐脸上用力亲了一口，"就知道妈妈最好了，妈妈是全世界最好的人。"

林清乐浅笑："是爸爸送你的。"

"噢！那爸爸是……是全宇宙最好的人！"

许汀白捏了下他的小脸："行了，刷牙了没有，让阿姨给你弄点早饭。"

"还没呢。"

"那先去刷牙。"

"好！"

小不点从许汀白腿上溜下去，欢腾着回了房间。

许汀白的目光从他离开的方向收了回来，笑着摇了下头："还全宇宙最好，油嘴滑舌……"

啵——

脸颊突然被身边的人亲了一口。

许汀白愣了下，诧异地侧目。

他见到身旁的妻子笑容灿烂，对着他道："没说错呀，我家许汀白，就是全宇宙最好的人。"

【全文完】

对于遇见你并喜欢你这件事，我从来没有后悔过。

图书在版编目（CIP）数据

牵引 / 六盲星著.
—武汉：长江出版社，2021.7
ISBN 978-7-5492-7830-5

Ⅰ.①牵… Ⅱ.①六… ②洪… Ⅲ.①长篇小说—中国—当代 Ⅳ.① I247.5
中国版本图书馆 CIP 数据核字（2021）第 153194 号

牵引 / 六盲星 著

出　　版	长江出版社
	（武汉市解放大道 1863 号）
选题策划	林　璧
市场发行	长江出版社发行部
网　　址	http://www.cjpress.com.cn
责任编辑	李　恒
特约编辑	林　璧
印　　刷	北京盛通印刷股份有限公司
版　　次	2021 年 7 月第 1 版
印　　次	2022 年 2 月第 2 次印刷
开　　本	880mm × 1230mm 1/32
印　　张	16.25
字　　数	530 千字
书　　号	ISBN 978-7-5492-7830-5
定　　价	69.80 元（全两册）

版权所有　盗版必究（举报电话：027-82926804）
（如发现印装质量问题，请寄本社调换，电话 027-82926804）